마성의
황자와 나

fioret

마성의 황자와 나 2

초판 1쇄 인쇄 2016년 7월 21일
초판 1쇄 발행 2016년 8월 1일

지은이 시야
발행인 오영배
기획 박성인
책임편집 편집부
표지 일러스트 케니
제작 조하늬

펴낸곳 (주)삼양출판사 · 피오렛
주소 서울시 강북구 도봉로 173
대표 전화 02-980-2112 **팩스** / 02-983-0660
편집부 전화 02-980-2116 **팩스** / 02-983-8201
블로그 blog.naver.com/dan_gul
출판등록 1999년 3월 11일 제9-00046호

ISBN 979-11-313-0634-5 (04810) / 979-11-313-0632-1 (세트)

fio
ret 은 (주)삼양출판사의 로맨스 판타지 문학 브랜드입니다.

| 차 례 |

1장
금색 가루

프레이스는 신경이 쓰였다.

그것도 무려 일주일째였다. 계속 신경이 쓰였지만 말을 꺼내지 못하고 있는 것은, 레사의 오른손에 반짝이는 구리반지였다. 휴가를 다녀온 그의 오른손 집게손가락에 단순하지만 광이 나는 구리반지가 껴 있었던 것이다.

"레사."

"네."

레사는 책장의 책을 고르다 말고 프레이스를 돌아보았다. 프레이스는 입을 열었다가 다물었다가를 반복하다가 말했다.

"배우기를 잘했지?"

"네?"

"글자."

"네, 덕분입니다. 감사합니다. 책이라는 건 꽤 재미있는 거였군요."

요즘 책을 읽는 것에 나름대로 재미가 들린 레사였다. 미나와 편지를 주고받는 간격도 급격히 증가했지만, 글자만은 영 예쁘게 써지지가 않았다.

에릭은 글자를 보고 폭소했고, 윈스턴은,

"펜을 입에다가 물고 쓴 건가? 아니면 암호문?"

하고 통렬하게 비꼬았다.

프레이스는 레사에게서 감사 인사를 받았지만, 그래도 기분이 나아지지 않았다.

'아.'

프레이스는 책상 서랍을 열었다. 그 안에는 얼마 전에 숙부를 통해서 백작에게 진상받은 루비 귀걸이가 들어 있었다. 쌍으로 구한 게 신기할 정도로 질이 좋은 루비 귀걸이였다.

'사실은 기분 나빠서 당장에 버리려고 했지만.'

레사의 눈 색과 똑같아서 남겨 두고 있었다.

프레이스는 망설이다가 한 짝은 그대로 서랍에 넣고, 한 짝만 상자에 넣은 채로 책상 위에 올렸다.

"레사, 이거 가져."

마치 필요 없는 걸 던져 주는 듯이 툭 던지는 말에 레사는 의아해하며 다가와 상자를 열었다. 붉은색 루비가 가운데에 들어간 드롭형의 긴 귀걸이였다. 아래쪽에 달려 있는 테슬은 비단실로 만든 건지 금속으로 뽑아낸 건지 광택이 나며 반짝였다.

한눈에도 아주 비싸 보이는 거라서 레사는 잠시 바라보다가, "화려한 귀걸이네요." 하고 말했다.

프레이스가 제법 진지한 어투로 답했다.

"내 호위가 장신구 하나 없이 초라한 건 못 참아."

그 말에 레사는 장신구를 단 호위기사가 있었나, 하고 생각해 보았지만 다른 호위기사를 주의 깊게 보지 않아 알 수가 없었다. 하여간 고용인의 옷차림은 고용주의 품격에도 관련된 문제라는 건 레사도 알고 있었다.

'제복으로 충분할 줄 알았는데.'

"그럼 감사히 빌리겠습니다."

레사는 '나중에 일 끝나면 반납해야지.'라는 생각을 하며 오른쪽 귀에 귀걸이를 걸었다. 그 모습에 프레이스는 만족했다. 구리 반지 같은 것보다 훨씬 더 멋진 선물인 데다가―

'잘 어울린다.'

눈과 한 쌍으로 맞춘 것처럼 잘 어울렸다. 프레이스는 미소 지었다. 레사는 어깨에 닿을까 말까 하는 테슬을 만지작거렸다.

'진짜 부드럽다.'

자신의 머리카락보다 더 부드러운 것 같다.

귀걸이를 만지작거리던 레사가 스르륵 프레이스의 뒤로 물러나며 작게 말했다.

"베렛 경 오십니다."

"들어와."

윈스턴은 문을 두들기기도 전에 들리는 말에 이제 익숙해져서 문을 열고 안으로 들어갔다.

"황자님."

인사하고 윈스턴은 고개를 들었다가 레사를 보고 눈을 찌푸렸다.

"귀걸이는 무슨 귀걸이지? 계집애도 아니고."

여자인 거 티 내나?

마음속 어딘가가 조여지는 기분에 타박을 줬더니 프레이스가 눈을 찡그리며 말했다.

"내가 선물한 거야."

"황자님."

"어때? 내 호위인데 저 정도는 하고 다녀도 되는 거지."

방금 선물한 건데 지적당해 프레이스의 기분은 저조해졌다. 윈스턴은 작게 한숨을 내쉬었다.

"그렇다고 기사에게 장신구 선물입니까? 다른 걸로 내리시는 게 평판을 위해서 좋지 않을까요?"

"아, 그러고 보니" 하고 레사가 갸웃하자 귀걸이가 함께 기울어지며 반짝했다. 프레이스가 코웃음을 치며 말했다.

"됐다고 그래."

"하지만―"

귀걸이를 하니 더 여자 같다고 생각한 윈스턴은 마지막까지 반대 의견을 냈지만 묵살당했다. 윈스턴은 한숨을 내쉬고 두툼한 봉투를 프레이스에게 내밀었다.

"보고서입니다."

평소와는 다른 검은색 봉투였다. 프레이스의 분위기가 단숨에 바뀌었고 레사는 시선을 창밖으로 돌렸다. 상당히 내밀한 업무까지 이뤄지고 있지만, 거기에 발을 담그고 싶은 생각은 조금도 없었다. 쓸모없는 정보를 머릿속에 넣고 있어 봐야, 약이 아니라 독이 된다.

바스락거리며 종이를 펴는 소리가 들렸다.

"역시……."

프레이스는 보고서를 읽으며 분노가 치미는 것을 억눌렀다.

"라발렌도 영지에서 만들어지고 있다는 건가?"

주어 없는 말이었지만 윈스턴은 고개를 끄덕였다.

"아무래도 그런 것 같습니다. 하지만……."

"증거가 없다는 건가. 라발렌도 백작은 대단하군."

"백작이 연관되어 있는 것까지는 확정할 수가 없었습니다. 그리고 만일 저희 쪽 밀정의 증거를 들이밀어도."

"그것만으로는 안 되겠지. 꼬리를 자를 거야."

프레이스는 관자놀이를 문질렀다. 프레이스는 서류를 뒤져 던컨의 보고서를 꺼냈다.

"황홀한 도취, 라…… 이름 한번……."

쯧 하고 혀를 차고 프레이스는 물었다.

"레사는 알아?"

"네?"

갑자기 자신의 이름이 불려, 레사는 프레이스를 돌아보았다. 프레이스는 문서에 시선을 고정한 채 등 너머로 계속 이야기했다.

"환각제에 대해서."

"네, 몇 가지 정도는."

"사용해 본 적도?"

"네."

그 말에 프레이스가 미간을 찌푸리며 휙 레사를 돌아보았다. 레사가 살짝 손을 들며 말했다.

"제가 한 건 아니고 남에게 사용했습니다."

"아, 그래?"

"그런 거면." 하고 프레이스는 다시 책상으로 몸을 돌렸다. 윈스턴은 "남에게?" 하고 의아해했다가 입을 다물었다.

레사의 출신이 평범하지 않다는 건 다들 암묵적으로 아는 사실이었으니 말이다.

환각제를 남에게 사용했다고 하는 것 자체에 범죄의 냄새가 물씬 풍겼지만, 프레이스는 별로 신경 쓰이지 않았다. 레사가 사용해서 자신의 몸을 망치는 것만 아니면, 남이야 어떻든 상관없었다.

"요즘 지방 영지에 빠르게 퍼지고 있는 환각제가 있는 모양이야."

"그런가요."

"수도에도 곧 발을 뻗을지도 모르지."

"그렇겠죠."

"그런데 수도보다는 지방을 위주로 빠르게 돌고 있나 봐."

"그건 신기하네요."

환각제의 사용자는 보통 농부보다는 사창가와 뒷골목의 사람들이었고, 그런 사람들은 도시에 모여 있기 마련이다.

"그래서 좀 알아보고 있는데 말이지."

프레이스가 툭툭 서류를 두들겼다.

"내가 직접 가 봐야겠어."

그 말에 폭탄을 떨어트린 듯 방 안이 조용해졌다. 곧 윈스턴이 정신을 차리고 말했다.

"황자님, 제정신이십니까?"

레사는 만약 말하는 상대가 프레이스가 아니었다면 윈스턴이 '미친 거 아닌가?' 하고 말했을 거라고 확신했다.

"응, 제정신인데. 일단 가는 김에 직접 상황도 눈으로 보는 게 좋겠지."

"제정신이시라면 그런 말이 나오실 수가 없습니다만?"

"이대로 놔둘 수도 없잖아? 내가 직접 가서 잠입해 수사하고 결과를 내놓으면, 누구도 뭐라고 할 수 없지. 절대 권위가 있으니까."

"그만한 위험을 감수할 가치가 있는 일은 아닙니다."

"아니, 맞아. 속도가 너무 빨라."

프레이스의 말에 윈스턴은 입을 다물었다. 그의 시선이 날카로워졌다.

"배후에 누군가가 있다고 생각하시는 겁니까?"

"있겠지, 높으신 분이."

프레이스가 히죽 웃었다. 윈스턴이 물었다.

"그렇다면 함정이라고 생각하시는 거 아닌가요?"

"아마도? 하지만 내가 직접 갈 거라고는 생각 못 하겠지."

"하지만 혹시라도 정보가 샌다면—"

"레사가 지켜 줄 거야."

프레이스가 레사를 돌아보며 말했다.

"어때? 될 것 같아? 방랑기사와 그 시종 같은 걸로 변장해서 영지에 들어가면 될 것 같지?"

레사는 눈을 깜박이다가 말했다.

"프레이스 님, 아니 프레이스가 가는 곳에는 저도 따라갈 뿐입니다."

"아니—"

그게 아니라 좀 더 친근하게 의견 제시를 해 봐. 친구처럼……! 친구처럼!

하지만 마음속의 외침이 상대에게 가서 닿을 리는 없다. 레사는 '원하시는 대로 따르겠습니다.' 하는 얼굴을 했고 프레이스는 한숨을 삼켰다.

"하여간 전 반대입니다."

윈스턴이 단호하게 말했다.

"물론 반대하겠지."

"황자님."

"최대한 빨리 처리해야 해. 애버릿이 이 사실을 들고 나오면, 내 통치력은 의심될 거고 황위는 물 건너 간 거라고?"

"어떻게 될지 모르는 황위보다 목숨이 더 중요합니다."

"아닌데?"

프레이스는 차갑게 비웃듯이 말했다.

"어떻게 될지 모르는 목숨보다 이 일을 해결하지 못하게 되면 확실하게 멀어질 황위가 더 중요한데?"

"황자님……."

"윈스턴 베렛. 난 널 측근이라고 생각하고, 네 잔소리도 싫어하지 않지만, 중요한 게 뭔지 결정하는 건 나야."

윈스턴은 "그렇습니까." 하고 입술을 가볍게 깨물었다가 말했다.

"그러면 도프 경을 불러보죠."

잠시 후 시종을 따라 허둥지둥 집무실로 들어온 에릭은 싸한 분위기에 고개를 갸웃했다가 레사를 보고 웃었다.

"어? 귀걸이 예쁜 거 했네."

"받았습니다."

"오올— 이 매력남. 그래서, 무슨 일이야?"

윈스턴이 냉랭한 어조로 상황을 설명하자 에릭이 "잉?" 하고 프레이스를 돌아보고는 말했다.

"너 미쳤어?"

그 말에 윈스턴은 '속 시원하다!' 하는 얼굴을 했다.

"안 미쳤어."

"어떤 상황인 줄 뻔히 알면서 거기를 기어들어 가는 게 왜 안 미친 거야?"

"안 죽어. 그리고 황위를 못 가질 바에는 죽는 게 더 나아."

그야말로 직설적이다 못해 발가벗은 듯이 노골적인 말이었다. 그 말에 에릭은 신음을 내뱉었다.

그야 모시는 주군을 황위로 올리고자 하는 것은 모든 가신의 바람이고, 에릭 역시 프레이스가 황제가 되기를 바라고 있다. 허나, 그렇다고 해서 프레이스의 목숨을 걸면서까지 그 위험을 감수할 필요가 있느냐 하면 아니었다.

아니, 머리가 죽어 버리면 손발이 유능한 게 무슨 소용이란 말인가?

"프레이스, 넌 킹이잖아. 킹이 체스판 한가운데 뛰어드는 게 어디 있어?"

"움직이지 않으면 체스판 자체를 상대가 엎을 텐데."

"그건 아직 모르지. 엎기 전에 우리 나이트와 룩이 판도를 바꿀지도."

에릭의 말에 프레이스는 생각하는 듯, 몸을 비스듬히 의자에 기댔다. 하지만 곧 대답이 나왔다.

"기각, 역시 직접 가겠어."

"프레이스!"

탕! 하고 에릭이 책상을 내리쳤다. 둘의 눈이 언뜻 마주쳤다가 동시에 서로 시선을 반대로 돌렸다. 에릭이 숨을 삼키고 말했다.

"네가 인간을 불신하는 건 잘 알아. 하지만 맡겨 주면 안 되겠어? 제대로 된 결과를 가져오면 되는 거잖아?"

그 말에 잠시 침묵이 돌다가 프레이스가 입을 열었다.

"에릭 도프."

더없이 차가운데, 더없이 부드럽다.

레사는 폭신한 함박눈에 파묻혀 죽는다면 저런 느낌이지 않을까 생각했다.

"맞아, 난 인간이 싫어. 하지만 그렇다고 멍청이도 아니고 얼간이도 아냐. 네 주군을 뭐라고 생각하는 거지? 적재적소에 내 말들을 사용할 뿐이야. 할 수 있고, 가능성이 크고, 희생이 적은 걸 선택할 뿐이라고."

이성과 합리. 더해서 꺾이지 않는 의지.

에릭은 손을 들었다.

'할 수 없지. 저런 점이 마음에 들어서, 주군으로 삼은 거니.'

"알았어."

"에릭!"

윈스턴이 저도 모르게 날카롭게 부르자 에릭이 어깨를 으쓱하고 윈스턴을 보았다.

"그럼 네가 설득해 보든가."

"황자님—"

"윈스턴, 봐주는 것도 여기까지야."

프레이스의 말에 윈스턴은 입을 다물었다. 자신은 황자의 최측근이고 오른팔이다. 하지만 이 남자는 필요하다면 자신도 잘라내겠지. 그만한 가치가 있다고 생각하면 가차 없이.

그런 점이 좋은 거지만—

"……알겠습니다."

"좋아, 고마워. 둘 다."

프레이스의 말에 윈스턴과 에릭은 동시에 한숨을 내쉬고, 서로 마주 보았다가 쓴웃음을 지었다. 프레이스는 이야기를 끝내자 힐끔힐끔 레사를 돌아보며 말했다.

"업무가 좀 더 늘어나는 거겠지만—"

"네? 아뇨, 괜찮습니다."

이미 월급은 충분히 받고 있다. 이 정도의 추가 근무를 해도 전혀 상관없을 정도의 월급이었다.

"그렇다면 잘 부탁할게."

"부탁하지 않으셔도 됩니다."

'너 고용주, 나 고용인. 부탁 따위는 필요 없지요.'라고 생각하며 대답하는데 프레이스의 이상하게 묘하게 얼굴이 밝아진 것 같다.

"그러네, 그런 거 없어도 날 지켜 주는 거니까."

"당연하죠."

"그렇군."

만족스러운 듯 프레이스가 고개를 끄덕였다. 에릭은 왜인지 안쓰러운 얼굴을 했고 윈스턴은 묘한 얼굴을 했다. 윈스턴이 문득 떠오른 생각에 재빨리 말했다.

"레사."

"네."

"너― 자네는 황자님이 위험한 곳으로 뛰어드는 것에 대해서 어떻게 생각하지?"

위험하다고 말해.

여자인 몸으로 둘이서 여행이라도 떠날 생각이야?

열심히 윈스턴은 자신의 생각을 전달하려고 애썼지만 레사에게는 무섭게 노려보는 것으로밖에는 보이지 않았다. 레사는 갸웃했다가 말했다.

"처음이랑 똑같다고 생각했습니다."

"처음?"

윈스턴이 되묻기도 전에 프레이스가 상체를 기울이며 물어 왔다.

"그러니까―"

레사가 과거를 회상하듯 창밖을 바라보았다.

"처음 저를 고용하셨을 때에도, 본인이 미끼셨던 거지요?"

"아— 알았어?"

"네, 알았습니다."

그런데 왜 저렇게 신나는 얼굴일까?

레사가 가볍게 숨을 들이켜고 이어 말했다.

"그리고 똑같은 일을 사냥터에서 떨어졌을 때도 하셨죠. 그러니까 이번 일도, 그냥 원래 그런 분이구나 하고."

"—라잖아?"

웃으며 프레이스가 돌아보며 하는 말에 윈스턴은 한숨을 내쉬며 미간을 손가락으로 꾹꾹 눌렀다. 에릭이 항복의 표시를 해보이며 말했다.

"하지만 둘만 보내는 건 절대로 안 돼. 나도 같이 가."

그 말에 레사가 살짝 입을 벌렸다.

'프레이스와 에릭과 나. 진짜 눈에 띄겠는데.'

"안 돼, 눈에 너무 띄어."

레사의 마음을 읽을 것처럼, 프레이스가 단호하게 말했다. 이미 자신과 레사의 조합만으로도 눈에 띄는데 거기에 불곰 같은 남자가 하나 더 더해지면 그야말로 주목받을 대상이다.

"안 돼, 그래도 데려가. 얌전히 있을게. 머리도 염색하고 다 할 테니까—"

"기각."

"프레이스!"

"너는 여기 남아야 해. 내가 성을 비우는데 내가 신뢰하는 측근 둘이 버티고 있어 줘야지. 그리고 군사를 요청할지도 몰라. 근위기사단장인 네가 필요할 일이 반드시 생겨."

단순히 눈에 띄는 문제만은 아니었다.

"나 신뢰해?"

에릭이 불퉁하게 묻는 말에 프레이스가 대답했다.

"아니면 성을 비우지 않겠지."

"뭐, 좋아. 그럼 그런 걸로 해 둘까. 레사, 이 자식 좀 잘 부탁한다."

"걱정 마세요, 에릭."

윈스턴이 천장의 무늬를 세는 듯이 위쪽을 노려보고 있다가 고개를 내리고 말했다.

"그렇다면 황자님은 몸이 갑자기 나빠지셔서 외곽으로 요양을 가신 걸로 하죠."

"그래, 적당히 뭐, 한 달 정도."

프레이스가 손을 팔랑이며 말했다.

"한 달은 무리입니다. 이 주로 하죠. 그러면 그렇게 알고 수속하겠습니다. 대충 근처 온천이면 되겠죠. 어떻게…… 따로 출발하실 겁니까? 아니면."

"중간까지는 같이 갈 거야. 잠깐, 그리고 내 일정을 반 토막 낸 거야?"

"문제의 영지까지 멀지 않은 게 다행이죠. 알겠습니다. 그러면 최측근만 데리고 온천 요양이라고 해두죠."

윈스턴은 반 토막 난 일정에 대해서는 두 번 재고할 필요도 없다는 듯 대답도 꺼내지 않은 채 이어 말했다. 프레이스는 어깨를 으쓱했다.

"어쩔 수 없네. 내 대역은 던컨에게 부탁하지."

"그렇게 하겠습니다."

레사는 갸웃했다.

'던컨이 프레이스의 대역을? 아아, 그렇군. 몸집이 비슷하구나.'

자신 같이 기척이나 움직임으로 상대를 구별하는 사람이 아니라면, 적당히 속아 넘어갈지도 모르지.

'그리고 대부분이 그러니까.'

한번 결정이 되자, 둘은 무섭도록 착착 움직였다. 일을 진행하는 속도와 손발이 맞는 것을 보면 이들이 왜 프레이스의 측근인지 잘 알 수 있었다.

'유능하다.'

매일 투닥거리는 것밖에 몰라서 실감을 못 했는데.

레사는 묘한 감탄을 하며 일의 진행 상황을 들었다. 평민으로 잠입하는 것이기 때문에 레사에게도 여러 의견을 물어왔고, 레사는 자신의 상식 안에서 착실하게 대답을 했다.

게다가 정말 신기한 마법 물품이 있었다.

"어때?"

프레이스가 검은색이 된 자신의 머리카락을 쓸어 넘기며 물었다.

"어울립니다."

자신도 모르게 튀어나온 레사의 말에 프레이스가 다시 웃고 말했다.

"아니, 잘 바뀌었어?"

"아, 네네."

외모를 바꿔 주는 반지였다. 외모를 바꾼다고 해도, 체모의 색을 바꾸는 정도였지만 그것만으로도 상당한 임펙트가 있었다. 게다가 눈썰미가 좋은 변장 전문가 정도라면 알아볼 수 있는 가발이나 염색의 미묘한 위화감이 전혀 들지 않았다.

그야말로 획기적인 도구였다.

'나도 해 보고 싶은데.'

하지만 안티매직인 레사에게는 통하지 않아, 그녀는 아쉬움을 삼켰다. 대신 그녀는 가발을 착용했다. 이런 식의 변장에는 익숙한 레사였다.

주근깨를 툭툭 올리는 화장까지 끝내고 나서 레사가 고개를 들었다.

"어떤가요?"

"귀여운데."

갈색 가발에, 주근깨가 올라간 얼굴을 한 레사는 귀여웠다.

프레이스의 말에 레사가 눈을 깜박이고 말했다.

"아뇨, 자연스럽습니까?"

"어? 어어어, 미안. 귀엽다는 거 좀 그렇지. 응, 자연스러워."

"이런 일에는 익숙하니까요."

대답하는 걸 듣고 프레이스는 그녀가 지금 '에헴' 하고 자랑스러워하고 있는 부분이라는 걸 깨달았다. 프레이스가 고개를 끄덕였다.

"응, 진짜 같아. 깜짝 놀랐어."

"변장은 기본이니까요. 여러 가지로 시도해볼 수 있죠. 이런 시골 소년뿐 아니라, 도심의 아가씨도 될 수 있어요. 화장이라는 건 생각보다도 훨씬 더 강력하거든요."

"그거 보고 싶은데."

"주근깨를 얹은 것도 일부러 그런 겁니다. 이러면 이목구비를 설명할 때 꼭 주근깨가 들어가게 되니까요. 싹 지우면, 그것만으로도 후보군에서 제외가 되지요."

"아아, 과연."

납득해서 프레이스가 고개를 끄덕이고 물었다.

"그러면 나도 뭔가 하는 게 좋을까?"

레사가 잠시 프레이스의 얼굴을 보다가 펜을 들고 다가왔다.

"잠시 고개를—"

"어어."

프레이스가 허리를 숙이자 레사의 붓펜이 가볍게 그의 눈가에

와 닿았다. 그가 반사적으로 눈을 감자 가지런한 검은색 속눈썹이 보였다.

'진짜 잘생기기는 잘생겼어.'

레사는 흑발도 이렇게 잘 어울리는 프레이스를 보며 왜인지 자연적인 흑발로 태어난 사람으로서 억울해지는 기분이 좀 들었다. 레사가 펜을 떼어 내고 거울을 보여 주며 말했다.

"눈물점을 찍었습니다."

"아, 그렇군. 눈에 딱 들어오네."

거울을 확인하며 프레이스가 중얼거렸다.

"네."

"이거 지워지지는 않아?"

"지우기 위한 특수한 약액을 사용하지 않으면 지워지지 않습니다. 물론 강력한 세척 의지를 가지고 시도하면 흐려지기는 합니다만……."

"그런 일은 없을 테니까. 그럼, 됐어."

"네."

레사가 자신의 화장 도구를 닫았다. 문을 열고 나가니 기다리고 있던 에릭이 "오." 하고 감탄했다.

"레사 시골 촌놈 같아."

"그렇게 보이라고 한 거니까요."

"하지만 나름 귀엽네. 역시 가려도 미남은 미남인 거지."

"감사합니다."

'왜 쟤는 감사합니다야?'

프레이스가 휙 레사를 돌아보는데 윈스턴이 타박했다.

"남자를 보고 귀엽다가 뭐지? 그나저나 그렇게 꾸미니 원래 아는 사람이 아니라면 못 알아보겠는걸. 게다가……."

도저히 여자로는 보이지 않아.

아닌가? 저기서 갈색 머리가 좀 더 길어서 양 갈래를 하면 나름대로 주근깨가 있는 귀여운 시골 소녀—

'아니, 아니, 아니, 상상을 그만둬.'

윈스턴은 툭툭 주먹으로 자신의 앞이마를 두들겼다.

"윈스턴?"

에릭이 그의 이름을 불러 윈스턴은 퍼뜩 고개를 들었다. 그리고 그제야 레사가 자신의 뒷말을 기다리고 있다는 것을 깨달았다.

"게다가……."

다시 말을 길게 빼자 레사가 고개를 기울였다.

"화장도 훌륭해."

"감사합니다."

그 말에 레사가 싱긋 웃으며 대답했다. 자신의 솜씨를 칭찬받는 것은 기분 좋다. 게다가 칭찬에 박한 상대라면 더욱더.

"네가 웬일로 칭찬이냐."

"변장이 훌륭한 건 사실이니까."

"그건 그렇지. 레사, 너 근데 여장해도 잘 어울릴 것 같다."

그 말에 윈스턴은 심장이 덜컹 내려앉는 것 같았다.

"에릭 도프!"

목소리가 저절로 날카로워졌다. 에릭이 흠칫했다가 레사를 보며 말했다.

"어어어 아니! 덩치가 작아서 여자 같다거나 그런 거 아니고, 너 변장 진짜 잘하니까, 그게, 어, 왜 화를 내고 그러냐!"

왜인지 억울해진 에릭이 윈스턴에게 항의하자 윈스턴이 차갑게 말했다.

"기사인 남자에게 덩치 때문에, 라는 모욕적인 말을 하고도 못 알아채는 네 머릿속에 대해서?"

"아, 미안. 레사, 나 그런 생각은 전혀 없었어!"

에릭이 당황해 다시 레사를 보며 손을 흔들자, 레사는 고개를 저었다.

"아닙니다. 체구가 작은 건 사실이니까요."

여자치고는 크지만……

뒷말을 삼킨 레사는 에릭에게 괜찮다고 다시 말했다.

프레이스는 레사의 여장을 상상해 보다가 윈스턴의 말에 뜨끔했다. 그래서 얼른 칭찬했다.

"체구가 작아도 레사는 강하니까 괜찮아. 그래서 유리한 점도 있잖아?"

"그렇죠. 저도 딱히 제 체구에 불만은 크게 없습니다."

암살이나 정찰 업무에 맞는 체구이기는 했으니까. 그리고 여자치고는 큰 편이라 여장도, 남장도, 둘 다 가능했다. 이건 큰 장점이라고 레사는 생각했다. 윈스턴은 빤히 레사를 보았다.

'더 크면 여자치고는 너무 큰 거 아닌가? 아니, 아니, 여자라는 생각은 그만, 그만하라고.'

윈스턴은 깊게 숨을 들이켜고 일로 생각을 전환했다.

"그러면 이걸로 점검은 전부 끝났으니 내일 출발하는 걸로 하지요. 중간에 휴식 시간을 가질 때 바꿔치기하는 걸로 하겠습니다."

"라발렌도 영지 가까이 떨궈 줘."

"그렇게 할 겁니다. 휴양지도 일부러 근처로 잡았으니까요."

레사는 이야기를 귀 기울여 들었다. 이건 자신도 관련된 일이니, 이야기를 꼼꼼히 들어 두지 않으면 안 되었다.

마지막으로 연락망을 통한 꾸준한 연락을 몇 번이나 강조하는 것으로 윈스턴은 잔소리를 끝냈다.

정리가 될 때쯤 레사가 품에서 편지를 꺼내 에릭에게 내밀었다.

"죄송하지만, 에릭. 이걸 미나에게 전해 주실 수 있을까요?"

"어? 아아, 알았어. 당연하지."

"감사합니다."

"아냐, 아냐. 얼마든지 우체부로 써먹으라고. 어차피 나도 집에 가서 시종에게 시키는 거니까."

그 말에 레사가 고개를 저었다.

"아닙니다. 그래도 귀찮아지실 수 있는데, 감사해요."

"진짜 아냐, 뭘."

멋쩍게 에릭이 뒷머리를 긁적였다. 그는 여동생인 제니가, "오빠, 그 사람 말이야. 어때?" 하고 슬그머니 물어오던 것을 떠올렸다.

'미안, 제니. 아마 안 될 거야.'

임자 있는 사람은 안 된다는 것이 에릭의 상식이었다. 게다가 눈앞의 레사는 '그' 비올레타도 거절한 용자가 아닌가.

"미나라고 했나? 아카데미 학생이라지?"

프레이스가 슬그머니 대화에 끼어들었다. 레사가 고개를 돌려 그를 보며 고개를 끄덕였다.

"네, 아직 1학년인데 1학기 시험에서 5위를 했답니다."

팔불출처럼 미나의 자랑을 은근히 끼워 넣는 레사였다. 프레이스가 "아." 하고 말했다.

"그래? 대단하네."

"그죠?"

뿌듯하게 미소를 짓는 걸 보니 좋은데, 한편으로 프레이스는 기분이 나빴다. 이 상반된 감정을 뭐라고 해야 할지 몰라 그는 불쾌감을 삼키고 말했다.

"그 반지도 그녀에게 받은 건가?"

전부터 계속 신경 쓰였던 것을 결국 틈타서 묻는 프레이스였다.

'반지? 아아—'

레사는 오른손을 들어 보였다. 집게손가락에 여전히 구리반지가 반짝였다.

"아뇨, 다른 사람에게서 받은 겁니다."

"누구에게?"

"친구에게요."

"친구가 반지도 선물하나?"

"네, 그런 거 좋아하는 사람이라."

레사의 대답에 프레이스는 불만족스러움을 느꼈지만, 더 추궁하는 것도 이상했다.

레사에게 반지를 선물해 준 것은 노알이었다.

"너 이런 거 좋아하지?"라고 말하며 선물해 준 반지의 안쪽에는, 작은 줄 톱이 들어 있었다. 손이나 발이 묶였을 때의 탈출용 반지인 것이다. 상당히 정교하고 튼튼하게 만들어져 있어서 레사는 감탄하며 기쁘게 반지를 받았다.

그녀는 평소 이런 허를 찌르는 장비를 수집하고는 했다. 벨트 안의 연검이나, 팔찌 안의 와이어 같은 것처럼 말이다.

'생각해 보니 이것도 취미인가?'

하지만 취미라고 하기는 좀 살벌하지 않은가?

레사는 그렇게 생각하며 주먹을 가볍게 쥐었다가 펴보았다. 보통 사람을 잡아 가둬도 반지까지 빼지는 않으니 혹여나 그런 일이 생기면 유용하게 쓰일 것이다.

'안 생기는 게 최고지만.'

윈스턴은 물끄러미 그녀의 손에 끼워진 반지를 보다가 말했다.

"그러면 전 이만 물러나겠습니다. 마지막 점검을 해야 하니."

프레이스는 고개를 끄덕였고 나가는 윈스턴을 에릭이 따라 나가며 말했다.

"그러면 내일 보자."

레사는 그에게 가볍게 목례해 보였다.

에릭은 씩 웃고 집무실을 나가 얼른 윈스턴을 따라 잡았다.

"윈스턴."

윈스턴은 대답 대신 눈동자만 돌려 에릭을 보았다.

"나 말이야, 검을 다루는 것만 대단하다고는 생각 안 해."

"또 무슨 헛소리를……."

"아니, 그게 아니라. 넌 머리 좋잖아. 그거 꽤 존경하고 있다고."

예상치도 못한 소리라 윈스턴은 미간을 찌푸렸다.

"갑자기 그 이야기를 하는 저의는 뭐지?"

"칭찬인데 좀 기쁘게 들으면 안 되냐."

"맥락 없이 튀어나오니까 그렇지."

"아니, 아까 내가 레사에게 그랬을 때 네가 화낸 거 말이야……."

에릭이 뺨을 긁적였다.

윈스턴이 레사가 여자 같다고 말한 자신의 반응에 날카롭게 반응한 건, 자신이 그런 얘기를 들어서가 아닐까?

에릭은 그런 일을 겪은 적이 없지만, 윈스턴의 어렸을 때라면 알고 있었다. 여자라는 이야기는 없었지만 '계집애 같다.' 하는 놀림을 받았을 수도 있다. 지금도 윈스턴은 마른 편이었고, 그걸 뒤에서 놀림감으로 삼는 상대들도 있었으니 말이다.

하지만 에릭은 레사를 깎아 내릴 생각은 없었다. 그리고 윈스턴이 아직도 그런 것 때문에 스트레스 받는다면 자신은 아니라고 말해 두고 싶었다.

윈스턴은 "아." 하고 영문 모를 소리를 냈다.

"네 존경은 잘 받아두도록 하지."

"잠깐, 지금 멋대로 좋은 부분만 취하지 않았어?"

윈스턴은 픽 웃었다. 그 미소는 곧 쓴웃음으로 바뀌었다.

"뭐, 그렇게 존경받을 만한가는 모르겠지만."

에릭의 눈에 보일 정도로 날카롭게 굴었다니.

오히려 과민하게 반응하는 게 아닐까? 남자라고 생각한다면 그 상황에서 그렇게 반응하면 안 됐을지도 모른다. 아니, 예전의 자신이라면 그렇게 반응하지 않았겠지.

'곤란한데.'

좀 더 제대로, 숨기지 않으면 안 된다.

'그런데 둘이서 이 주라니 괜찮은 건가?'

물론 지금도 붙어 있는 것은 마찬가지지만, 그래도 황궁은 넓다. 나가게 되면 다른 의미로 부딪칠 일이 많아질 것이다.

"너 괜찮아?"

에릭이 걱정스러운 눈으로 윈스턴을 바라보며 물었다.

자기 앞에서 윈스턴이,

—존경받을 만한가는 모르겠지만.

이런 대사를 내뱉다니.

"위가 아파."

윈스턴이 짧막하게 한마디 던져 에릭은 픽 웃었다.

"이런 사람이라는 거 알고 주군으로 삼은 거잖아. 그 점이 좋은 거고."

"그건 그렇지만."

윈스턴은 길게 한숨을 내쉬었다.

"그럼, 잘 부탁해. 난 집으로 가 볼 테니까."

에릭이 윈스턴의 어깨를 가볍게 두드렸다.

* * *

미나는 발끝으로 시냇물을 튕겼다. 숲 속이라 한낮인데도 그늘이 져 있기는 했지만, 열기까지 막을 수는 없었다.

시냇물 한쪽에 차갑게 해놓기 위해서 넣어 둔 우유병과 푸딩, 과일을 넘겨다보고 미나는 다시 물을 찰박였다.

도프 백작가의 여름 별장은 훌륭했다. 미나는 이렇게 좋은 집 — 아니, 저택에서 묵어본 것은 처음이었다. 손님용 침실은 그야말로 호사스러움의 극치였다. 게다가 방에 맑은 유리창이 끼워져 있다는 것 역시 경악스러웠다. 아빠가 금화를 쥐여 주었지만 아직까지는 쓸 일이 없었다. 테레사가 슬며시 넣어준 돈주머니는 열어보지도 않았다.

'그나마 레사랑 편지를 주고받으니까.'

그게 위안이었다.

이곳에서 노는 것이 너무 즐거워서, 일하는 레사에게 죄책감이 들 정도였던 것이다. 하지만 레사가 잘 지내고 있다는 편지를 보내줘서 그나마 마음이 가벼워졌다.

흘러넘치는 제니의 옷장이 부럽지 않은 것은 아니었지만, 레사가 열심히 일해서 마련해 준 드레스들과 비교할 것은 아무것도 없었다.

게다가 에릭—제니의 오빠를 통해서 전달받은 커다란 초콜릿도 호사품이었다.

"미나!"

뒤에서 들린 목소리에 미나는 얼른 개울에서 올라왔다. 조랑말을 타고 달려온 제니가 말에서 뛰어내리듯 내려, 달려와 말했다.

"이거, 편지 왔어."

"아, 정말? 고마워. 스푼은 제대로 가져온 거야?"

"그럼, 챙겨 왔지."

씩 웃으며 제니가 주머니를 들어 보였다. 간식 바구니를 가져오면서 스푼을 깜박한 것이었다. 다른 거야 손으로 먹을 수 있지만, 병 안에 든 푸딩은 무리다. 그래서 제니가 얼른 다녀오겠다고 한 것이었다.

그사이에 편지를 바로 받아 온 모양이었다.

"미나."

"응?"

"그, 레사라는 사람 말이야. 미나 약혼자야?"

"에? 아니, 그런 거 아냐."

놀라 미나가 부정하며 고개를 저었다. 그러다 문득 경보음이 머리 한쪽에서 들렸다.

'만약 테레사가 날 그렇게 소개해 놨으면 어떻게 하지? 아니, 그러면 말했을 거야. 그래도 거의 매주 편지를 부치는 이상, 가까운 사람이라고 소개는 해놨겠지.'

"그러면 미나는 그 사람 좋아해?"

그 말에 미나는 망설임 없이 고개를 끄덕였다.

"응."

제니가 "아, 그런가." 하고 한숨을 푹 내쉬었다.

"모처럼 마음에 드는 사람이었는데, 어쩔 수 없네. 미나에게 양보하는 수밖에."

미나는 가볍게 웃었다.

"그것참 고맙네."

그리고 제니를 위해서도, 다행이었다.

"편지 뭐라고 써 있어?"

"으음, 글쎄."

"아, 참. 보면 안 되는 건가? 혼자서 마음껏 봐."

말을 하고 제니는 돌아섰다. 미나는 인장을 가볍게 떼어 내고 안의 편지를 꺼냈다.

'아, 글씨체 많이 좋아졌다.'

삐뚤삐뚤했던 글자들이 어느 정도는 나란히 정렬되어 있었다. 미나는 맨 첫 문장이,

─이게 그나마 가장 잘 쓴 걸 골라서 보내는 거야.

라는 걸 보고 가볍게 웃었다. 그러나 곧 얼굴에 걱정이 서렸다.

'삼 주는 연락이 안 될 것 같다……'

임무 기간은 이 주지만, 레사는 예상치 못한 사건까지 넣어서 넉넉하게 기간을 잡아 적어 넣었다.

'하지만 황자님이랑 있으니까, 큰일은 없는 거겠지?'

무슨 일인지 적어 두지는 않았지만, 황자의 호위이니 그렇게 위험한 일은 아닐 거라고 미나는 애써 안심하려 노력했다. 나머지는 황궁 안에서 일어난 소소한 이야기와─

'고백을 받다니.'

미나는 웃음을 삼켰다.

'확실히 겉모습만 보면, 음…… 잘생긴 남자이기는 하지만.'

레사의 편지는, 미나가 보냈던 편지 내용에 대한 답장으로 가득 차 있었다. 필요한 게 있으면 언제든지 말하라는 문장과 함께

말이다.

'마음만으로도 충분하네요.'

미나가 편지를 처음부터 다시 보고 봉투 안에 접어 넣자 제니가 그녀를 불렀다.

"미나, 간식 먹자!"

"아? 앗, 기다리지 그랬어! 같이 차리지."

"뭘~ 차릴 것도 없는데. 여기 앉아. 먹자."

"고마워."

미나는 펼쳐진 체크무늬 돗자리 위에 앉았다. 유리병에 든 차가운 우유를 마시고 두툼한 햄과 치즈가 들어간 샌드위치를 먹으며 두 사람은 수다를 떨었다. 마지막으로 푸딩에 손을 뻗자 제니가 긴 은수저를 건네주었다.

"아, 드래곤이 있네?"

은수저 뒤쪽에는 도프 가문의 문장이 새겨져 있었다.

"응, 원래 드래곤은 황실에서만 쓰는 건데, 도프 백작가는 특별히 쓸 수 있는 거야."

"그래?"

상당히 섬세하게 새겨진 드래곤을 미나는 빤히 바라보았다. 제니가 자랑스럽게 말했다.

"처음에 제국이 세워질 때, 드래곤을 죽였잖아? 그때 큰 도움을 줬던 게 우리 백작가의 시조거든."

"아—"

"그래서 우리도 쓸 수가 있는 거지. 그래서 황실을 드래곤 슬레이어의 후손이라고도 하잖아?"

"응, 그렇지. 고대 제국을 멸망시킨 게 드래곤이라고도 하고 말이야."

"그런데 아무리 그래도 드래곤 한 마리가 그 거대한 고대 제국을 멸망시키는 게 가능했을까?"

"나도 거기에 대해서는 의문점이 들기는 하지만, 그게 아니면 하루아침에 멸망해 버린 게 설명이 불가능하잖아?"

"그건 그런데…… 또 그런 드래곤이 우리 가문의 시조라고 하지만 그냥 평범한 인간에게 잡혔다는 것도 잘 이해가 안 가."

"여러 사람이 힘을 합쳐서 잡았겠지. 고대 제국을 멸망시킨 드래곤이니까, 다들 그대로 있으면 안 된다고 생각한 게 아닐까?"

아카데미생들답게, 서로 학술적인 이야기를 나누며 둘은 슬슬 불이 붙었다. 제니가 푸딩을 한가득 입 안으로 밀어 넣으며 말했다.

"하지만 마법이 싹 다 사라진 건 아쉬워. 마법무구 중에는 진짜 신기한 게 많거든."

"난 본 적 없지만 상처를 순식간에 낫게 하는 마법도 있다고 들었어."

"응, 그런 것도 있고, 막 불이나 번개가 나가는 것도 있다고 하더라고."

"신기하다."

"그지? 지금도 남아 있으면 좋은데. 고대 제국의 멸망과 동시에 마법과 마법사가 전부 사라지다니. 진짜 미스테리야, 미스테리."

"아직도 여러 학설이 분분하잖아."

"그지. 전에 학설 정리하는 리포트를 쓰다가 학자들을 다 없애버리고 싶어졌다니까."

"아하하."

미나가 웃었고 제니는 고개를 흔들고 말했다.

"아, 몰라, 몰라. 모처럼 방학인데 공부 이야기 안 할 거야. 쉴 거야. 놀 거라구!"

"그래, 그래."

미나가 고개를 끄덕이고 한 번 더 스푼의 장식을 보았다가 푸딩을 입 안으로 넣었다.

"음! 맛있어어—!"

"맛있지?"

뿌듯하게 웃으며 제니가 두 번째 푸딩병을 열었다.

"많으니까 많이 먹어."

2장
라발렌도 백작령

　수도에서 이틀 거리인 라발렌도 백작 영지는, 산이 반, 들이 반이었다.

　프레이스와 레사는 일단 백작의 성이 있는 도시로 들어갔다. 이곳이 영지의 중심지이자 가장 번화한 곳이라고 할 수 있었다. 여기서 밀정을 만나 자세한 이야기를 듣고 그다음을 계획하기로 한 것이다.

　"분위기가 좋지 않네요."

　레사가 한쪽 다리를 가볍게 절뚝이며 말했다. 모르는 사람이 보면 왼쪽 다리에 문제가 있다고 생각할 것이다. 상대를 약자라고 생각하면 빈틈이 생긴다. 그리고 물론, 그렇게 방심하게 하는 편이 더 좋다. 그래서 레사는 약간의 불편함을 기꺼이 감수했다.

"얼마 전에 농민반란이 있었다니까."

프레이스가 낮게 대답했다.

"그렇군요."

거리에는 사람도 적고, 다니는 사람들의 얼굴도 어두웠다. 레사는 흐음, 하고 집게손가락으로 코를 슥슥 문질렀다.

"더 이상한 점이 있습니다."

"뭔데?"

"밭이, 반쯤 방치되어 있어요. 저 상태로라면 올해 수확량은 형편없을걸요. 그리고 농부에게는 항상 자신의 밭이 우선이죠."

밭을 방치하는 농부는 있을 수가 없다.

"그것도 반란의 영향일까?"

"글쎄요."

프레이스의 물음에 레사는 고개를 갸웃했다. 프레이스는 시선을 돌려 마을에 하나뿐인 여관을 찾아냈다. 가게들 역시 대부분 문을 닫고 있었다. 수도와 이틀 거리의 도시이니, 그래도 활기차야 하는데.

'쯧.'

프레이스는 속으로 혀를 찼다.

1층은 식당 겸 선술집이었고, 2층엔 침실이 있는 여관이었다. 들어가자 오랜만에 온 손님에 놀란 듯 웨이트리스가 눈을 깜박이다가 얼른 마중 나왔다.

"어서 오세요, 검사님."

겉으로 보기에 둘은 방랑검사와 그 시종으로 보였다.

레사가 얼른 앞으로 나섰다.

"안녕하십니까, 일단 오늘 하룻밤 묵으려고 하는데 방 있나요?"

웨이트리스는 레사와 프레이스를 번갈아 보다가 레사에게 시선을 고정했다. 프레이스는 그녀와 대화를 나누지 않을 것이란 걸 알아챈 것이다.

"네, 있어요."

"얼마예요?"

"동화 다섯 개."

"그러면 하나 주세요. 식사도 같이 주시고요."

레사가 주머니에서 은화를 하나 꺼내며 말하자 웨이트리스의 눈이 반짝였다. 그녀가 잽싸게 은화를 낚아채고 안을 향해서 소리쳤다.

"뜨끈한 스튜랑 빵 두 개!"

그러고 나서 레사를 돌아보았다.

"방 열쇠를 줄게요, 이쪽으로."

"네, 미인이시니까 말 편하게 하세요. 누님."

씩 웃으며 하는 말에 웨이트리스는 "어머?" 하고 웃었다. 그러다 얼른 프레이스의 눈치를 보았다. 기색이 좋아 보이지 않았다. 그녀는 후다닥 레사에게 열쇠를 건네고는 방 번호를 알려 주었다. 둘은 비좁은 계단을 올라가 낡은 방문을 열었다.

둘이 자기에는 좀 작은 침대가 놓여 있었고, 그 앞에는 낡아서, 제구실을 하기보다는 벼룩의 온상지이지 않을까 하는 러그가 있었다. 삐걱거리는 옷장을 열어 짐을 넣고 레사가 물었다.

"그분과는 어떻게 만나기로 하셨습니까?"

레사는 밀정에 대해 돌려 물었다.

"그쪽에서 우리를 찾아오기로 했어."

프레이스는 검 손잡이를 만지작거리며 대답했다. 그가 창가로 다가가 얼룩진 창문을 바라보고 살짝 눈을 찌푸렸다가 장갑 낀 손으로 창틀을 밀어 올렸다.

"창문을 열어야 햇빛이 들어오겠군."

"그렇다고 해도 상당히 심한걸요. 주인이 손님을 맞을 의지가 전혀 없는 게 아니라면 말이죠."

레사가 시트를 들어 깊이 푹 꺼진 침대 매트리스를 보았다가 시트를 도로 덮었다. 레사가 고개를 기웃하고 말했다.

"뭐, 미인 누님에게 더 알아낼 게 있나 물어보죠."

그 말에 프레이스의 단정한 눈썹이 찌푸려졌다.

"미인?"

"적당한 칭찬은 상대방의 마음을 문을 여는 데에 좋습니다."

레사의 대답에 프레이스가 슬쩍 레사의 옆얼굴을 훔쳐보았다가 물었다.

"그러면—"

"네."

"전에 나보고 잘생겼다고 했던 것도?"

"그건 그냥 진실을 말한 것뿐입니다."

"……그래? 그래 그럼, 내가 제일 잘생겼다는 게 사실이라는 거지?"

"네."

왜 자꾸 묻는 거야? 레사는 의아해졌다.

"그렇다면 뭐, 다른 사람보고 미인이라고 해도 괜찮아."

허락해 줘서 감사하다고 해야 하는 건가?

그녀는 뭐라고 대답할지 몰라 입을 벌렸다가 닫았다.

프레이스는 거칠고 두꺼운 망토를 풀었다. 안에 입은 것은 용병이 입을 법한 가벼운 가죽 방어구였다.

뒷세계로 잠입하기로 마음먹었으니, 칼 밥 좀 먹은 태를 내줘야 하는 것이다.

"내려가지."

프레이스의 말에 레사가 고개를 끄덕였다.

프레이스는 턱을 괴고 레사의 뒷모습을 바라보았다. 레사는 바에 기대서, 웨이트리스와 신나게 이야기를 하고 있었다. 표정이나 어투가 전혀 자신이 알던 레사 같지가 않았다.

"와, 그렇구나. 아, 내가 조금만 더 나이가 있었으면 누님에게 청혼했을 텐데 말입니다요."

"어머, 얘는—"

웨이트리스가 깔깔 웃었다. 레사가 씩 웃으며 말했다.

"아니, 진짜라니까요. 그나저나 여기 동네는 어때요? 정착할 만해요? 우리 형님이랑 쓸 만한 일이 있나, 정착할 만한가, 하고 돌아다니는 중이거든요."

"아하—"

웨이트리스가 곁눈으로 슬쩍 프레이스를 보았다. 그녀가 목소리를 낮춰 물었다.

"친형이야?"

"에이, 저런 미남이랑 내가? 아뇨, 우연히 만난 사이예요."

손을 내저으며 레사가 말하자 '역시' 하는 얼굴로 웨이트리스가 고개를 끄덕였다.

"글쎄, 워낙 조용한 동네라서 말이야."

"그렇구나. 아니, 뭐냐, 그 실종자라든가 이야기를 들었거든요. 그래서 혹시 돈이 될까 하고—"

그 말에 웨이트리스의 얼굴이 굳었다.

"난 모르는 일이야."

"아, 그래요? 역시, 헛소문이었나—"

푸욱, 레사가 과장되게 한숨을 내쉬고 머리를 긁적였다. 웨이트리스는 어색하게 미소 지었다.

"너무 수다 떨었다."

"아아, 붙잡고 있어서 미안해요, 누님."

히죽 웃으며 레사가 바에서 몸을 떼고 얼른 프레이스가 앉아 있는 장소로 돌아왔다.

"어때요? 입에 맞아요?"

털썩 앉으며 하는 말에 프레이스는 고개를 끄덕였다. 레사는
멀건 스튜를 입 안으로 밀어 넣으며 말했다.

"다행이네요."

가발에 레사의 눈이 반쯤 가려져 있어서, 눈동자를 잘 바라볼
수가 없었다. 프레이스는 불평 없이 깨끗하게 접시를 비웠다. 레
사는 그것에 감탄했다.

'도저히 귀족─황족이 먹을 만한 수준의 음식은 아닌데.'

연기를 위해서 먹는다면, 그야말로 대단한 희생정신이 아닐까?

식사를 끝내자 프레이스가 낮게 말했다.

"올라가지."

"아, 응."

레사가 후다닥 스튜 그릇을 들어 마지막 건더기를 삼키고 자
리에서 벌떡 일어났다. 위층으로 올라가 방으로 들어가자 자연
스럽게 레사의 자세가 바뀌었다. 방금까지의 어정쩡한 무게 중
심은 사라지고 거기에 서 있는 건 호위였다.

"별 소득이 없군."

"뭔가 있는 건 확실한데 말입니다."

레사가 대답하자 프레이스가 힐끗 그를 보고 말했다.

"근데 역시 적응이 잘 안 돼. 어느 쪽이 진짜야?"

"물론 이쪽이지요."

의아한 얼굴로 레사가 대답했다. 프레이스가 손을 뻗어 레사의 앞머리를 슬쩍 넘겨보았다. 레사의 빨간 눈이 왜 그러냐는 의문을 담고 그를 빤히 보고 있었다. 프레이스는 손을 내렸다.

"그냥. 눈을 가리면 불편하지 않아?"

"익숙해져서 괜찮습니다. 아무래도 이런 눈은 튀니까요."

레사가 솜씨 좋게 자신의 앞머리를 다시 자연스럽게 흐트러트렸다. 프레이스가 하나밖에 없는 침대를 바라보았다.

"방 두 개 빌릴 걸 그랬나."

"어차피 하나는 못 쓸 겁니다. 호위인데, 붙어 있어야지요. 침대에서 주무십시오. 제가 바닥에서 자겠습니다."

"아니, 그렇게 멋대로 정하지 말아 줄래."

"설마 침대에서 같이 자자, 같은 이야기를 하시려는 겁니까?"

"……안 돼?"

"아뇨, 하지만 이 침대는 황궁에서 쓰던 침대 크기의 절반도 안 될 겁니다. 괜찮으시겠습니까?"

거의 붙어서 자게 되는 건데?

"상관없어."

침대에 앉으며 말하고 프레이스는 픽 웃었다.

"이런 거 오랜만인데."

"뭐가 말입니까?"

"다 내려앉은 짚이랑 벼룩이 살 것 같은 침대 말이야."

"겪어본 적이 있으신가요?"

"응."

대답하며 프레이스는 자기 부츠의 버클을 풀었다.

'황족이 이런 걸 겪어?'

레사는 의아해졌다가 문득 프레이스가 전에 이야기했던 '수도원'이 떠올랐다. 뭔가가 있는 거겠지.

버클을 다 푼 프레이스가 허리를 폈다.

"그런데 어떻게 생각해?"

"무엇을요?"

"'가루' 말이야. 이 동네에 소비하는 사람이 있어 보여?"

"아뇨, 하지만 사람의 수가 극히 적어 보이기는 했습니다. 농번기와 농민반란이라는 걸 포함하더라도, 이곳이 라발렌도 영지의 중심지인데 말이죠."

"그런가."

프레이스는 다리를 꼬았다.

"역시 직접 와서 눈으로 보는 게 최고로군. 영지가 생각보다 낙후되어 있어. 게다가 돈을 내고 먹는 데도 그 개밥 같은 건 뭐지? 아무리 여름이라 해도, 식량은 제대로 보급 중이라고 생각했는데 말이야. 세금을 황법 이상으로 걷고 있는 걸까?"

그렇다면 반란이 일어난 것도 이해가 된다.

'진상 조사를 하기는 했지만……'

서류상으로는 무섭도록 깔끔했다. 오히려 그게 더 뒤가 켕기는 것이 있는 것처럼 보였지만 말이다. 게다가 밀정의 이야기까지 들으니 더욱 그랬다.

"방법은 여러 가지가 있으니까요. 게다가 마을에 유일한 여관의 수준이 이 정도이니, 아마 일반인들 쪽은 더 심할지도 모르지요. 내일은 마을 밖을 한번 돌아보는 게 좋겠습니다."

"그래. 내일 밀정과 접촉하니, 그때 더 자세한 이야기를 들을 수 있겠지."

레사는 고개를 끄덕였다. 그녀는 옷장 아래에서 낡은 담요를 꺼내어 창밖에 털었다. 그리고 담요로 몸을 말고 방문에 기대어 주저앉았다. 그걸 본 프레이스가 눈을 찡그렸다.

"침대로 오라니까."

"불편하실 겁니다. 잠은 잘 주무시는 게 좋아요."

"그건 너도 그렇잖아."

"전 어디서 자든지 비슷합니다. 어차피 궁에서도 소파에서 자는걸요."

"······그거 항의야?"

"네?"

"아니, 아니겠지. 원하면 궁에서도 침대를 줄게."

"침대에서 자는 호위가 어디에 있습니까? 그냥 얼른 주무십시오."

"좋아, 그러면 두 가지 선택지를 주지."

프레이스가 손가락 두 개를 펴 보였다.

"하나, 스스로 네 발로 와서 눕는다."

"……."

"둘, 내가 널 안아서 침대로 옮긴다."

"둘 다 기각하면 안 됩니까?"

프레이스가 대답 없이 침대에서 일어나 다가오자 레사가 얼른 자리에서 일어났다. 그녀가 짧게 한숨을 내쉬고 말했다.

"그러면 제가 바깥쪽에서 자는 걸로 하겠습니다."

저 낡은 창문을 소리 없이 열고 들어올 만한 기술자는 없을 테니까 말이다. 레사는 부츠 끈을 슬쩍 느슨하게 하고 침대에 누웠다. 침대가 좁아서 나란히 누워 있으면 어깨가 닿을 정도였다. 그녀는 조금이라고 면적을 줄이기 위해 문 쪽으로 돌아누웠다.

"잘 자, 레사."

프레이스의 말에 레사는 "주무십시오." 하고 짧게 대답한 뒤 초를 훅 불어 껐다. 아래층에서 사람들이 술을 마시는 소리가 작게 들려왔다.

프레이스는 힐끔힐끔 옆에 누운 레사를 바라보았다. 어둠 속에 흰 얼굴이 선명하게 떠올랐다. 주근깨를 그리기는 했지만 단정함을 지울 수는 없었다.

'잠이 안 와.'

프레이스는 천장을 보며 신음을 삼켰다.

"레사, 자?"

결국 작게 묻자, 옆에서 부스럭거리는 소리와 함께 대답이 들려왔다.

"아뇨, 깨어 있습니다."

프레이스는 다시 힐끗 레사를 보았다가 놀랐다. 그가 자신 쪽으로 돌아누워 있었던 것이다.

"역시 잠이 오지 않으시는 게 아닙니까?"

"어? 아니, 아냐."

프레이스는 부인했다. 레사의 눈이 의심으로 아주 약간 가늘어졌다. 프레이스는 이제 자신이 제법 레사의 표정을 구별할 수 있게 되었다고 생각했다.

'이럴 때 친구들끼리 무슨 이야기를 하지?'

"레사."

"네."

"레사는 꿈이 뭐야?"

"꿈…… 말인가요……? 글쎄요. 미나를 아카데미에서 무사히 졸업시키는 것이 일단 제 목표이기는 합니다."

"흐음."

프레이스는 살짝 위가 꼬이는 기분이었다.

"그 여자애가 무척 소중한가 보군."

"네, 무척이요."

"그러면 졸업시키고 나면? 그 애와 결혼할 건가?"

"아뇨, 그건 아닙니다."

"결혼 안 할 건가?"

프레이스가 휙 고개를 돌려 물었다. 레사는 뭐라고 대답해야 할지 난감해졌다. 하지만 왜인지 프레이스의 눈을 보니 거짓말이 잘 나오지 않았다.

"네, 아직은 생각이 없습니다."

"그래, 그렇구나."

프레이스는 자신도 모르게 안도감이 담긴 목소리로 말했다. 그가 눈을 감으며 다시 말했다.

"잘 자, 레사."

"네."

레사는 간결하게 대답하고 눈을 감았다. 프레이스는 눈을 감기는 했지만 잠이 오지 않았다. 옆에 있는 사람의 기척이 신경 쓰였다.

'싫은 건 아냐. 그게 아니라.'

그게 아닌데 신경이 쓰였다. 하지만 그렇다고 뒤척이면 레사는 귀신처럼 알고 깨어날 것이다. 이러지도 못하고 저러지도 못하고 끙끙거리는데 레사가 상체를 일으켜 세웠다.

"역시 주무시지 못하고 계신 것 같은데요."

"아냐!"

자신도 모르게 당황한 목소리가 나왔다. 레사는 미심쩍음이 가득한 눈으로 그를 보았다. 프레이스도 몸을 일으키며 말했다.

"그냥 장소가 바뀌니까 그런가 봐."

"전에는 동굴에서도 잘 주무셨잖습니까."

말하고 레사가 "아." 하고 물었다.

"손 잡아 드릴까요?"

거절의 말이 나오지 않았다. 하지만 왜인지 부끄러워서 전처럼 '그래.' 하는 대답도 쉽게 튀어나오지 않는다. 레사는 대답이 없는 것에 갸웃하며 손을 내밀었다. 프레이스는 망설이다가 그 손이 사라질까 봐 얼른 손을 맞잡았다.

"그럼 주무십시오. 주무실 때까지 전 깨어 있겠습니다."

그러고도 프레이스는 한참을 깨어 있었다. 왜 맞잡은 손에 심장이 있는 것 같은 기분일까? 하지만 그것도 점차 진정이 되었다.

쿵쿵쿵―

일정하게 울리는 심장 소리를 들으며 작고 서늘한 손을 꼭 잡고 프레이스는 만족스러운 잠에 빠져들었다.

이튿날 아침 그가 일어나서 본 것은 여전히 그 자리에 앉아 있는 레사였다.

'아, 이런.'

프레이스가 당황해 손을 놓자 레사가 눈을 떴다.

"안녕히 주무셨습니까?"

"누워서 자지."

프레이스가 몸을 일으키며 마른세수를 했다. 레사가 자리에서 일어나 고양이처럼 쭈욱 기지개를 켜고 말했다.

"앉아서 자는 것도 괜찮습니다."

둘은 구겨진 옷 채로, 세수만 대충하고 아래로 내려와 아침을 먹었다. 옷 주름에 신경 쓰는 여행자는 없다. 이삼 일 더 묵을 거라고 웨이트리스에게 말하고 레사는 프레이스와 함께 여관을 나섰다.

'역시나.'

밭을 얼마 살펴보지 않아, 농사에는 문외한인 프레이스도 밭이 방치 상태라는 것을 알아챘다. 잡초를 뽑은 밭과 그렇지 않은 밭의 차이가 너무 커서 모를 수가 없을 정도였다. 밭을 지나 둘은 외곽에 있는 공동묘지로 향했다. 확인할 것이 있어서였다.

새로 생긴 묘비를 하나씩 들여다보고 프레이스는 혀를 찼다.

"적어."

"그렇습니까."

"그래."

죽었다고 보고된 사람의 숫자와 묘비의 수가 맞지 않았다.

'물론 전부 다 매장을 할 수는 없었겠지. 하지만―'

그 정도의 사람을 매장한다면 어딘가에 커다란 구덩이가 있어야 하고, 태운다면 지금도 연기가 올라와야 한다.

'즉, 살아서 어디로 빼돌려졌다는 말이지.'

프레이스는 눈을 가늘게 떴다.

'그렇다면 농민반란 자체가 날조된 것일 수도 있겠군.'

깨끗한 묘비의 표면을 어루만지다가 프레이스가 돌아섰다.

"대충 감이 잡혔어. 가지."

"네."

레사가 그 뒤를 따랐다. 시선이 따라붙었다는 게 느껴졌지만, 입을 열지는 않았다. 여관으로 다시 돌아가서야 레사는 그 말을 꺼냈다.

프레이스가 갸웃했다.

"감시?"

"네, 여관에 들어올 때까지 따라붙었습니다."

"뭐, 상관없어. 아직도 어디서 감시하고 있나?"

"그건 아니고, 어디서 묵는지만 확인한 것 같더군요."

"그렇군, 그러면 됐어."

둘은 밀정이 올 때까지 방 안에서 대기했다. 프레이스는 뭔가 대화를 시도하고 싶어 레사를 힐끔힐끔 보았지만 레사는 윈스턴에게서 빌려 온 책에 푹 빠져 있었다. 결국 프레이스는 약간 시무룩해져서 대화를 포기했다.

새벽 두 시 경이 되어서 열어둔 창문으로 검은 옷의 사내가 미끄러져 들어왔다. 그는 들어오자마자 프레이스의 앞에 부복했다.

"황자님."

"잡다한 인사는 생략하지. 상황은?"

프레이스가 손을 저었다. 밀정은 간략하게 상황을 설명했다.

1. 사람들이 어디론가 실려 가고 있다는 것.
2. 숲 안으로 실려 갔으나 감시가 심해 쫓아갈 수 없었다는 것.

3. 라발렌도 영지의 범죄 조직과 연계가 되어 있으나, 백작의 특별한 반응이 보이지 않는다는 것.

4. 만들어진 마약이 어떻게 퍼져 나가는지까지는 조사할 수 없었다는 것.

"아무래도 외부에서 보는 건 한계가 있다는 거군. 직접 범죄 조직에 잠입하면 되려나?"

프레이스가 힐끗 레사를 돌아보며 물었다.

"이런 조직과 혹시 연계된 끈이 있어?"

레사는 이반을 떠올렸다가 머리에서 슥 지우며 말했다.

"있기는 하지만, 합류하고 싶다면, 일단 온건한 다른 방법을 먼저 써 보죠."

"온건한 방법?"

프레이스가 의아해져서 되물었고 레사가 고개를 끄덕였다.

"많은 사람을 한 번에 감시하는 건 쉬운 일이 아니죠. 분명히 일손이 달릴 겁니다. 분명히 구인을 하고 있을 테니까, 저희가 구직자가 되는 거죠."

"그쪽에서도 아무나 뽑지는 않을 텐데?"

레사가 싱긋 웃었다.

"방법이 있습니다. 그래서, 악당이 되자는 이야기인데, 괜찮으십니까?"

프레이스가 묘하게 웃었다.

"내가 악당감이 아니라고 생각해 본 적은 없는데."

"그러네요."

레사는 쉽게 수긍하며 고개를 끄덕였다.

"잠깐, 너무 쉽게 수긍하는 거 아냐?"

"아닌가요?"

"아니, 맞는 것 같기는 해."

둘의 대화를 들으며 밀정은 식은땀을 흘렸다.

"그, 그렇다면 저도 함께—"

"아니."

프레이스가 말을 잘랐다.

"넌 계속 연결책 역할을 하도록. 혹시라도 우리와 연락이 두절되면, 알리거라."

"알겠습니다."

밀정이 깊이 고개를 숙여 보이고 다시 창문으로 빠져나갔다. 레사가 창문으로 다가가 창문을 닫고 먼지가 쌓인 유리창에 몇 개의 도형을 그렸다.

삼각형 안의 동그라미, 마름모꼴 아래 막대기 두 개.

어린애 장난 같은 그림이었다.

"뭐야?"

프레이스의 물음에 레사가 손가락을 떼고 말했다.

"흑자(黑字)라고 부르는 겁니다. 일종의, 뒷세계의 암호죠."

"그걸로 신호를 보내는 건가?"

"네, 이 마름모꼴은 검 쓰는 사람이 있다는 거고, 삼각형 안의 동그라미는 동지를 만나고 싶다 하는 이야기지요."

"흐음."

흥미롭게 프레이스가 그걸 바라보았다.

"그러면 상대가 그걸 보면 연락을 하는 건가?"

"네, 그들에게 손이 필요하다면 말이죠."

"과연, 온건한 방법이네."

"온건한 방법입니다."

대답하고 레사는 옷자락에 슥 손가락을 문질러 닦았다. 프레이스가 그런 레사를 보다가 물었다.

"레사."

"네."

"나 악당 같아?"

"조건은 갖추고 있으시다고 생각합니다."

레사의 말에 프레이스는 눈을 찌푸렸다. 하지만 반박할 말도 없었다. 자신이 인간을 싫어하는 건 레사도 잘 알고 있는 거니까.

"하지만 진짜 악당은 아니시라는 걸 압니다."

악당이라면 자신 같은 호위를 고용하지도 않았겠지. 그냥 내키는 대로 사람을 죽였을 거고. 아니, 처음에 자신을 고용할 때부터 그렇게 큰돈을 주지도 않았을 거다.

속였든 어쨌든 상당한 액수의— 목숨 값을 지불한 거니까.

"싫거든."

프레이스의 뜬금없는 말에 레사가 고개를 돌려 그를 보았다. 프레이스가 한쪽 무릎을 끌어당겨 앉으며 말했다.

"날 궁지에 몬 환경대로 사는 거 말이야. 그래, 악당이 될 수 있는 충분한 환경이지. 하지만 그러니까 악당이 되고 싶지 않아. 환경이 이끄는 대로, 이끌려서 살고 싶지 않아."

그건 눈부시네요. 레사는 그렇게 생각했다. 전부터 생각하는 거지만, 정말로 눈부시다. 만약 프레이스가 자신의 입장이었다면, 뭔가 달랐을까? 다르게 이야기를 끝낼 수도 있었을까?

'만약을 이야기하자면 끝도 없겠지만.'

프레이스가 생각에 잠긴 레사를 바라보았다.

"무슨 생각해?"

"프레이스가 대단하다고 생각하고 있습니다."

"그거 기분 좋은 아부인데."

"진심입니다."

"그럼 기쁘고."

프레이스가 싱글 웃었다. 레사에게는 자신의 감정을, 생각을 솔직하게 말하는 게 너무 쉬웠다. 그게 이렇게 쉽고, 이렇게 즐거운 일이라고는 생각하지 못했었다.

"그럼 이제 주무시죠."

레사가 어제처럼 담요를 꺼내며 힘주어 덧붙였다.

"오늘은 같은 침대에서 자지 않을 겁니다."

고용주의 수면을 방해할 생각은 조금도 없었다. 프레이스가 "괜찮은데." 하고 중얼거렸지만 어제 일로 신용을 잃어 통하지 않았다. 레사는 의자를 가져다가 침대 옆에 두고 그 위에 앉았다. 그리고 누운 프레이스를 향해 당연하다는 듯이 손을 내밀었다.

"……."

프레이스는 물끄러미 그 손을 바라보다가 손을 잡았다. 왠지 어리광을 피우는 아이가 된 것 같아 낯설고 쑥스러웠다. 레사가 어두운 초를 불어 껐다.

달빛이 얼룩진 창문을 통해 희미하게 비쳐들었다.

"레사."

"네."

"언젠가 내 이야기를 해 줄게."

중얼거리듯 작게 프레이스가 말했다.

"그러니 네 이야기도 해 줘."

"별로 들을 만한 이야기는 아닙니다."

난 당신처럼 눈부시지도 않고, 대단하지도 않다.

"그래도 네가 들어줬으면 좋겠어. 그리고 들려줬으면 좋겠어."

"준비가 되면." 하고 프레이스가 작게 덧붙인 말에 레사는 대답하지 않았다. 하지만 프레이스는 거절이 아닌 침묵으로도 충분했기에, 이내 희미한 미소를 지었다.

　　　　　*　　　*　　　*

　하루 종일 레사와 프레이스는 빈둥거렸다. 동네를 어슬렁 다
니며 레사는 흑자를 몇 개 더 그렸고, 프레이스는 그 뒤를 쫓아
다닐 뿐이었다.

　"이든 형."

　레사의 부름에 프레이스는 눈을 돌렸다.

　"왜? 룹."

　둘은 서로 가명을 쓰고 있었다. 프레이스야 미들 네임이 있으
니 그걸 썼지만, 왜 레사의 가명이 룹이라는 발음이 어려운 이름
인 건지는 프레이스도 알 수 없었다.

　"형은 돈 많이 벌면 뭐하고 싶어?"

　씩 웃으며 레사가 물어 와서, 프레이스는 '이게 무슨 소리야?'
하다가 금방 알아챘다.

　'누가 쫓아오고 있나 보군.'

　"은퇴."

　"우와— 처량해. 아직 젊은데?"

　"일확천금했으면 은퇴해야지."

　"에이, 술이랑 여자가 아니고?"

　그 말에 프레이스는 눈을 찡그렸다. 그게 레사가 프레이스에
게 말하는 건지, 룹이 이든에게 장난치는 건지 분별하기가 어려
웠다.

"둘 다 지겨워."

프레이스의 대답에 레사는 킬킬 웃었다. 짧게 다리를 끌듯이 절면서 걷는 그의 모습에, 프레이스는 그게 꾸며낸 거라는 걸 알면서도 안아 들어서 걷고 싶다는 충동을 느꼈다.

"어이—!"

뒤에서 부르는 목소리에 레사와 프레이스가 동시에 뒤를 돌아보았다. 거기에는 헝클어진 머리를 한, 한눈에도 거지같은 차림의 사내가 서 있었다.

"이거 너희 거야?"

동전을 내밀며 묻는 말에 레사가 경쾌하게 대답했다.

"땅에 떨어진 건 임자가 없지."

"그럼 내가 가진다?"

"빼앗는 건 내 미덕이고."

"뭐래? 오늘은 술 한 잔 마시겠네."

"독주는 너나 마셔."

레사의 말을 귓등으로 들으며 거지 남자는 구시렁거리고 떠났다. 프레이스가 레사를 내려다보았고 레사가 어깨를 으쓱하며 말했다.

"헛소리 같아?"

"음."

뭐라고 대답해야 할지 몰라 프레이스는 침음을 흘렸다.

레사가 다시 걷기 시작하자 프레이스가 손을 뻗어 레사를 한

팔로 안았다.

"우왓—?! 이든 혀엉?"

레사의 목소리가 뒤집혀 프레이스는 소리 내어 웃었다.

"그 걸음으로 가려면 느려."

"빠르거든? 충분히 걸을 수 있거든?"

당혹하며 레사가 그의 어깨를 잡았다. 대체 왜 프레이스가 이러는지 알 수가 없었다. 프레이스가 작게 물었다.

"암구호?"

그 속삭임에 레사는 '아하.' 하고 발버둥을 멈췄다. 작게 이야기를 하려면 가까이 붙어야 하기는 하지.

"형은 진짜 날 짐짝처럼 취급한다니까."

소리 내어 구시렁거리며 레사가 고개를 끄덕였다. 프레이스는 흥미로웠다.

'진짜로 뒷세계 사이에 쓰이는 암구호가 있단 말이지.'

그리고 그가 레사를 어깨에 턱 메었다.

"진짜 짐짝 취급당해 볼래?"

"이든 형!"

왁 하고 레사가 악을 써서 프레이스는 킬킬 웃었다. 이렇게 반응이 돌아오는 게 재미있었다.

'원래의 레사라면 걍 멀뚱히 얹혀졌겠지? 아니, 이렇게 얹혀져 있으면 호위하기에 힘듭니다. 라고 했으려나?'

프레이스는 몇 번 레사를 까부르다가 여관 앞에 도착해서야 레사를 내려주었다. 레사는 욕을 작게 내뱉으며 옷을 추슬렀다.

"누님! 여기 마실 것 좀 주세요."

레사가 안으로 들어가며 하는 말에 웨이트리스는 "알았어."
하고 짧게 대답한 다음 맥주 두 잔을 가져다주었다.

안주로 풋콩을 까면서 마시는 둥 마는 둥 맥주 한 잔이 미적
지근해질 때까지 홀에서 버티고 있으려니, 곧 덩치 큰 남자 둘이
여관 문을 거칠게 열며 들어왔다.

프레이스는 웨이트리스의 몸이 굳는 것을 곁눈으로 보았다.
그는 들어오는 두 명의 남자를 바라보았다.

한 명은 곰처럼 덩치가 크고, 한 명은 그보다는 작달막했다.

큰 멍청이와 작은 멍청이.

프레이스는 속으로 그렇게 둘에게 이름을 붙였다.

"어이."

작은 멍청이가 건들거리는 걸음으로 걸어와 테이블 앞에 섰
다. 레사가 그를 올려다보고 말했다.

"합석이라면 필요 없는데."

"여기 맥주 김빠진 맥주인데."

"네가 먹는 데워진 맥주보다는 낫지."

레사가 대답하자 그가 뒤에 큰 멍청이를 돌아보고 다시 레사
를 보았다.

"바툼."

"룸."

작은 멍청이—바툼이라고 이름을 소개했지만, 프레이스는 이 호칭을 바꿔줄 생각은 없었다.—가 어깨를 으쓱하고 자리에 앉았다.

"요즘도 이걸 쓰는 인간이 있다니."

"전통이잖아?"

히죽 웃으며 레사가 말했다. 작은 멍청이가 물었다.

"형씨는 강해?"

"이든 형은 최고야. 형이 검을 빼지 않는 걸 바라는 게 좋을걸. 검을 뽑으면 꼭 피를 봐야 하니까."

"흥."

바툼이 코웃음을 쳤다. 저런 식의 허세는 뒷세계에서 흘러넘친다. 바툼이 레사에게 턱짓해 보이고 물었다.

"넌?"

"매직펑거 룹이라고 못 들어 봤어?"

"못 들어 봤는데."

"그럼 여기는 촌구석이군."

레사가 피아노를 치듯이 손가락을 허공에서 움직여 보였다. 바툼이 말했다.

"좀도둑은 많아."

"예술가라고 해 주겠어? 그리고 단검도 꽤 다룬다고."

"얼마나?"

"네 관 뚜껑에 못질은 해 주겠지."

"시발 새끼가."

"뭐래, 개새끼가."

레사와 바툼은 욕을 주고받았다. 바툼의 손이 허리로 다가가는 걸 프레이스는 곁눈으로 바라보았다. 그때 뒤에 서 있던 큰 멍청이가 다가와 바툼의 어깨에 손을 올리고 말했다.

"실력은 가서 보면 알겠지."

큰 멍청이는 낮고 긁히는 듯한 목소리를 가지고 있었다. 들으면 불쾌해질 정도였다. 하지만 레사도 프레이스도 눈 하나 깜짝하지 않았다. 바툼이 퉤 하고 침을 바닥에 뱉으며 말했다.

"두고 보자고."

그리고서 창자와 씹에 관한 욕이 나왔기 때문에 프레이스는 과연 하고 속으로 고개를 끄덕였다. 저런 욕을 들으면, 귀족의 욕이 고결하게 느껴질 만도 하다. 바툼이 자리에서 일어나자 레사가 물었다.

"지금?"

"그래."

큰 멍청이가 말했고 레사와 프레이스는 자리에서 동시에 일어났다. 레사가 다리를 살짝 저는 걸 보고 바툼이 다시 욕을 했다.

"아, 썅. 다리병신 새끼였어?"

"넌 머리가 병신이고."

"이게―!"

바툼이 손을 뻗어 오자 프레이스가 중간에서 그 손목을 잡아

꺾었다. 한계까지 잡아 꺾자 바툼이 비명을 질렀다.

"내 일행에게 손대지 마."

낮게 말하고 프레이스가 그의 엉덩이를 걷어차 넘어트리며 손목을 놓아 주었다. 바툼은 욕을 내뱉었지만 더 이상 시비는 걸지 않았다. 레사가 투덜거렸다.

"내가 해결할 수 있는데요."

프레이스는 대답하지 않았다. 큰 멍청이가 프레이스를 살피듯 바라보았다가 자신의 일행이 당했는데도 상관없다는 태도로 걸어가기 시작했다.

좁은 골목길을 지나자 그 앞에 마차가 대기하고 있었다.

"타."

큰 멍청이가 말했다. 프레이스와 레사는 망설이지 않고 마차에 올라탔다. 마차는 창문이 없는 마차였다. 문을 닫자 안은 암흑으로 가득 찼다. 마부는 작은 멍청이였고, 큰 멍청이는 둘과 함께 마차에 올라탔다. 레사가 휘파람을 불며 말했다.

"대체 무슨 일을 시킬 셈이야? 큰 건수라도 있어?"

큰 멍청이는 잠시 부스럭거리더니 토막 초에 불을 붙여서 마차 창문에 붙은 촛대에 초를 올렸다.

"네가 뭘 얼마나 할 수 있느냐에 달렸지. 저 형씨도."

"내가 뭘 얼마냐 할 수 있느냐는 나에게 얼마나 주나에 달렸지."

레사의 말에 큰 멍청이가 씩 웃자 누런 이가 드러났다.

"그 혓바닥만큼 실력이 있기를 바라지."

"돈 걱정 먼저 하셔."

레사는 지지 않고 대답하고는 팔짱을 끼고 등을 푹 기대며 눈을 감았다. 더 이상 대화를 하지 않겠다는 제스처였다. 프레이스는 손을 느긋하게 검 손잡이에 올리고, 레사 쪽으로 살짝 기대며 눈을 감았다. 어깨에 닿아오는 온기가 기분 좋았다.

마차가 달리는 소리만 작게 들려왔다.

그렇게 이십여 분을 달리고 나서야 마차가 멈췄다. 덜컹거리는 소리와 함께 마차 문이 열리고 먼저 프레이스가, 그리고 그다음으로 레사, 마지막으로 큰 멍청이가 내렸다.

"완전 숲이잖아?"

레사가 투덜거렸다. 그런 레사의 어깨를 바툼이 치듯이 밀었다.

"걷기나 해."

레사는 눈을 찌푸렸지만 대꾸하지 않고 걷기 시작했다. 태평하게 보이지만 그녀의 긴장도는 최고조에 달해 있었다.

이러니저러니 해도 적진의 한가운데 들어온 것이다. 그것도 호위 대상을 데리고 말이다.

'셋? 넷? 아니, 생각보다 훨씬 더 많아. 숲 안쪽에도 상당수가 있는 것 같고…….'

만약 자신들의 정체가 발각되어서 일부러 깊은 곳으로 데리고 온 것이라면, 도망치는 데 상당히 애로 사항이 있을 것 같았다.

'마차를 탈취해야 하나.'

머릿속으로 이런저런 상황을 시뮬레이션해 보고 있는데, 얼마 걷지 않아 통나무집이 눈에 들어왔다. 무장한 사람들이 서 있는 게 보였다. 프레이스는 어깨를 쭉 펴고 검집을 손가락으로 가볍게 두들겼다.

딱 보기에도 '나 언제든지 싸울 수 있으니 덤벼보든가?'하는 도발적인 자세였다.

'와— 진짜 재수 없다.'

같은 편이면서도 레사는 마음속으로 감탄했다. 도발을 저런 간단한 몸짓으로, 저렇게 오만하게, 그리고 완벽하게 해내는 사람은 아마 프레이스가 유일할 것이다.

강자가 가지는 여유, 품격, 그리고 묘한 오라까지 합쳐져서, 시정잡배는 감히 흉내도 못 낼 모습이었다. 악당으로 따지자면 최종 보스 같은 느낌이랄까.

'그러니, 봐 다들 덤비지 못하고 있잖아.'

무장한 사람들 역시 프레이스의 도발을 느끼고 자신의 무기를 잡았지만 거기까지였을 뿐, 프레이스의 앞으로 나오는 사람은 없었다. 프레이스는 한 번 주변을 쭉 둘러보고 나서 걸음을 성큼 옮겼다. 이미 그걸로 한풀 기를 꺾어 놓은 것이다.

기 싸움에서 이렇게 쉽게 이기는 걸 볼 줄이야.

레사는 속으로 한숨을 삼켰다. 자신에게는 절대로 불가능한 일이다.

'큰 개나 맹수가 짖지 않는 이유지.'

부럽다는 생각을 하며 레사는 통나무집의 문을 열었다. 임시로 만들어진 것은 아닌 듯, 내부 구조는 번듯했다. 반들반들한 테이블을 가운데 두고 남자 서넛이 서 있었다. 그리고 혼자서 앉아 있던 남자가 고개를 들었다.

"오오, 왔나?"

따뜻한 미소를 지으며 남자가 둘을 오랜만에 본 양 반겼다. 인상 좋아 보이는 사십 대 중반의 남자였다. 어딜 보나 허허 웃는 마음씨 좋은 이웃 아저씨처럼 생긴 사람이었다. 그리고 레사의 경험상 이런 사람일수록…….

'질이 안 좋지.'

"안녕하쇼~"

레사가 꾸벅 인사를 했고 프레이스는 눈썹 하나 까닥하지 않았다. 하지만 남자는 별로 상관하지 않는 듯 자리에서 일어나 둘에게 의자를 권했다.

"자자, 앉지 않아. 오느라 수고가 많았네. 차라도 한 잔씩 할텐가?"

"괜찮아."

레사가 고개를 젓고 자리에 앉았다. 프레이스는 앉지 않고 레사의 등 뒤에 섰다. 남자가 그런 프레이스를 보고 말했다.

"자네도 앉지 그러나?"

"신경 꺼."

프레이스가 짤막하게 대꾸하자 주변의 사내들의 인상이 대번에 일그러졌다.

"너 이 자식!"

"감히!"

"어허, 다들 진정하게. 서 있는 게 좋다니, 그래도 상관없지."

남자는 그렇게 말하고 도로 자리에 앉았다.

"난 갈더라고 하네. 룸과 이든이라고?"

레사는 고개를 끄덕였다.

'이름을 알고 있다?'

그 말은 이전부터 자신들을 지켜봐 왔다는 이야기겠지. 저렇게 상대방의 정보를 불쑥 꺼내는 것 역시 기를 죽이기 위한 포석이다.

"일을 구하러 이곳에 왔다니, 이런 시골에 무슨 일이 있겠나?"

갈더가 쯧쯧 혀를 찼다. 레사가 비딱하게 턱을 괴며 말했다.

"귀가 없는 건 아니거든. 수도에서 듣자 하니 꽤 재미있는 일이 있다고 해서 말이야."

"수도 어디에서 들었지?"

갈더의 눈이 가늘어졌다. 레사가 "푸핫." 하고 웃었다.

"그걸 말해 주면 내가 바보지. 하여간 여기까지 왔으니까 일줄 거야, 말 거야?"

"실력이 있으면 주겠지."

"어떤 실력이 필요한데?"

"검을 다룬다고 했던가?"

"그래."

"어느 정도지?"

갈더의 말에 레사는 흐음— 하고 말을 끈 뒤에 웃었다.

"이든 형 혼자서도 이 안에 있는 놈들 다 죽일 수 있을 것 같은데?"

"뭐라고!"

"이 새끼가 보자보자 하니까!"

험악한 기운을 뿜어내며 사내들이 욕을 내뱉었다. 흥분해 흉흉한 기세를 뿜어내는 그들을 보고 프레이스가 나른하게 말했다.

"다 죽여?"

"시발 새끼가!"

결국 참지 못하고 한 사내가 검을 빼 들었다.

휙—

은광이 허공을 갈랐다.

"어?"

사내는 얼빠진 소리를 냈다. 쿵 하는 무거운 소리와 함께 검을 든 팔이 바닥으로 떨어졌다. 곧이어 피가 분수처럼 솟구쳤다.

"으아아악!!"

남자는 비명을 지르며 팔을 부여잡고 바닥에 쓰러졌다. 사내는 눈물 콧물을 쏟으며 자신의 잘린 팔을 주워 들었다. 그 모습을 빤히 바라보다가 프레이스는 두 번째로 검을 휘둘렀다. 비명소리는 사라지고 비릿한 녹슨 철 냄새와 침묵이 방 안을 가득 메웠다.

모두의 시선이 쓰러진 시체로 향했다. 프레이스가 툭툭 검날을 부츠에 부딪쳐 피를 퉁겨내며 말했다.

"더 할까?"

명백한 도발에도 아무도 검을 뽑지 않았다. 프레이스의 실력이 진짜라는 것을 지금 눈으로 확인한 것이다. 그가 언제 검을 뽑아 휘둘렀는지 파악한 사람은 많지 않았다. 단지 섬광이 번득이는 것처럼 뭔가가 획 하는 것만 보았을 뿐.

"입증한 것 같은데?"

자신 쪽으로 굴러 온 목을 밟아 멈추고 레사가 갈더를 보며 말하자 그는 굳은 입매를 풀고 온화한 웃음을 지어 보였다.

"과연, 과연. 실력이 자신 있는 치들이었구만. 좋아, 합격이네."

갈더가 자리에서 일어나며 말했다.

"두 사람 다 이리로 오게나."

그리고 문 쪽으로 다가가며 짧게 말했다.

"치워라."

"네."

뒤에서 사내들이 불만이 가득한 어조로, 하지만 확실히 대답했다. 동료가 죽었는데도 상사에게 어떤 불만도 제기하지 않는다.

'상당히 장악력이 강한 모양이야.'

이 갈더라는 작자가 보통이 아니라는 또 다른 증거였다.

레사의 걸음걸이를 힐끗 보고 갈더가 물었다.

"자네, 뛸 수는 있나?"

"당신보다 빠를걸."

"허허허. 젊은 게 좋기는 하구만."

갈더는 웃으며 문을 열었다.

여름의 숲은 습기를 가득 머금고 있었다. 프레이스는 근처에 계곡이라도 있는 건가 싶어 주변을 둘러보았다. 해가 서녘으로 천천히 기울어지고 있었다.

'숲은 해가 더 빨리 지니까.'

프레이스는 다리를 짧게 쩔뚝이며 걷는 레사를 보았다. 이제 다리를 저는 게 연기가 아니라 실제처럼 느껴질 정도였다. 그래서 안아 줘야 할 것 같이 신경이 쓰여서, 프레이스는 몇 번이나 손가락을 움찔거렸다.

하지만 그 전에 갈더가 멈춰 섰다.

"이제부터 보는 건 어디 가서 입 밖에 내면 안 돼. 넬 시에는……."

갈더의 표정이 순식간에 냉혹하게 변했다. 방금까지 온화한 표정을 짓고 있던 사람이었기에 그 변화가 더더욱 극적으로 느껴졌다. 레사가 고개를 끄덕였다.

"걱정 마."

갈더는 프레이스의 대답을 기다리는 듯 그를 보았고 프레이스는 고개를 까닥였다. 그 말에 갈더가 고개를 끄덕이고 말했다.

"만약 발설 시에는 죽는 게 더 낫다는 생각을 하게 될 테니 말이야. 자아— 이 숲의 나무들은 봄철이 아니라, 지금 여름철에 특별한 수액을 만들어 내지."

갈더가 거친 손으로 옆에 선 나무를 슥 쓸었다. 레사는 인기척들이 더 가까워지는 걸 느꼈다. 그리고 어느 순간 시야가 탁 트이면서 그 인기척들이 뭔지 알 수 있었다.

'그리고 달콤한 냄새.'

희미하지만 습기 속에서 단내가 느껴졌다. 갈더가 손을 들어 산등성이를 가리켰다. 거기에는 김을 뿜어내는 작은 오두막들이 몇 개나 세워져 있었다.

"저기를 감시하는 게 자네들의 일이네."

"감시?"

레사가 묻자 갈더가 말했다.

"사람들이 도망치지 못하도록 말이야. 만약 도망치려고 하면, 최대한 잔인하게 죽이게. 다시는 그런 생각을 못 하도록."

레사는 초점이 풀린 눈으로 물지게를 지고 숲 사이를 비틀거리며 지나가는 사람들을 보다가 말했다.

"수액을 모아서 정제하는 건가?"

"비슷하지."

"도망갈 만한 사람은 안 보이는데?"

전부 다 중독자들처럼 보였다. 그것도 꽤나 심각한.

"밖은 그렇지만, 안은 아니거든."

갈더가 어깨를 으쓱하고 두 사람에게 손짓을 했다. 그리고 젊은이같이 힘찬 걸음걸이로 산등성이를 올랐다. 올라가자 울타리가 빙 둘러 서 있고, 그 가운데 오두막이 모두 여섯 개 만들어져 있었다. 그중 다섯 개의 오두막 굴뚝에서 쉼 없이 연기가 뿜어져 나왔다.

갈더가 연기가 올라오지 않는 오두막으로 걸어가 문을 두드리자 안에서 남자 둘이 피곤한 얼굴로 나왔다.

"교대다."

갈더의 말에 남자들의 얼굴이 밝아졌다.

"드디어—!"

"좀 쉴 수 있겠구만."

"오늘 밤은 진주굴 좀 보내 주쇼."

"하하핫, 수고했네. 그러도록 하지."

갈더는 두 사람의 어깨를 두들겨 노고를 치하하고 레사와 프레이스에게 눈짓했다.

"교대는 일주일 후일세. 그때까지 한 사람도 도망치지 못하게 지키도록."

"다른 건? 안에 사람들이 있으면 감독은 하지 않아도 돼?"

레사의 물음에 갈더가 고개를 끄덕였다.

"물론 그 일도 하게 되겠지만, 아직까지는 감시해 주는 것만으로도 충분하네. 이 일에 좀 익숙해지면 새 일을 맡기도록 하지."

"보수는?"

"일주일에 금화 한 닢. 다른 일을 맡으면 더 주고."

"그보다는 더 줄 줄 알았는데― 다른 일을 기대하도록 하지."

갈더가 인자하게 웃었다.

"걱정 말게. 만족할 정도로 얻게 될 테니까."

그리고 오두막 열쇠를 건네주고 몇 가지 설명을 해 준 후에 셋은 떠났다.

레사는 그들의 인기척이 충분히 사라졌다고 생각되자 주머니에서 손수건을 꺼내서 프레이스에게 건넸다.

"코와 입을 막으십시오."

프레이스는 "왜?" 하고 물으면서도 순순히 손수건을 접어 코와 입을 가렸다. 숨쉬기 어려운 데다가, 강도 같은 몰골이 되었지만 말이다. 레사가 혀를 찼다.

"공기 중에 마약이 희미하게 섞여 있습니다. 오래 있다가는 중독자가 되겠어요."

그 말에 프레이스가 손을 뻗어 레사의 입을 막았다.

"?!"

레사가 눈을 동그랗게 뜨자 프레이스가 말했다.

"넌? 다른 천은?"

레사는 뭐라고 말을 하려다가 프레이스의 손이 여전히 자신의 입을 막고 있다는 걸 깨닫고 이걸 좀 치우라는 손짓을 했다. 프레이스는 안절부절못하면서 천천히 손을 뗐다.

"전 괜찮습니다. 이런 유에는 조금 면역력이 있거든요."

"그래도!"

소리치고 프레이스가 자신의 손수건을 풀려는 걸 보고 레사가 당황해 그의 손을 잡아 저지했다.

"뭐 하시는 겁니까?"

"네가 안 하면 나도 안 해."

"무슨 말씀을—"

이게 뭔 어린애 같은 소리야?

레사가 황당함을 금치 못하는데 프레이스는 자신의 몸을 더듬고 주변을 둘러보았다.

"싫으면 같이 하면 되잖아? 젠장, 다른 천 어디 있지?"

"알겠습니다, 할게요. 잠시만요."

레사가 신음을 내며 말하고 허리띠 겸용으로 쓰던 긴 스카프를 풀어서 묶었다.

"되셨나요."

"응."

프레이스가 안도하며 대답했고 레사는 길게 한숨을 내쉬었다. 프레이스가 말했다.

"이걸로는 중독을 막을 수는 없어."

"그렇겠죠. 하지만 공기 중의 양은 적으니까 이걸로 중독이 되려면 상당히 오래 걸릴 겁니다. 한두 달은 여기에 있어야겠죠. 그래서 일주일마다 교대를 시켜주는 것 같기는 하지만…… 그래도 피할 수는 없을 겁니다."

"왠지 너무 쉽게 여기로 우리를 데려온다 했어."

프레이스가 날카롭게 말했다. 레사가 고개를 끄덕였다.

"중독자가 되면 벗어날 수 없으니까요."

"돈이 아니라 약을 받게 되겠지."

갈더의 구역질 나는 미소를 떠올리며 프레이스는 낮게 욕을 내뱉었다. 레사는 창문가로 다가가 힐끔 밖을 내다보았다.

"하지만 중독자는, 글쎄요. 제대로 된 기량을 발휘할 수가 없으니까 일이 끝나면 죽는다고 보면 되겠군요. 아까 그 두 사람도 저희 같은 외부인 같았고요."

프레이스가 턱을 어루만지며 말했다.

"돈을 준다고 데려와서 쉽게 비밀을 보여 주고, 서서히 중독시킨 다음 쓸모없어지면 죽인다는 건가?"

"그렇죠."

레사가 머플러를 풀며 말했다.

"밖을 한번 돌아봐요."

프레이스는 손수건을 끌어내리고 말했다.

"이거 하나 안 하나 별 소용없는 거 아냐?"

"습기를 막으면 좀 나을 것 같지만…… 숲의 초입부터 단내가 났는데 여기는 아주 강하게 나잖아요? 아마 저기서 그 수액을 끓이든 뭘하든 해서 약을 만들고 있는 것 같군요."

"문제는 여기 처박혀 있어서야 전혀 놈들을 파악할 수 없다는 거지."

"그러네요."

레사는 대답하며 문을 열었다. 프레이스가 그 뒤를 따라 나왔다. 오두막들을 둘러보니 대여섯 명의 사람들이 커다란 솥을 끓이며 열심히 젓고 있는 모습이 보였다. 팔다리가 다 쇠사슬로 연결되어 있었고 피곤해 보였지만 중독자처럼 보이지는 않았다.

'하지만 곧 중독자가 되겠지.'

내부는 어마어마하게 더워 보였다. 여름인 데다가 굴뚝만 빼고 밀폐된 공간에서 불을 피워대며 커다란 솥을 휘젓는다? 탈진해서 죽기 딱 좋은 일이었다.

"아."

레사가 작게 소리를 냈다. 보니까 솥을 맡고 있는 사람들 외에, 다른 방에서 쓰러지듯 잠들어 있는 사람들의 무리가 보였다. 아무래도 2교대로 돌리고 있는 모양이었다. 그쪽 방으로 돌아가니 쇠창살로 막혀 있기는 했지만 뚫린 창문이 있었다. 그곳으로 들여다보니 안에 있던 감시자와 눈이 마주쳤다.

"뭐야!"

그가 버럭 소리를 지르며 자리에서 일어났지만 잠든 사람들은 미동도 하지 않았다. 레사가 말했다.

"새로 온 감시잔데."

"아, 그래?"

의외로 쉽게 상대는 경계를 풀었다. 레사는 그의 눈 밑이 거뭇한 것을 보고 그도 어느 정도 중독된 사람이라는 것을 알았다. 그가 손을 저으며 말했다.

"여기는 볼 거 없으니 꺼져."

"혼자 감시하면 심심하지 않아?"

그 말에 그가 엄지로 쓰러진 일행을 가리키며 말했다.

"심심하면 여기 여자들로 재미 좀 보고 그러는 거지."

"아, 그거 부러운데."

레사의 말에 그가 히죽 웃었다.

"너도 곧 오두막 내부 감시를 맡게 될 테니까, 그때 한번 즐겨 보라고."

"언제부터 일한 거야?"

"삼 개월쯤 됐나?"

"내부 감시는 언제 하게 되는데?"

"난 좀 일찍 한 편이지. 두 달째부터 하게 됐어."

"그래?"

상대는 레사도 곧 중독자가 될 거라고 생각한 것인지, 만만해 보이는 그에게 실컷 이야기를 풀었고 레사는 여러 가지 정보를 입수할 수 있었다.

레사는 창문에서 떨어졌고 남자는 프레이스를 보고 떨떠름한 얼굴을 했다. 레사에게 편하게 이야기를 했는데, 덩치 큰 프레이스를 보자 괜히 이야기했다는 생각이 든 것이다.

'안 보이는 곳에 서 있기를 잘했지.'

레사는 그렇게 생각하고 다른 오두막도 돌았는데 사정은 비슷했다. 하지만 첫 번째 상대보다 다들 경계도가 높아서 별말을 하지 않았다.

다시 자신들의 오두막으로 돌아와 레사가 손가락을 하나씩 접으며 말했다.

"일단은 일주일에 한 번씩 회수차가 온다는 거네요."

"모아 둔 약을 가지고 나가는 거겠지. 따라갈 수 있다면 좋겠군."

"그리고 잡혀 온 사람들이 생각보다도 더 많은걸요? 이 정도 되면…… 거의 영지민의 대다수가 여기 와 있다고 해도 되겠어요."

"그렇다면 라발렌도 백작 역시 모르지는 않을 테지. 둘 사이의 연결점을 찾아내야겠는데. 어디 장부라든가 없을까?"

"좀 더 잠입 기간이 길다면, 신뢰를 얻어서 위로 올라갈 수도 있겠지만, 그럴 시간이 없죠."

"없어. 게다가 시간을 더 줘 봐야 중독자만 늘어날 뿐이야."

"하지만 뿌리를 파내지 않으면 안 되지 않을까요?"

"미래의 희생자와 현재의 희생자 중에 고르라면 현재 쪽을 고르지."

"즉물적이시군요. 나쁘지는 않네요."

"현재만 보는 속물적인 거지."

프레이스가 씩 웃고 대답하고는 의자에 털썩 주저앉아서 생각에 잠겼다. 레사는 창문을 닫고 창가에 기대어 섰다.

'예상보다도 더 쉽게 들어왔어.'

프레이스는 곰곰이 생각에 잠겼다. 일단 위치는 알았다.

'이것만으로도 훌륭하다고 할 수 있지.'

이대로 이곳을 탈출해서 병사를 부르면—

'아니, 시간이 너무 걸려. 그 전에 이놈들은 이동할 거야. 그리고 그 김에 여기 있는 사람들을 다 치워 버릴 가능성도 있지. 하지만 이동한다고 해도 새로 나무를 키울 수 있을까?'

수액이 나올 만큼 나무를 키우는 건 쉬운 일이 아니다.

'나무를 베어 없애는 것만으로도 이 일을 끝낼 수는 있겠지만······.'

찜찜했다.

등 뒤에 칼을 남겨 두고 돌아서는 기분이었다. 더더군다나 이 사건이 영주인 라발렌도 백작과 연관이 있다면 거기까지 잡아내고 싶었다.

'그럼 어떻게 할까?'

프레이스는 고민에 잠겼다.

*　　*　　*

"갈더 님, 그 자식들 그렇게 쉽게 보내 줘도 되는 겁니까?"

갈더가 다시 통나무집으로 돌아오자, 눈에 흉터가 있는 남자가 낮은 목소리로 물었다. 갈더가 차갑게 응수했다.

"조금만 기다려라. 거기 있는 놈들이 어떻게 되는 줄은 너도 알지 않아?"

"하지만……."

"대국을 생각해라, 질. 넌 좀 더 머리를 써야 해."

갈더의 말에 질은 불만을 억눌렀다. 갈더는 그를 보며 혀를 끌끌 찼다. 차기 계승자로 그를 점찍어 두고 있지만, 성에 차지 않는 것 역시 사실이었다.

"어차피 버리는 말인 놈들이야."

"하지만 그 새끼들은 빌을 죽였다고요."

"내 명령은 안 들은 놈이야 죽어도 싸지. 누가 덤비라고 했던가?"

갈더의 눈이 가늘어지자 질은 움찔하며 고개를 숙였다. 가장 가까이에 있는 사람이니만큼, 질은 갈더가 얼마나 잔혹한 인간인지 잘 알고 있었다.

공포와 두려움은 사람을 다스리는 데에 가장 효율적인 장치다. 갈더는 그렇게 생각하고 밑에 있는 사람들을 거느렸다.

"하지만 이든이라고 했나? 그 검사 놈은 아깝군."

그 정도의 실력자를 뒷골목에서 찾아보기는 힘들다. 검을 쓴다 하는 놈들은 대부분 앞에서 출세할 궁리를 하지, 이렇게 뒤쪽으로 흘러들어 오지는 않는 것이다.

"중독자가 된 후에 써먹으면 되잖습니까?"

질의 말에 갈더가 눈을 찌푸렸다.

"아니지, 그러면 실력이 너무 떨어져. 손 떠는 검사를 얼마나 쓰겠어?"

질이 그 말에 눈을 끔벅거렸다가 음흉한 미소를 지었다.

"그 새끼, 그 병신을 꽤나 아끼는 것 같지 않았습니까?"

"아아, 그 절뚝발이 말인가? 그렇군. 인질로 삼을 수 있으려나? 하지만 이 바닥의 우정이라는 건 믿을 수가 없어서."

"보는 눈이 보통이 아니던데요? 비역질 상대라도 되는 게 아닐까요?"

그 말에 갈더는 흐음 하고 턱을 문질렀다. 안 그래도 쓸 만한 놈이 부족하기는 했다. 마약을 제조하는 일을 하다 보니, 아무리 도움을 받는다고 해도 중독자가 나오는 건 피할 수가 없었다.

"한번 떠보는 게 좋겠군. 맞는 것 같으면 그 절뚝발이만 중독자로 만들어서 인질로 써먹어도 되니까."

형, 형, 하고 부르면서 따르는 꼴이 꽤 가까운 사이인 것 같기는 했지만, 목숨을 걸 만큼 무언가를 좋아하는 건 어려운 법이다. 게다가 이쪽 사회는 다들 자기 이익을 따라 움직이는 게 대부분이고 말이다. 배신이나 뒤통수를 치는 일 같은 건 비일비재하게 일어난다.

"모레 진주굴로 데려가서 반응을 한번 보자고."

자신들이 운영하는 사창가의 이름을 말하며 갈더가 온화하게 웃었다.

"이용할 수 있다면 다 이용하는 게 좋겠지. 어차피 일이 전부 끝나면 죽을 목숨들이기는 하지만 말이야."

그러고 나면 자신 역시 이 지긋지긋한 뒷세계를 벗어나게 되는 것이다.

어마어마한 돈을 손에 쥐게 될 테니, 상단이라도 만들어서 합법적으로 굴릴 생각이었다. 질이 말했다.

"그런데 갈더 님, 그놈들이…… 뒤통수를 때리지 않을까요?"

질이 말하는 '그놈들'이 누군지 갈더 역시 잘 알고 있었다.

"분명히 때릴 생각을 하고 있겠지."

"그런!"

"더러운 일을 잔뜩 시키고 있는데, 당연히 같이 버릴 생각일 거다. 하지만 그렇게 두지는 않을 게야."

"그렇다면 무슨 방책이라도……?"

"놈들이 우리 일과 연관되어 있다는 증거를 가지고 있다. 이걸로 우리를 팽하기는커녕 입막음 조로 돈을 더 내놔야 할 테지."

"과연 갈더 님이십니다!"

질이 감탄하며 고개를 연신 주억거렸다.

"─라고 보통의 악당은 생각하지 않을까?"

프레이스의 말에 레사는 눈을 깜박였다. 그녀는 곰곰이 자신이 겪어온 악당(?)들에 대해서 생각해 보았고 고개를 끄덕였다.

"증거를 따로 보관해 놓았다, 라는 건 있을 법합니다. 만약에 그들이 백작의 부하가 아니라고 하면요."

"기사 같은 놈들은 하나도 보이지 않았어. 만약 그게 백작의 기사나 시종이 변장한 거라면, 상을 줘도 되겠지."

프레이스가 어깨를 으쓱했다.

"그러면 어떻게 하실 생각입니까?"

"내일 난동을 부리지."

프레이스가 목소리를 내리깔며 말했다.

"이딴 일은 못 해 먹겠군. 이런 허접한 일을 할 사람을 원하는 거면 노인네라도 끌고 오지그래?"

그가 '어때?' 하는 표정으로 레사를 보았고, 그녀는 고개를 끄덕였다.

"괜찮네요. 하지만 만약에 그렇게 해서 정말로 쫓겨나면 어쩌시려고 그러십니까? 아니, 쫓아내기 전에 우리를 먼저 죽이려고 하겠죠?"

"그러면 도망쳐야지."

히죽 웃으며 프레이스가 쉽게 대답했다. 레사는 그 말에 묘한 얼굴을 했다가 웃어 버렸다.

"프레이스답네요."

"나다워?"

"뭐든 쉽게 해결할 수 있다는 식으로 말하는 것 말입니다."

"……싫어?"

건방지게 보인다는 건가? 괜스레 긴장한 프레이스가 조심스럽게 물었고, 레사는 고개를 저었다.

"아뇨, 싫지 않습니다. 그래요, 도망치면 되지요."

가볍게 대꾸한 레사가 프레이스를 보았다.

이상한 기분이었다. 레사는 자신의 실력에 자신이 있었다. 자만하는 게 아니라, 실제로 그녀는 강하니까. 그리고 자신보다 프레이스는 훨씬 더 강하겠지. 검술적으로도, 정신적으로도.

그런 상대와 있는 것은 처음이었다. 그래서 프레이스가 쉽게 호언장담했을 때, 뭐랄까…….

'이상한 기분이었어.'

싫은 건 아니다.

'싫은 게 아니라, 내가 끌려가는 그런 느낌이라고 해야 하나? 상대에게 휘말리는 느낌?'

프레이스가 말한 것처럼, 그와 함께 있다면 그렇게 어렵지 않을 거라고 느껴지는…….

'설득당한다고 해야 하나.'

뭐라고 말할 수 없는 기분이었다. 이런 건 처음이라 레사는 이상했다.

미나가 옆에서 이야기를 들었다면,

―그거 의지가 된다고 하는 거 아냐?

하고 말해 줬겠지만, 곁에 미나는 없었고 레사는 누구를 의지

해 본 적도 없었다. 그래서 그녀는 싱숭생숭한 이상한 기분이라고만 생각했다.

"레사?"

프레이스는 복잡한 표정을 짓고 있는 레사를 조심스럽게 불렀다. 레사는 고개를 살짝 흔들며 상념에서 깨어났다.

"그럼 그렇게 하는 걸로 하죠."

"좋아."

결정하고 나자 프레이스의 마음은 가벼워졌다.

*　　*　　*

애버릿은 성큼성큼 걸음을 옮겼다. 이든이 그 뒤를 따랐다.

후궁의 거처인 장미궁은 붉은 색조를 띤 대리석으로 장식된 사치스러운 궁이었다. 어머니의 거처에 도착한 애버릿은 시중을 알림을 기다리지도 않고 문을 열었다.

"어머님."

"어머, 황자, 이 무슨 예법에 어긋나는 일인가요?"

응접실에서 수를 놓고 있던 릴리안이 놀라 수틀을 내려놓으며 물었다. 애버릿은 그녀의 앞으로 빠르게 다가가 낮은 목소리로 물었다.

"라발렌도 영지에 대해서 아십니까?"

"라발렌도 백작가 말인가요? 폐하께 이 대에 걸쳐 충성을 하고 있는 훌륭한 가문이지요."

"그 문제 아니라 다른 문제 말입니다."

"글쎄요. 아, 그 근처에 요양으로 괜찮은 온천이 있지요."

생글생글 웃으며 말하는 릴리안을 애버릿은 딱딱한 얼굴로
바라보았다. 아들의 표정이 굳어지자 릴리안의 얼굴도 천천히
어두워졌다.

"황자? 무슨 일이에요? 말해 보세요. 자, 어서 자리에 앉으세
요."

애버릿이 천천히 어머니의 얼굴을 살폈다. 어디까지나 걱정이
가득한 자애로운 어머니의 얼굴을 하고 있다. 실제로도 애버릿
은 어머니의 애정을 의심해 본 적이 없었다.

애버릿의 초록색 눈이 생각에 잠겼다. 그가 천천히 입을 열었
다.

"프레이스가 얼마 전에 요양을 떠났죠."

"네에, 몸이 약해서 큰일이에요."

릴리안의 목소리가 낮아지고, 그녀의 눈에 열기가 서렸다.

"그러니 황위에 적합한 사람은 황자뿐이에요. 제국을 위해서
도 말이에요."

"저도 그렇게 생각합니다."

애버릿의 대답에 릴리안이 요염한 미소를 머금었다. 아까까
지 보여 준 어머니의 얼굴은 벗어던진 미소였다. 애버릿은 어째
서 아버지—황제가 그렇게나 어머니에게 빠져들었는지 이해할

수 있을 것 같았다.

"그렇다면 이 어미는 걱정하지 않아요. 황자는 원하는 것은 꼭 쥐어야 하는 사람이니까요."

"제가 그런가요?"

"그럼요. 어렸을 때부터 그랬지요. 원하는 게 있으면, 그걸 얻을 때까지 어찌나 울던지 어미가 그걸 손에 쥐여 주어야 울음을 그치고는 했지요."

"하지만 전 더 이상 어머니의 손이 필요한 아이는 아닙니다."

"어머나, 섭섭한 소리를. 장성했다 해도, 어미에게는 항상 아이처럼 보이는 것이지요."

"그렇다면 제가 어른이라는 걸 증명해야겠군요."

애버릿이 싱긋 웃고 대답하고 가볍게 허리를 숙여 인사했다.

"실례했습니다. 그만 돌아가도록 하지요."

"온 김에 차나 한잔하고 가지 그래요?"

"아뇨, 괜찮습니다."

애버릿은 사양하고 장미궁을 나왔다. 그가 이든에게 속삭였다.

"가라트 남작과 올란드 백작은?"

"언제든지 만나실 수 있습니다."

"그러면 만나도록 하지."

애버릿은 라발렌도 영지와 인접한 3개의 영지 중, 영지 둘의 주인을 불러들였다. 그는 눈을 가늘게 떴다.

'자, 그러면 이제 어떻게 요리를 할까?'

3장
고용주와 고용인

갈더는 똥 씹은 기분이었다.

'생각보다 더 멍청한 놈이었군.'

그는 딱딱한 표정을 하고, 소동을 부리는 프레이스를 바라보았다.

'멍청한 놈은 다루기 쉽지만.'

그것도 적당히 멍청할 때의 이야기지. 어제 자신이 분명히 뉘앙스를 풍겼다.

'우리를 배신하면 큰일 날 것이다.'

그걸 단순한 허세라고 생각한 걸까?

자신이 부리는 노예의 수와, 숲의 크기, 대놓고 마약을 만들고 있다는 것. 그 3가지만 조합해 봐도, 함부로 굴지 않아야 한다는 계산이 나올 텐데.

'이래서 칼 밥 먹는 놈들은.'

속으로 혀를 차고 갈더는 애써 웃음을 지어 보였다.

"자자, 너무 그렇게 흥분하지 마시게. 응?"

"어떻게 흥분을 안 해? 좀 더 보수가 높은 일을 내놔! 나 도살 자 이든에게 걸맞은 일을 내놓으란 말이야!"

"맞아요, 한 주에 금화 한 개라니, 우리 형님을 뭐로 보고."

옆에서 맞장구치는 병신도 짜증 났다.

"안 그래도 오늘 중요한 이야기를 하려고 했네."

갈더는 얼른 태세를 바꿨다.

"중요한 이야기?"

프레이스가 슥 한쪽 눈썹을 치켜뜨자 갈더가 고개를 끄덕였다.

'이놈을 어디까지 다룰 수 있을까?'

돈으로 굴리고, 말로 추켜세워서 허영심을 세워 주는 것만으로 만족한다면, 인질을 잡는 복잡한 일까지 할 필요도 없을 것이다.

'그래도 보험을 들어 놔야겠지만.'

"일단 오늘 점심까지 일하고, 저녁에 한잔하러 가세. 안 그래 도 자네같이 훌륭한 검사를 이렇게 처박아 두면 안 된다는 이야 기가 나와서 말이야."

그 말에 프레이스의 표정이 풀렸다. 갈더는 속으로 비웃음을 날렸다.

"내가 저녁에 거하게 쏘지. 응? 여자들을 원하는 만큼 골라도 좋아. 도살자 이든이라고 했나? 크─ 그렇게 멋진 이명이 있으면 진즉 말하지 그랬어? 내가 사람 하나는 잘 봤지."

갈더가 프레이스의 어깨를 탁탁 두들겼다. 프레이스는 슬그머니 검에 가져갔단 손을 내리며 말했다.

"그러면 저녁에 이야기를 하는 걸로 하지."

"그래, 그래."

"우리 형님은 싸구려는 안 마시니까 제대로 좋은 걸로 준비해 두라고."

레사가 에헴 하고 헛기침을 하며 어깨를 쭉 폈다. 호랑이를 뒤에 둔 여우 꼴이라 우스웠지만, 갈더는 허허 웃고 고개를 끄덕였다.

"물론이지. 자네도 함께하자고. 응? 오후까지만 좀 수고해 주게나."

"좋아."

프레이스가 고개를 끄덕이고 통나무집을 나가자 레사가 그 뒤를 따라 나갔다. 두 사람이 문을 닫고 나가자마자 갈더는 자리에 앉으며 코웃음을 쳤다.

"무식한 것들이."

생각보다 쉽게 이용할 수 있을 것 같았다.

그야말로 빤히 보이는 수작이었다. 저런 식의 허세는 잡배나 쓰는 것이다. 산전수전을 다 겪은 자신에게는 통하지 않는다. 하지만 적당히 허세에 진 흉내를 내 주었다.

'저런 놈들은 목에 힘이 들어가서 뒈진다니까.'

쯧쯧 혀를 차고 갈더는 턱을 문질렀다. 확실히 이든을 저대로 감시용으로 두는 건 아까웠다.

'내 호위로 쓸까?'

멍청한 놈이기는 하지만, 검 하나는 쓸 만하니 호위로 쓰기에 적절했다. 그리고 그 옆에 붙어서 시끄럽게 구는 다리병신은 어찌할까?

'없애면 멍청한 놈이라도 의심할지도 모르지.'

갈더는 그놈을 자신의 심부름꾼으로 써야 하나 고민했다.

'분명히 이든의 옆에 붙어서 알랑방귀를 뀌는 놈이겠지.'

그런 식으로 살아남는 약자들을 갈더는 잘 알고 있었다.

'고것들이 제법 아부는 잘한단 말이지.'

이든보다 자신에게 잘하는 것이 더 이득이라는 걸 그도 금방 알게 될 것이다. 그러면 심부름꾼으로 써먹기에도 적절할 것 같았다.

자신이 세상에서 가장 똑똑하다고 믿는, 세상의 모두가 자신의 아래에 있고 자신의 머리를 따라올 수 없다고 생각하는 사람이 하는 실수를 갈더도 했다. 그것은 상대를 얕보는 것이다. 상대의 머리 꼭대기에서 자신이 놀고 있다고 생각하는 것.

갈더는 제 머리로 여기까지 살아남아 왔기 때문에, 프레이스와 레사가 그를 속이기 위해 이런 일을 꾸몄다고는 생각하지 못했다. 오히려 그들의 허세를 파악했다고 생각했다.

원래 오만한 사람이란, 자신의 실수를 인정하지 않는다. 실수했다고 생각하지 않으니, 자신이 잘못하는 것도 없다. 자신이 잘못하는 것도 없으니, 자신의 판단은 항시 옳다.

갈더는 만족스럽게 수염을 만지작거렸다.

진주굴.

이름만 들으면 값비싼 요정 같지만, 실상은 싸구려 창관이다. 레사는 촌스러운 붉은 등을 바라보았다.

'저런 디자인을 마지막으로 어디서 봤더라?'

수도의 빈민가에 있는 오래된 창관에서 본 것 같았다.

'이게 이 영지에서 가장 큰 창관이라면, 라발렌도 영지는 상당히 낙후가 되어 있는 거군.'

"오빠, 예쁘다. 응? 이름이 뭐야아—"

혀를 꼬며 달라붙는 여자들 역시 절반 이상이 중독자로 보였다. 어두운 조명과 분칠한 얼굴로 숨기고 있지만, 레사의 눈은 속이지 못한다. 레사는 프레이스가 걱정이 되어 그를 힐끗 바라보았다.

안 그래도 인간을 싫어하는데 이렇게 붙어 오는 여자들은 괜찮은 건가? 게다가 프레이스가 상대한 여자들은 전부 다 고급 창녀. 희고 탄력 있는 피부와 좋은 향기가 나는 여자들. 아마 프레이스는 이런 창관에 와 본 적도 없겠지.

"오빠, 내가 한 발 빼 줄게, 응?"

자신의 허리춤을 더듬는 여자의 손을 밀어내며 레사는 한숨을 삼켰다. 이 상황에서 즐거워 보이는 것은 갈더와 그 부하들뿐이었다.

　"아하하하하, 좀 더 들게! 이봐! 이든에게 좀 더 잘 대하라고, 응?"

　갈더가 연신 웃음을 터트리며 독한 술을 권했다. 프레이스는 술을 들이켰다. 이거라도 없으면 도저히 견딜 수 있을 것 같지가 않았다. 닿아오는 여자들의 나뭇가지 같은, 정욕이 가득 담긴 손에 구역질이 날 것 같았다. 프레이스는 레사를 바라보았다.

　레사는 싱글싱글 웃으며 여자들을 상대하고 있었다. 여자들은 깔깔거리며 레사에게 농담을 던지고 가슴을 밀어붙이며 그의 옷자락 안으로 손을 넣었다.

　차가운 분노가 마음 밑바닥에서 솟아올랐다.

　레사를 더듬는 저 더러운 것들의 손을 전부 잘라 버리고 싶었다.

　감히 내 것에 손을 대는 추잡한 것들.

　"그래서 중요한 이야기는 언제 하는 거야?"

　프레이스가 입을 열었다. 생각보다 더 꼬부랑해진 목소리가 나왔다. 레사의 눈에 걱정이 실리는 게 느껴졌다.

　갈더가 "아아." 하고 은밀한 목소리로 말했다.

　"내가 생각해 봤는데, 자네의 그 검술 실력을 말이야, 날 위해 써 주지 않겠나?"

"죽일 놈이라도 있어?"

"아니, 내 호위가 되었으면 하는데? 지금보다 다섯 배의 봉급을 주지. 어떤가?"

"호위?"

프레이스가 턱을 문질렀다. 잠시 고민하는 듯했던 프레이스가 자신의 무릎을 탁 쳤다.

"좋아! 내가 호위가 되어 주지! 다 덤비라고 그래!"

"오오, 자네가 호위가 돼 준다면 내가 든든하지!"

"그러면 난 뭘 하면 될까?"

"음? 아아, 룹. 자네는 내 옆에서 잔심부름이나 해 주게나."

"아이쿠, 그러면 봉급은……?"

갈더가 살짝 눈을 찌푸렸다가 얼른 표정을 펴며 말했다.

"두 배로 주겠네."

"아이고, 현명한 판단이십니다."

실실거리며 웃는 레사를 보고 갈더 역시 웃었다.

"자아, 좋은 날이니 얼마든지 원하는 여자를 데리고 방으로 들어가게, 응? 손님 모시고 들어가라!"

갈더가 여자들을 부추기자 창녀들이 더더욱 달라붙었다. 여기서 필요 없다고 거절하면 그야말로 분위기가 이상해질 것이다.

레사는 적당한 여자를 하나 골라서 허리를 감싸 안으며 자리에서 일어났다.

"그러면 얘로 하죠."

"그래, 그래. 오랜만에 회포를 풀라고, 잘 모셔라."

"네~"

반쯤 술에 취해 헐벗고 비틀거리는 여자를 데리고 레사는 위층으로 올라갔다. 갈더가 프레이스를 보며 말했다.

"자네는 어떤가? 응? 내가 이 가게 최고로 붙여 주지. 자아— 검사님에게 가 보거라."

갈더는 자기 옆에서 술을 따르던 여자의 어깨를 프레이스 쪽으로 밀었다. 프레이스는 자리에서 일어나 여자의 팔을 거칠게 붙잡고 위층으로 올라갔다.

"아주 굶주렸구만, 굶주렸어."

갈더는 킬킬 웃고 술을 따랐다. 계획대로 모든 일이 진행되는 게 아주 마음에 들었다.

프레이스는 그 웃음소리를 뒤로하고 위층으로 빠르게 올라왔다. 레사가 문을 닫고 들어가는 게 보였다.

'짜증 나.'

단순한 짜증이 아닌 불쾌감, 아니 그것보다도 더 지독한 감정이 가슴속에 피어올랐다. 프레이스는 그 옆방 문을 열었다. 여자를 던지듯 밀어 넣고 프레이스는 문을 닫았다.

"아이, 오빠, 거친 거 좋아해?"

갈더의 말마따나 이 창관에서는 그나마 젊고 아름다운 축이었다. 그녀는 잘생긴 프레이스를 보고 마음이 달아오른 상태였다. 매일 늙은이들과 못생긴 것만 상대하다가 눈이 번쩍 뜨이는 남자를 만난 것이다.

"내가 서비스 잘해 줄게."

프레이스가 손을 뻗어 그녀의 턱을 붙잡았다. 놀란 여자가 눈을 휘둥그레 떴다.

"닥쳐, 쌍년아."

프레이스는 나지막이 속삭였다.

"앗, 아웃— 아아, 너무 좋아, 아, 오빠, 아앙—"

얇디얇은 나무 벽 너머로 여자의 끙끙거리는 신음 소리가 들려오기 시작했다. 프레이스는 입술을 깨물었다. 여자의 턱을 잡은 손에 점점 힘이 들어가자 그녀의 얼굴이 창백해졌다.

"사, 살려주서여—"

새는 발음으로 그녀는 눈물을 흘리며 애원했다. 턱이 삐걱거리고 아파 왔다. 이대로 있다가는 턱뼈가 박살 날 것 같았다.

'다 죽일까?'

이 여자도 죽이고, 옆방에서 레사와 몸을 섞고 있을 그 더러운 계집도 죽여 버릴까? 레사에게 손을 댔던 년들도 다 죽이고, 갈더도 죽여 버리는 거다.

증거 따위, 죽이고 나서 찾으면 되지. 자신 스스로도 이해하기 힘든 비이성적인 분노가 그의 가슴속을 잠식했다.

"아, 아아아앗—!"

점점 커다래진 교성이 절정에 달했다.

그리고 침묵.

프레이스는 쉽게, 흐트러진 레사의 모습을 상상할 수 있었다.

'역시 죽이자.'

그렇게 마음을 먹는데 문이 벌컥 열렸다.

"프레이스."

들려온 목소리에 프레이스는 손에 힘을 빼고 뒤를 돌아보았다. 레사가 서 있었다.

"레사?"

놀라 그가 자신도 모르게 높은 목소리를 냈다. 레사가 문을 닫고 바닥에 쓰러져 엉엉 울고 있는 여자를 보았다가 그를 보고 말했다.

"죽이면 안 됩니다."

"왜?"

자신도 모르게 차가운 목소리가 나왔다. 레사가 이딴 창녀를 감싸는 것 자체가 이게 죽어도 되는 이유처럼 생각됐다. 레사가 울고 있는 여자에게 다가가 수도로 내리쳐 그녀를 기절시키고 프레이스를 돌아보며 말했다.

"괜찮으십니까?"

"뭐가?"

"안 괜찮으시군요."

레사는 끙 하고 신음을 삼켰다. 아까부터 계속 기분이 안 좋아 보였는데 역시나 예상이 맞았다.

'인간혐오자에게 마약에 절은 창녀굴이라니.'

그야말로 "이것들을 죽이시는 게 어떤가요?" 하고 들이미는 꼴이다.

"지금만 넘기면 내일부터는 호위니까요. 증거와 더 가까워지는 거니 딱 하루만 참읍시다."

"저것들이랑 몸을 섞고?"

"안 그러셔도 됩니다. 조금 약을 써서, 했다고 생각하게 만들죠."

레사는 주머니를 뒤적여 말린 잎을 몇 장 꺼냈다.

"환상초라는 건데 최면 효과가 있거든요. 이걸 태우고, 향기를 맡게 하면 됩니다."

"너도?"

"네?"

"방금 그거 쓴 건가?"

레사는 0.1초간 망설였다. 안 썼다고 하고, 자신은 여자를 안 았다고 하면 된다. 그러면 레사 자신이 남자라는 것에 더 확신을 실어줄 수 있으니까. 하지만 그러고 싶지 않았다.

프레이스에게 거짓말을 더 하고 싶지 않았고, 왜인지 여자와 잤다고 말하고 싶지도 않았다.

"네."

"여자랑 잔 거 아니고?"

"혼자서 소리 지르는 걸 보기는 했죠."

레사가 어깨를 으쓱하며 말하자 프레이스는 단숨에 기분이 스르륵 풀렸다. 그의 어깨에 힘이 빠지는 걸 보고 레사가 초를 가져다가 내리고 약초를 피웠다.

그걸 쓰러진 여자의 코밑에 가져가서 연기를 마시게 하고 레사가 초를 제자리에 돌려놓으며 말했다.

"이제 침대에 옮기고 깨운 다음에— 프레이스?"

뒤에서 그가 자신을 안아 와서 레사는 당황했다. 그의 키도, 덩치도 큰 만큼, 레사는 프레이스의 품에 쏙 들어왔다.

"레사."

귓가에 속삭이는 목소리에 레사는 간질간질한 기분이 되었다. 맞닿은 등이 뜨겁다. 이상하게 심장이 높이 뛴다. 그리고 뿜어져 나오는 뜨거운 숨결은—

알코올 냄새가 가득했다.

"취하셨군요."

"안 취했어."

"취하셨는데요. 일단 좀 놓아주시면 제가 일을 마무리하겠습니다."

"싫어."

"프레이스."

"좋은 냄새 나."

"이 옷 며칠 안 빤 건데요."

"레사 냄새."

"이 냄새가 제 냄새면 전 싫을 겁니다."

프레이스가 쿡쿡 웃으며 마지막으로 힘을 주어 그녀를 안았다가 손을 놓았다. 레사가 쓰러진 여자에게 다가가자 프레이스가 말했다.

"내가 하지."

"그래 주시면 감사하죠."

여자를 만지는 건 싫었지만, 레사가 여자를 만지는 것보다는 나았다. 프레이스는 짐짝처럼 여자를 들어 올려 침대에 던졌다. 레사는 여자를 깨웠다.

"당신은 이제부터 세상에서 가장 기분 좋은 경험을 하게 됩니다. 황홀한 성적 경험을 하고 기절하게 됩니다."

레사가 귓가에 속삭이자 여자의 얼굴이 달아오르더니 몸을 배배 꼬기 시작했다.

"아, 아흥, 아아—!"

무슨 코미디라도 보는 듯한 모습이었다. 이불을 끌어안으며 여자가 교성을 내지르는 걸 보다가 프레이스가 말했다.

"옆방 여자도 저렇게 된 거야?"

"그렇죠."

"그 약초 조심해야겠는데."

프레이스가 중얼거리자 레사는 픽 웃고 말했다.

"남극 지방에서만 자라는 특수한 약초라서, 구하기 힘든 겁니다."

"하지만 넌 가지고 있잖아? 또 다른 누가 가지고 있을지도 모르지."

"네, 하지만 강제로 뭔가를 시키지는 못합니다. 이 여자들에게 이렇게 잘 통하는 건 이미 약물 중독자이기 때문이에요."

"그렇군."

"그러면 내일부터 호위를 맡게 되셨네요."

"넌 심부름꾼이고."

"저를 위한 직책까지 생각해 놨다니, 기쁨에 눈물이 나더군요."

"따로 다닐 가능성이 생기는 거니까."

프레이스가 진지하게 말했다.

"무슨 문제가 생길 것 같으면 무조건 네 몸을 우선시해."

"알겠습니다."

레사가 고개를 끄덕였다. 프레이스가 그녀의 손목을 꽉 잡았다. 레사가 그를 돌아보자 프레이스가 다른 손으로 그녀의 앞머리를 치워 눈을 마주 보며 말했다.

"무조건."

"네."

"내 계획이고 뭐고 생각하지 말고. 무조건이야."

"……알겠습니다."

"한 박자 쉬는 대답은 필요 없는데."

"네."

다시 강하게 대답하면서 레사는 이상한 기분이 되었다. 자신

의 계획보다 고용인의 몸을 더 걱정하는 고용주라니. 들어 본 적
도 없다.

프레이스가 속삭였다.

"나에게는 너 하나뿐이야."

레사는 입을 살짝 벌렸다. 프레이스의 녹색 눈이 어두워졌다.

"날 괴물이 되지 않게 하는 건 너뿐이라고."

그 순간 레사는 깨달았다.

'이 사람 외로웠구나.'

당연한 건데, 이제 와서 깨달았다. 더불어 레사는 거기에 대해
서 동질감을 느꼈다. 자신 역시 혼자다. 스스로 선택한 것이기는
하지만 괴로운 것 역시 사실이다. 게다가 자신과 프레이스, 둘
중 누가 괴물이냐고 묻는다면 아마 자신 쪽이겠지.

레사는 프레이스의 손목을 마주 잡았다.

"절대로 혼자가 되게 하지 않을 겁니다. 죽지 않겠습니다."

두 눈동자가 흔들림 없이 마주 보았다. 서로의 밑바닥까지 살
피겠다는 듯이.

잠시 후 프레이스가 손에 힘을 풀었다.

"좋아."

레사 역시 손을 놓았다.

"그러면 전 제 방으로 돌아가겠습니다. 내일 아침 뵙죠."

"그래."

프레이스는 고개를 끄덕였다. 레사는 묵례를 남기고 잠시 기

척을 살폈다가 아무도 지나지 않을 때 프레이스의 방을 빠져나 갔다. 프레이스는 옆방 문이 열리고 닫히는 아주 작은 소리를 들 었다. 침대에서는 아직도 여자가 교성을 지르고 있었다.

보통의 남자라면 보는 것만으로도 동할 만한 소리와 몸짓이 었다. 하지만 프레이스는 정물이나 장식품을 옆에다가 둔 것처 럼 여자를 무시하며 침대 귀퉁이에 가서 앉았다. 침대가 요란하 게 삐걱거리는 소리가 났다.

그는 양손에 얼굴을 푹 묻었다.

"웃—"

'절대로 혼자가 되게 하지 않을 겁니다.'

그 말이 더없이 기뻤다. 흔들림 없이 마주 보는 눈동자가 기 뻤다. 기쁜데 왜 눈물이 날 것 같은 걸까? 이런 게 평범한 우정인 걸까? 보통 사람들은 다 이런 걸, 이런 달콤한 걸 누리고 산단 말 인가?

프레이스는 숨을 몰아쉬었다.

'레사도 나에게 같은 감정을 느끼고 있을까?'

레사의 마음을 좀 더 알고 싶었다. 자신에게 부족한 게 있다면 맞춰 주고 싶다.

'물어볼까?'

하지만 뭐라고 물어본단 말인가?

'내가 기쁜 만큼 너도 기쁘니?'

이런 질문은 자신이 생각해도 이상하다. 하지만 레사도 자신만큼 행복했으면 좋겠다. 그리고 좀 더 함께 있고 싶었다. 가까이 있고 싶었다. 그를 끌어안고 좋은 향기를 흠뻑 들이마시고 싶었다.

'……좀 이상한가……?'

프레이스는 고개를 갸웃했다.

레사는 자신의 손을 쥐었다 폈다를 반복했다. 잡았던 손목은 단단하고 뜨거웠다. 그의 손은 무척 커서, 자신의 손목이 잡히고도 남았다.

진짜로 묘한 기분이었다. 누군가에게 이렇게까지 깊게 공감해 본 적은 처음이었다.

'생각해 보니 상대는 황자인데 말이야.'

자신 같은 하층 인생이, 황자와 공감을 하다니 누가 들으면 웃을 것이다. 하지만 그 지독한 외로움에는 공감하지 않을 수가 없었다.

물론 그의 주변에도, 자신의 주변에도 사람은 있다. 하지만 정말로 그들과 자신이 같은 인간이냐고 하면 그건 아니다.

레사는 자신의 손바닥을 물끄러미 바라보았다. 과거는 잊는다고 없어지는 게 아니다. 게다가 한 번도 잊어 본 적 없다.

피에 흠뻑 젖은 손이 오버랩 되어, 레사는 주먹을 꽉 쥐며 몸을 웅크렸다. 쓰다듬어 주던 유지니아의 손이 그리웠다.

'아—'

레사는 자신도 모르게 웃었다. 서툴게 자신의 머리를 쓰다듬
어 주던 프레이스이 손이 생각났다. 아주 조심스럽고 부드럽던
손길.

'고용인과 고용주.'

고작 그 정도의 표현으로는 쉬이 설명할 수 없는 관계가 된 것
같았다.

'하지만 또 그 외의 단어로 설명하자니 그것도 불가능하단 말
이야.'

레사는 고개를 갸웃하며 침대에 앉았다.

'조금 특별한 고용인이라고 해 둘까?'

아니……

'특별한 고용인이라고 해 두자.'

'조금'이라는 말을 빼고 정정한 후에 레사는 고양이처럼 몸을
말고 눈을 감았다.

이튿날부터 둘은 통나무집에서 갈더의 측근으로 일하게 되었
다. 여기까지는 쉽게 들어왔다고 해도 갈더는 늙은 너구리였고,
그렇게 쉽게 틈을 보이지는 않았다.

'분명히 여기 말고 다른 소굴이 있을 텐데.'

프레이스는 그렇게 생각했지만 초조함을 겉으로 드러내 보이

지는 않았다.

기회는 나흘 후에 찾아 왔다.

"오늘은 밖으로 나갈 거네."

"밖으로?"

갈더의 말에 프레이스가 의자에 앉아 있다가 고개를 들며 물었다. 갈더가 고개를 끄덕였다.

"가루를 실어갈 마차가 오늘 오거든. 따라가서 정산을 받아야지. 자네의 실력을 보여 주게나."

"얼마든지."

프레이스는 고개를 까닥했다. 갈더의 재떨이를 비우고 돌아온 레사가 싱글싱글 웃으며 말했다.

"드디어 바깥바람 좀 쐐 보는군요. 여기 식사는 영 아니라니까요. 갈더 님 입맛에 맞을 만한 좀 더 괜찮은 식사를 하러 가지요."

"흠, 그럴까? 오랜만에."

갈더는 새하얀 콧수염을 손가락으로 비비며 입맛을 다셨다. 그의 심부름꾼이 된 룹은, 제대로 자신의 위치를 파악한 듯했다.

종종하는 아부가 기분 나쁘지 않았고, 실제로도 여러 가지로 쓸모가 있었다.

'질보다 나은 것 같은데?'

요 나흘간 룹을 향한 평가를 상향 조정한 갈더였다. 반대로 프레이스는 그걸 보면서 차곡차곡 마음속에 쌓아 두고 있었다.

레사를 잡무로 부려먹은 횟수만큼, 나중에 끝장내 주겠다고 생각하면서 말이다.

"약은 누구에게 건네는 거지?"

"거기까지는 알 필요가 없네."

"그러면, 거기 있는 놈들은 강한가?"

프레이스의 말에 갈더가 눈을 찡그리고 말했다.

"강하지."

갈더는 잠시 생각에 잠겼다.

'이놈의 힘을 과시하는 것도 괜찮으려나?'

귀족도 아닌, 귀족의 끄나풀이면서 자신에게 잘난 척 거들먹거리는 게 짜증 나기는 했다. 이번에 이든의 칼솜씨를 보여줘서 그들의 기를 죽이면?

'아냐, 아냐.'

패는 함부로 보여 주는 게 아니다.

"그놈들이 시건방지게 굴더라도 좀 참게나."

"노력하지."

프레이스의 말에 갈더는 고개를 끄덕였다.

"자네는 내 호위만 잘하면 되는 거야."

"그건 걱정하지 않아도 좋아."

프레이스의 장담에 갈더는 눈을 가늘게 떴다가 웃었다.

"아하하핫, 과연 사내다운 말이로구만! 그 정도 패기는 있어야지. 암, 그렇구 말구."

"걱정 마십시오. 이든 형의 패기를 보면, 다들 갈더 님 앞에서 꼬리를 내릴 겁니다."

옆에서 레사가 맞장구를 쳤다. 프레이스는 기가 찰 지경이었다.

물론 자신도 연기를 꽤나 잘한다고 생각한다.

흠 없는 황자님을 귀족들 앞에서 연기하고 있으니까 말이다. 하지만 저건 단순히 연기가 아니라, 완전히 인격이 바뀐 사람 같다.

둘만 남았을 때 레사가 평소처럼 이야기를 하는 걸 듣지 않는다면, 프레이스도 깜박 넘어갔을 것이다. 아니면…….

'사실은 속이고 있는 거라든가……?'

전에 물었을 때, 그쪽이 진짜라고는 했지만, 실제론 사람을 싫어하는 황자에게 걸맞은 무뚝뚝한 호위의 모습을 연기하고 있는 것일 수도.

자신도 갈더처럼 속고 있는 게 아닐까?

희미한 의심이 가느다란 연기처럼, 피어오르기도 했다.

사람을 의심하는 것은 프레이스의 제2의 천성이나 다름없었다. 자신을 보호해 주겠다고 상냥하게 말했던 사람마다 죄다 자신의 몸을 탐했다. 물론 레사는 안티매직이니까 그런 건 없겠지.

하지만 돈과 권력을 탐하는 거라면? 그런 생각을 하면 눈앞이 깜깜해지는 기분이었다. 분노가 치미는 것이 아니라, 어둠 속에서 어쩔 줄 모르게 되는 그런 느낌.

물론 레사와 이야기하며 눈을 바라보면 그런 생각을 싹 사라진다.

프레이스는 한숨을 삼켰다. 자신도 자신의 마음이 왜 이러는지 알 수가 없었다. 그때 레사가 자신 쪽으로 다가와 어깨를 툭 가볍게 치고 지나갔다.

'왜 그러고 계십니까?'라는 듯이. 그리고 프레이스를 지나쳐서 창문 쪽으로 다가가 말했다.

"마차가 오는 모양입니다."

"오? 그런가?"

갈더가 자리에서 일어나 창문으로 다가왔다. 프레이스는 의자에서 몸을 일으켰다. 갈더가 창문 밖을 내다보는 동안 프레이스와 레사는 서로 눈을 마주쳤다.

아니, 사실 프레이스는 레사의 눈이 잘 보이지 않았다.

'저놈의 가발.'

프레이스가 살짝 미간을 찡그리자 레사가 슬쩍 손을 뻗어 그의 손등을 툭 쳤다. 쓸데없는 걱정을 하지 말라는 듯이 말이다. 프레이스는 픽 웃고 그의 손등을 마주한 뒤 툭 하고 쳤다.

그러자 레사가 싱긋 웃었다. 그 웃음을 저도 모르게 멍하니 바라보는데 갈더가 몸을 돌렸다.

"나가서 손님을 맞는 게 좋겠구만."

프레이스가 꿈에서 깨어난 듯한 걸음으로 물러서는데 레사는 방금의 은밀한 교환이 없었던 것처럼 룸으로 돌아와 있었다.

"망토라도 가져올까요?"

레사가 손바닥을 비비며 하는 말에 갈더가 고개를 저었다.

"아니, 그냥 나가서 맞이하도록 하지."

"하긴, 망토가 없어도 갈더 님은 위엄 있으시죠. 자자, 문을 열어드리겠습니다."

레사와 프레이스가 살핀 바에 따르면 이 숲의 구조는 독특했다.

"무슨 진법 같네."

라고 프레이스가 중얼거렸을 정도였다. 밖에서 지나다니는 사람들은 이 오두막이 잘 보이지 않았다. 물론 연기는 멀리서도 보였지만, 이곳은 여러 가지 환경적 영향 때문에 안개가 끼는 날이 많았고, 그러면 연기도 바닥으로 짙게 깔렸다.

특정한 길로 들어서서 달리다 보면 U자형 길을 빙 돌아온 것처럼, 어느 한순간 이 마약 소굴이 탁 트이듯 보이게 되는 것이다.

이곳이 분지 같은 지형으로 되어 있어서 그런 것도 있었다. 그리고 모든 나무가 다 마약을 내는 것은 아니고, 점박이 병이라는 특수한 질병에 걸린 나무만이 마약의 원료가 되는 수액을 만들어 냈다.

프레이스는 갈더의 심부름꾼 노릇을 하면서 이 모든 것을 주워듣고 온 레사의 능력에 감탄했다.

"어떻게 그걸 다 알아낸 거야?"

"원래 룹 같은 존재는 있거나 없거나 별로 신경을 쓰지 않거든요."

레사가 어깨를 으쓱하며, 별거 아니라는 듯 대답했다. 그 말에 프레이스가 신음을 내며 말했다.

"아니, 단순히 그것만으로는 안 되겠지."

"물론 제 기척도 좀 지웠죠."

"세 손가락 안에 드는 실력자다운걸."

"이제 두 손가락이라고요?"

정정하며 손가락 두 개를 펼치는 말에 프레이스는 픽 웃고 자신의 실수를 사과했다.

하여튼 달려오는 마차도 어느 순간 숲에서 튀어나온 것처럼 보였지만 한번 모습이 보이고 나면 시야에서 벗어나는 건 불가능했다.

갈더와 프레이스가 나가서 서자 어슬렁거리며 다른 사내들 역시 나와 섰다. 레사는 밀려나 구석에 섰고 프레이스는 시야의 끝에서 레사를 확인했다.

마차는 평범한 공용 마차 같은 생김새를 하고 있었다.

"워워—"

마차가 바로 앞까지 도착하자 마부가 말을 멈췄다.

"오셨습니까?"

갈더가 정중하게 인사를 했다.

"가루는?"

마부가 짤막하게 묻자 갈더가 고개를 숙이며 말했다.

"네 자루가 만들어졌습니다. 마차에 실어드릴까요?"

"가져와 봐라."

"예, 예."

갈더가 눈짓하자 사내들이 자루를 들고 왔다. 자루의 크기는 그렇게 크지 않았다. 마부가 자루의 크기를 보고 눈을 찌푸렸다.

"이것뿐인가?"

"여름이라 나오는 수액의 양도 줄었고, 노예들도 힘들어 해서 말입니다. 작업량이 충분히 나오지 않습니다."

짜악—!

마부가 위협적인 소리를 내며 허공을 채찍으로 후려쳤다. 갈더는 자신이 얻어맞은 것처럼 몸을 움찔했다.

"그만둬라."

마차 안에서 낮은 목소리가 흘러나왔다.

"하지만 주인님—"

마부가 뭔가 말하려고 하자 달칵하고 마차 창이 열렸다. 프레이스는 얼른 고개를 숙였다. 혹시라도 상대가 귀족이라서 자신을 알아보기라도 한다면 곤란해진다. 물론 그렇게 쉽게 들키지는 않겠지만, 그래도 정면으로 얼굴을 바라볼 정도로 멍청하지는 않았다.

"……"

남자는 잠시 일행을 살피듯 하다가 물었다.

"새로운 사람이 보이는군."

"제가 새로 고용한 호위입니다."

"호위?"

흥미로운 목소리로 작게 중얼거렸다가 남자는 코웃음을 쳤다.

"호위가 필요한가? 중독자들은 지푸라기도 못 휘두를 텐데."

"제가 하고 있는 일이 이것만은 아니니까요."

"흠. 자네가 또 다른 일은 하고 있는지는 몰랐는걸."

덜커덩—

보통의 마차와는 다른 무거운 소리를 내면서 마차의 문이 열렸다. 프레이스는 잘 닦인 반질반질한 구두가 마차 아래로 내려오는 것을 바라보았다.

"자루를 실어라."

"네."

갈더가 고갯짓을 하자 사내들이 움직이기 시작했다. 익숙하게 마차의 좌석을 떼어 내고, 그 아래 비밀 공간에 자루를 차곡차곡 집어넣었다.

그래 봐야 갓난아기만 한 자루 4개이니 그렇게 큰 공간이 필요하지는 않았지만 말이다. 이어 다시 좌석을 조립하자 사내가 올라탔다.

"타지."

그가 말을 하자 갈더가 마차에 올랐고 호위인 프레이스가 그 뒤를 따랐다. 레사가 쩔뚝거리며 앞으로 나아가 말했다.

"가, 갈더 님, 저는······."

"마차 뒤에라도 붙어서 오게."

갈더의 말이 끝나기도 전에 마부가 쾅 하고 문을 닫았다.

"퉤―!"

그러고는 레사를 위아래로 훑어보며 보란 듯이 침을 뱉고 성큼 걸어 마부석에 올라탔다. 레사가 마차 뒤로 가서 채 자리를 잡기도 전에 마차는 출발했다. 일부러 그런 것이 분명한 처사였다.

'참내.'

레사는 투덜거리며 일부러 몇 번 비틀거리는 모습을 보여주다가 마차 뒤쪽에 무사히 안착했다. 자신이었으니 망정이지 보통 사람이었다면 바닥에 굴러떨어졌을 것이다.

공용 마차 디자인이라, 뒤쪽에는 짐 가방을 놓을 수 있는 공간이 있었고 레사는 거기에 엉덩이를 디밀어 앉았다. 바퀴가 1cm 뭘 때마다 30cm는 튀어 오르는 듯한 자리였지만 레사는 익숙하게 앉아 다리를 까닥거리며 주변의 경치를 살피기 시작했다.

'감시하기는 좋아. 숨기기도 좋고.'

분지 지형이니까, 위에서 내려다보면 한눈에 보이고, 밖에서 보면 내부가 잘 보이지 않는다.

'하지만 만약에 저 지형에서 탈출한다면.'

쫓아오는 쪽도 찾는 것이 어려울 것이다.

'게다가 안개가 워낙 짙게 깔리니까…….'

그 점도 도망자에게는 이점이 되겠지. 꼭 도망갈 일이 생기지는 않겠지만, 그래도 여러 가지를 염두에 두는 레사였다.

밖에서 레사가 주변을 살피며 그런 생각을 하는 동안, 프레이스는 안에서 '당장 옆의 갈더를 죽이고 눈앞의 저 남자를 협박하는 게 어떨까?' 하는 생각을 했다.

"실력 있는 검사라고?"

"그럭저럭입니다."

퉁명하지만 프레이스는 존대를 했다. 괜히 문제를 일으키고 싶지 않았다.

"내 마부를 이길 수는 있겠나?"

낄낄 웃으며 하는 말에 프레이스가 자신의 무릎을 툭툭 두들기며 말했다.

"당신이 말을 몰 게 아니면, 당신 마부랑 싸우지 않는 게 좋을 것 같은데요."

한마디로 "네 마부랑 내가 싸우면, 네 마부 죽어."라는 말이다.

그 말에 남자는 히죽 웃었다.

"죽일 자신이 있나 보지? 응? 상대의 실력도 모르는 놈을 강하다고 하지는 않는데 말이야."

프레이스는 픽 웃었다.

마부가 검을 좀 쓴다는 건 자세를 보면 알 수 있다. 하지만 자신을 이길 수 있냐고?

"상대가 되는지 안 되는지도 모르면서 붙어먹으려고 하는 사람을 강하다고 하지도 않수."

프레이스의 말에 남자의 표정이 살짝 굳었다.

"에헤이, 이 사람이!"

갈더가 어깨를 툭 프레이스를 치고는 남자를 향해 웃어 보였다.

"호승심이 강한 검사라서 말입니다. 왜 자기 솜씨에 자신 있는 사람들은 다들 그렇잖습니까?"

"흥, 그 실력 한번 구경했으면 좋겠군."

프레이스는 길게 한숨을 내쉬었다. 그 한숨이 더더욱 남자의 성질을 돋웠다.

"너, 이름이 뭐냐?"

"이든입니다."

"흥, 유명한 기사와 이름이 같다고 해서 너까지 그렇게 대단하다는 건 아니지."

프레이스는 그 말에 애버릿의 호위기사인 이든을 떠올렸다.

'아, 그렇군.'

그제야 그의 이름과 자신의 미들네임 중 하나가 같다는 것을 눈치챈 그였다.

'루라고 할 걸 그랬나? 그러면 레사의 가명인 룹과도 뭔가 맞

는 것 같잖아?'

아쉬움에 입맛을 다시고 프레이스는 그냥 입을 다물었다. 더 이상 저놈에게 대꾸해 봐야 소용없다. 사태만 더 불릴 뿐이지.

"왜? 할 말이 없나? 불만 있으면 눈이나 한번 마주치고 말해 보지?"

프레이스는 느리게 고개를 들었다. 프레이스의 얼굴을 본 남자는 헉 하고 숨을 들이켰다. 프레이스는 얼른 다시 고개를 숙였다.

'아, 시발.'

답지 않게 그는 속으로 욕을 내뱉었다. 프레이스의 저주, 체질은 사람마다 편차가 있다. 물론 프레이스가 마음먹고 상대를 유혹하면 오웬 백작처럼 금방 손아귀에 떨어지기도 하지만, 보통은 이삼 주의 시간이 걸린다. 길면 최대 삼 개월.

에릭과 윈스턴처럼 눈을 마주치는 걸 최소한도로 줄이고, 신체 접촉을 하지 않으면 오랫동안, 몇 년 이상도 반하지 않고 생활하는 게 가능하다.

하지만 아주 드물게, 저주에 약한 체질을 가진 사람이 있다.

손 한 번 스쳤다고, 눈 한 번 마주쳤다고 바로 호감을 가져 버리는 것이다.

'그리고 저놈이 딱 그놈이네.'

"이, 이든이라고 했나? 자네?"

목소리가 갑자기 부드러워진다. 프레이스는 등줄기를 타고 소름이 돋는 걸 느꼈다.

"그러고 보니 내 소개를 안 했군. 난 딤블라라고 하네. 그냥 딤이라고 불러도 좋아."

딤은 무슨. 프레이스는 속으로 코웃음을 날렸다. 갈더 역시 갑작스러운 딤블라의 태세 전환에 당황스러운 듯했지만 너구리답게 웃으며 말했다.

"이든이 딤블라 님의 마음에 든 모양이군요. 역시 강자는 강자를 알아보나 봅니다. 허허허."

"크흠, 뭐 그런 거지."

헛기침을 하는 딤블라의 반짝이는 구두를 보며 프레이스는,

'자, 그러면 이걸 어떻게 이용해 먹을까?'

하고 고민에 잠겼다.

소름이 돋는 건 소름이 돋는 거고, 이용 가치가 있는 건 이용 가치가 있는 거다. 셋이서 전혀 다른 생각을 하고 있는 마차는 얼마 지나지 않아 도시로 들어섰다.

'여기 어디서 서는 건가?'

레사가 그런 생각을 하는데 마차는 도시를 가로질러 빠져나가더니 근교의 작은 마을로 들어섰다.

"워워—"

덜컹—

마차가 멈춰 레사는 마지막으로 크게 엉덩방아를 찧었다. 혹시나 자신이 내리면 마차가 바로 출발하는 게 아닐까 분위기를

살폈는데 마부가 내리는 걸로 봐서는 여기가 종착점인 듯했다. 레사는 얼른 뒷좌석에서 뛰어내렸다.

덜커덩—

마부가 문을 열자 프레이스가 재빠르게 마차에서 내려섰고 이어 갈더가, 그리고 마지막으로 딤블라가 내렸다.

"엉덩이가 아파서 죽는 줄 알았어요."

레사가 얼른 다가가 재빨리 불만을 토하자 갈더가 눈을 부라리며 말했다.

"따라 나온 것만으로도 고마운 줄 알아야지."

"그건 그렇지요……."

레사는 꼬리를 내리며 주춤 물러섰다.

"이쪽으로."

딤블라가 손에 든 지팡이로 근처 농가를 가리키며 말했다. 아까와 달리 훨씬 친근감 있게 느껴지는 목소리에 레사는 고개를 갸웃했다. 마부 역시 이상함을 느꼈는지 살짝 미간을 찡그렸다.

마을은 텅 비어 있었다. 레사는 아무런 기척도 느껴지지 않는 낡은 농가의 문을 열었다.

'오?'

레사는 속으로 감탄했다. 안은 그야말로 호사스럽게 꾸며져 있었다. 폭신하고 정교한 무늬가 새겨진 융단, 반짝이고 묵직해 보이는 흑단목 가구들. 우아한 도자기 장식, 화려한 장식장. 어느 귀족 저택을 고스란히 옮겨 놓은 듯한 모습이었다. 이런 사치스러움은 사람에게 위압감을 주는 효과가 있다.

레사 역시 황궁에 처음 갔을 때 그걸 느꼈고 말이다. 그러니 갈더 같은 인간을 상대하기에 적절한 무대라고 할 수 있을 것이다.

레사는 기가 죽은 얼굴을 하며 주춤주춤 안으로 들어갔다. 딤블라는 의기양양한 표정으로 안으로 들어가 의자에 앉아 프레이스에게 자리를 권했다.

"앉으시게."

"호위로 온 거니 괜찮습니다."

프레이스는 사양했다. 딤블라가 재차 권했다.

"우리 사이에 무슨 호위 업무가 필요한가? 안 그런가? 갈더."

"그렇지요. 앉게나."

그 말에 프레이스는 눈을 가늘게 뜨고 느리게 자리에 앉았다. 레사는 적당히 구석 자리에 가서 섰다. 딤블라와 갈더는 가루와 노예들의 관리 상태에 대한 이야기를 나누었고, 딤블라는 그 중간중간 프레이스에게 말을 걸려고 안간힘을 썼다.

'반했군.'

금세 눈치챈 레사는 흐으으음 하고 어깨를 움츠렸다. 프레이스가 일부러 한 것은 아닐 테고, 어쩌다 보니 저런 사태가 된 것이겠지만. 아직까지는 딤블라도 적당한 호감을 가진 정도인 듯—

'아니, 강한 호감을 가진 것 같네.'

자신의 생각을 정정하고 레사는 딤블라를 살폈다.

'아마 저자는 백작 쪽에서 일하고 있는 사람이겠지.'

행동, 말투, 입는 옷, 걸음걸이, 모든 것이 '나는 귀족이거나 귀족과 함께 일하고 있는 사람입니다.' 하고 외치고 있었다.

'그렇다면 백작은 생각보다 더 허술하게 일하고 있거나, 아니면 부하를 많이 믿는 사람이거나, 아니면 작위의 위압이 하급 인생을 다루는 데 도움이 된다고 생각하는 사람이겠군.'

아무래도 후자 쪽이 가능성이 클 것이다. 레사가 함께 일했던 높으신 분들은 대부분 그랬으니 말이다.

'그러니 호의를 가져 준다는 건 꽤 괜찮은 메리트인데?'

지금 갈더와의 대화에서도 딤블라는 생각보다 훨씬 많은 정보를 뱉어 내고 있는데, 그건 프레이스를 이야기에 끼워 넣으려고 상황을 계속 설명해 주기 때문이었다.

그야말로 알파부터 오메가까지 설명을 해 주고 있으니, 괜찮은 메리트이다 못해 감사할 지경이다.

'하지만……'

프레이스가 괜찮을까? 그가 자신의 능력을 이용하기는 하지만, 그만큼 그 능력을 증오하고 있잖은가? 레사는 슬그머니 프레이스를 향한 걱정이 마음속을 채우는 것을 느꼈다.

몇 가지 이야기를 더 하고, 딤블라는 갈더에게 돈을 지급했다. 짤랑거리는 육각형의 백금화가 열 개씩 눈앞에 쌓이기 시작했다.

갈더의 눈이 탐욕으로 가득 찼다.

"자루 하나에 금화 오천 개씩. 모두 이만 개네."

백금화 10개 뭉치 20개가 나란히 새워졌다. 그게 주머니 안으로 차르르 흘러들어 갈더에게 건네졌다. 갈더는 주머니에서 의례적으로 백금화 하나를 꺼내 이로 물어보고 히죽 웃었다.

"감사합니다, 나으리."

딤블라는 검에 관한 이야기를 나눴으면 좋겠다고 프레이스를 저녁 식사에 초대했고, 프레이스는 수락했다. 갈더는 찜찜한 기분이 되었지만 곧 생각을 바꿨다.

'이놈을 좀 더 내 편으로 꽉 잡아 놔야겠어.'

딤블라가 어째서 갑자기 그렇게 태도를 바꾼 걸까? 그가 비역질에 취미가 있었던 것인지는 모르겠지만, 어쨌든 이든과 더 가까워져서 나쁠 것은 없어 보였다.

마부는 그들을 다시 백작령 성안 도시에 내려 주었고, 갈더가 은밀하게 말했다.

"이든, 내가 자네에게 보여 주고 싶은 게 있네. 이리로 오게."

갈더는 자신의 능력을 이든에게 보여 주기로 마음먹었다.

갈더는 뒷골목으로 프레이스와 레사를 이끌었다. 허름한 건물을 하나 통과해서 붙어 있는 두 번째 건물의 문을 열자, 아까 그곳과 다름없는 호사스러운 내부가 눈에 들어왔다.

'좀 더 천박한 느낌이지만.'

프레이스는 그렇게 속으로 평하며 주변을 둘러보았다. 2층짜리 건물 내부는 어지간한 귀족 집 못지않았다. 갈더가 웃으며 자신의 배를 두들겼다.

"어떤가? 나의 저택이?"

"아이쿠야! 반짝임에 제 눈이 머는 줄 알았습니다요, 어쩜 이렇게 대단한 집이 있다니! 걷기도 어렵군요."

레사가 호들갑을 떨며 하는 말에 갈더는 만족스럽게 웃었다. 그가 자신의 호탕함을 과시하기 위해 주머니에서 백금화 다섯 개를 꺼내서 프레이스에게 쥐어 주었다.

"자, 자, 자네도 자네 몫을 가져야지."

"어이구머니나! 이든 형님! 드디어 인정받네요! 이런 큰돈을! 갈더 님은 배포도 크십니다!"

"어흠— 어흠."

갈더는 수염을 비비며 힐끔힐끔 프레이스의 얼굴을 살폈다. 그가 별말 하지 않는 것도 감격해서라고 멋대로 해석하고 갈더가 프레이스에게 은밀하게 말했다.

"아까 딤블라 님이 자네를 마음에 들어 하는 것 같은데."

"그랬습니까?"

"그래, 저녁 식사에도 초대하지 않으셨나?"

"의례적인 건 줄 알았죠. 빈말이실 겁니다."

"아니지, 아니지. 자네는 인정받은 거야. 하지만 자네를 여기까지 이끌어 준 게 나라는 걸 잊지 말게나. 어딜 가도 나처럼 자네를 인정해 주는 사람은 없네."

"그야……."

아니, 대체 네가 나에게 뭘 해 줬다고? 프레이스는 어처구니가 없었지만 고개를 끄덕였다. 이든은 좀 멍청한 캐릭터니까 말이다.

"그렇죠. 이든 형을 인정해 준 건 갈더 님이시죠! 절대로 저희는 갈더 님을 떠나지 않을 겁니다."

옆에서 레사가 재잘재잘 떠들었다. 항상 프레이스의 의견을 대변해 오던 터라, 갈더는 그의 말이 프레이스의 말인 것처럼 느껴졌다.

갈더는 자신의 집처럼 편하게 쉬라고 말하며 프레이스와 레사에게 하녀를 붙여 주었다. 물론 침대 위까지 시중을 들어줄 것 같은 하녀였다. 레사는 오히려 그런 하녀가 더 나았다. 환상초를 이용하면 알리바이까지 만들 수 있으니 말이다.

오늘도 그렇게 하녀에게 최면을 걸어 두고 레사는 프레이스의 방을 찾았다. 프레이스는 이미 여자를 기절시켜 놓은 후였다. 레사는 여자를 깨운 뒤 그녀에게도 최면을 걸었다. 신음을 배경삼아 레사가 물었다.

"어떻게 하실 겁니까?"

"뭘?"

"딤블라 말입니다."

"같이 저녁을 먹어 줘야지. 그러면서 캐낼 수 있는 게 있으면 캐내고."

"하지만……."

"아아, 붙어 있는 마부 놈 말이지? 나도 신경 쓰여. 그놈만 없으면 좀 더 편할 텐데."

"죽일 수도 없고 말이죠."

딤블라가 설명을 할 때마다 못마땅한 얼굴을 지었던 걸로 봐서, 아마 자신들이 떠나고 나서 딤블라에게 충고를 했을 가능성이 컸다. 프레이스가 턱을 어루만졌다.

"이성을 잃을 정도로 내게 반한 건 아니라서 말이야."

"그래도 상당히 좋은 정보들을 얻었습니다."

"어어, 이 일이 오 개월 전부터 시작된 거라거나, 파는 루트는 또 다른 조직이 맡고 있다거나 하는 것들 말이지."

"하지만 일단은 쾌거네요."

"음?"

"갈더의 집에 들어왔으니 말입니다."

레사가 희미하게 웃고 말했다.

"제가 어디부터 조사하기를 원하시나요?"

레사의 말에 프레이스는 "아." 했다가 곧 걱정이 가득한 얼굴을 했다. '혹시라도 레사가 들키기라도 해서, 일이 생기면 어떻게 하지?' 하는 걱정이었다. 하지만 그런 말을 하는 건 레사에게는 모욕이 될 것이다. 그는 자신의 실력을 의심당하는 걸 싫어하니까. 그래서 프레이스는 최대한 레사가 편하게 작업하게 해 주기로 마음먹었다.

"내가 딤블라와의 저녁 식사에 갈더도 데리고 가면 어떨까?"

"잠깐만요. 그건 절 두고 가실 거라는 이야기 같습니다만?"

"그 시간에 장부나 다른 증거가 있나 찾아봐 줘."

"호위를 두고 어딜 가시려는 겁니까?"

"괜찮아."

"안 괜찮은데요."

"괜찮아."

"안 괜찮습니다."

"명령이야."

프레이스의 말에 레사는 불만이 가득한 얼굴을 했다.

물론 이 저택을 조사해 줄 마음은 만만했다. 하지만 그보다 우선순위가 있다. 바로 프레이스의 안위이다.

"무슨 일이 생기면 어쩌려고 그러십니까?"

"별로 생길 일은 없잖아?"

"딤블라라는 사람이 공격해 온다든가……."

덮쳐진다는 말을, 레사는 우회했다. 프레이스가 픽 웃었다.

"그러면 다 죽이지."

"……."

레사는 여전히 불만인 얼굴이었다. 프레이스는 레사의 뺨을 살짝 잡아당기고 말했다.

"그보다 증거를 찾는 게 먼저야. 그것만 찾으면 이 지긋지긋한 연극을 그만해도 되니까. 두 번째로 말하는데 명령이야, 레사 알반."

결국 레사는 한숨을 내쉬며 항복했다.

"맡겨 두십시오."

"무리하지는 말고."

"네."

"좋아, 그러면 난 밀정에게 연락을 취해두도록 하지. 더 길게 연락하지 않으면 윈스턴이랑 에릭이 날 죽이려고 할걸."

그 말에 레사는 수긍해 고개를 끄덕였다.

"알겠습니다."

레사는 조용히 방을 빠져나갔고 프레이스는 창문가로 다가섰다. 그가 주머니에서 피리를 꺼내 불었다. 아무런 소리도 나지 않았다. 하지만 계속 피리를 불며 프레이스는 메모지에다가 암호를 적기 시작했다. 그렇게 기다리자 곧 작은 새 한 마리가 창가로 다가왔다. 프레이스는 메모를 접어 새의 다리에 달린 통에다가 집어넣고 새를 다시 날려 보냈다.

'이걸로 만일은 대비했고…….'

프레이스는 헐떡이며 혼자 침대를 흔들며 몸을 꼬아대는 여자를 바라보았다.

'몸이나 미리 풀어둘까.'

프레이스는 몸을 쭉 펴며 스트레칭을 시작했다.

*　　　*　　　*

저녁이 되어 떠나는 프레이스와 갈더를 배웅하고 레사는 천천히 저녁 식사를 시작했다.

빵과 치즈와 우유.

프레이스가 없어지자마자 메뉴는 순식간에 단순한 것으로 전락했지만, 빵이 돌덩이가 아닌 것만으로도 감지덕지하며 레사는 식사를 끝냈다.

'자, 그러면⋯⋯.'

레사는 눈을 가늘게 떴다.

'어디서부터 조사를 해야 하나?'

저택의 구조를 파악하기에는 시간이 많이 부족했다. 저택을 구경해도 좋다는 허락은 받아둔 터라 레사는 천천히 저택을 돌아다녔다.

물론 혼자서 돌아다니는 것은 아니고, 감시 겸 안내를 하는 시종이 한 명 붙어 있었다. 적당한 시점에서 레사는 그 시종을 떨어뜨렸다. 정중하게 말이다.

기절해 쓰러진 시종의 옷을 벗겨서 갈아입은 레사는, 가발을 벗고 자세를 쫙 폈다. 그것만으로도 사람이 달라 보였다. 그러고는 당당히 저택을 돌아다니기 시작했다.

*   *   *

프레이스는 저택에 내려섰다.

아까의 마부가 이번에는 정장을 입고서 마중을 나와 있었다. 갈더가 웃으며 말했다.

"이런 곳에서 저녁 식사라니, 내가 자네 덕을 보는구만."

마부가 '당신을 초대한 건 아닌데?' 하고 한마디 할 줄 알았는데, 그는 별말 하지 않고 일행을 안쪽으로 안내했다.

저택의 응접실은 초가 가득 켜져 있어서 환했다. 잠시 그곳에서 대기를 하고 있자니, 다른 시녀가 와서 말했다.

"죄송합니다, 손님. 정찬홀로 바로 손님들을 모시라는 분부십니다. 주인님은 그곳에서 기다리고 계십니다."

프레이스는 살짝 눈을 찌푸렸다. 초대를 했으니 당연히 호스트가 나와서 인사를 해야 하는 것을⋯⋯.

찜찜함을 느끼면서도 프레이스는 자리에서 일어나 시녀를 따라 나갔다. 정찬홀로 향하는 복도를 지나 안으로 들어서는 그 순간 눈앞이 번쩍했다.

그리고 세상이 새까맣게 물들었다. 다가오는 홀의 대리석 마블링. 그게 프레이스가 마지막으로 본 것이었다.

4장
변화

　프레이스는 욱신거리는 통증을 느끼며 천천히 정신을 차렸다. 눈꺼풀이 무겁게 느껴졌다. 풀이라도 발라놓은 듯한 느낌으로 프레이스는 간신히 눈을 떴다. 희미한 초점에 몇 번 눈을 깜박이는 동안 귀에서 위잉 하는 소리가 났다.

　'제대로 얻어맞았군.'

　뒤통수가 아직도 아프다. 아마 만져 보면 혹이 난 게 아니라, 피가 나오고 있을 거다. 프레이스는 자신이 기둥에 묶여 있는 것을 깨달았다. 뒤로 잡아당겨진 어깨가 불에 타오르는 것처럼 아픈 걸로 봐서 꽤 오랜 시간 이 자세로 묶여 있었던 모양이었다.

　'어깨도 아프고, 머리도 아프고, 목도 아프고. 안 아픈 곳이 없네.'

그런 생각을 하며 프레이스는 격하게 기침을 했다. 목구멍이 찢어질 듯 건조했다.

"깨어나셨습니까?"

정중한 목소리에 프레이스는 고개를 들어 올렸다.

"이 자세로 인사하기는 뭐하네."

힉힉 새는 목소리로 프레이스가 픽 웃으며 라발렌도 백작에게 말했다. 이제 오십 대 중반의 백작은 굳은 얼굴로 프레이스를 내려다보고 있었다.

"물 좀 주겠어? 풀어 주면 더 좋고."

라발렌도 백작은 손수 물컵에다가 물을 따라 프레이스의 입가에 대어 주었다. 정신없이 물을 마시고 나자 살 것 같았다.

"풀어 주지는 않는 거군."

"바보는 아니라서."

"아쉽네."

"그보다 정말로 직접 오실 줄은 몰랐습니다."

백작의 말에 프레이스는 "그래?" 하고 그냥 웃었지만 그 말의 뉘앙스는 놓치지 않았다.

"누군가 내가 올 거라고, 말을 해 줬다는 듯이 들리는군."

"그렇지요."

라발렌도는 대답하고 의자를 가져와 앉았다.

둘이 있는 곳은 햇빛이 들지 않는 지하였다. 횃불이 일렁이며 주변을 밝혀주고 있었다. 습기에 가득 찬 돌벽과 이끼의 냄새가 희미하게 났다.

'성의 지하인가?'

프레이스는 노골적으로 주변을 살펴보았다. 횃불로도 판별 가능할 정도로 바닥과 벽의 얼룩 자국이 선명했다. 프레이스는 저 얼룩들이 왜 생긴 건지에 대한 추리를 미루기로 마음먹었다.

"그래서 날 죽일 건가?"

프레이스는 직설적으로 물으며 백작을 정면으로 바라보았다. 하지만 백작은 프레이스에 대해서 알고 있는 듯 시선을 마주치지 않고 애매하게 그의 허리춤을 바라보며 말했다.

"제가 죽이지는 않을 겁니다."

"황족 살해라…… 이 대에 걸친 공신 가문이 결국은 반역이라니, 슬프군."

조금도 슬프지 않다는 어투였지만 백작의 눈썹이 가볍게 꿈틀거렸다. 이 고지식한 기사 가문의 백작은 짧게 말했다.

"황족 살해는 아니지요."

"본인의 손으로 죽인 게 아니니까?"

프레이스가 빈정이자 라발렌도 백작이 조용히 말했다.

"당신이 정말로 황자입니까?"

"뭐?"

이번에 눈을 찡그린 건 프레이스였다. 백작은 말을 이었다.

"당신은 친모는 제국의 반역자나 다름없습니다. 황실의 보물을 훔쳐서 내연남에게 건넸지요."

"무슨 헛소리를!"

쩔그렁—

분노한 프레이스가 상체를 숙이자 손목에 묶인 사슬이 기둥에 부딪치며 요란한 소리를 냈다. 백작의 얼굴에 경멸의 표정이 서렸다.

"그런 여자의 아들이 황위를 노리다니. 용납할 수가 없는 일입니다."

"개소리하지 마."

프레이스의 목소리는 낮고, 어두웠다. 백작이 의자에서 일어나 허리를 꼿꼿하게 세우며 말했다.

"정 궁금하시면 외숙부에게 물어보시는 게 어떻습니까? 아니, 그건 이제 불가능하겠군요."

라발렌도 백작이 자신의 검 손잡이를 만지작거리며 말했다.

"사실 저도 당신이 직접 이 소굴에 뛰어들 거라고는 생각 못했습니다. 황자의 직위를 가지고 계셨던 분이 너무나도 무모하시군요."

프레이스가 물었다.

"설마 나 하나를 잡기 위해서 영지 전체를 마약 소굴로 만든 건가?"

"제 영지 전체를 건 도박 같은 함정이었지요."

"미친 놈이."

"영지민의 목숨보다, 황실의 뜻이 더 중요하니까요."

라발렌도 백작이 가슴에 손을 대어 보이며 말했다.

"그야 네 목숨이 아니니까 그렇겠지. 위에서 명령만 하는 게 무슨 대단한 희생인가."

"인간의 목숨을 신경 쓰는 분인 줄은 몰랐거든요."

"그 인간 한 명이 평생 동안 얼마나 많은 세금을 내는 줄 알아?"

"허?"

"게다가 아이를 낳아서 인구도 늘리지."

그야말로 계산적이라고 할 수 있는 신경씀이었다. 라발렌도 백작은 기가 찼다.

"그 무슨 비인간적인 소리를. 다른 분과는 비교가 되는군요."

프레이스가 으르렁거렸다.

"애버릿이 이렇게 하라고 한 거 아닌가? 하! 평소에는 백성을 아끼는 척하더니, 결국은 이런 거군? 안 그래?"

그런 프레이스를 라발렌도 백작은 안쓰러운 눈으로 내려다보았다.

"일 황자님과는 관련이 없습니다."

"그거야말로 개소리군."

"곧 죽을 당신에게 제가 왜 거짓을 말하겠습니까?"

"자기 영지민을 다 노예와 마약 중독자로 만든 새끼가 뭔들 못하겠어."

프레이스의 말이 끝나기가 무섭게 구둣발이 날아왔다.

"윽—!"

복부를 걷어차인 프레이스가 숨을 들이켰다.

"황족도 아닌 너에게 내가 예의를 차릴 필요는 없겠지."

"개가 짖네."

다시 백작이 프레이스를 걷어찼다.

똑똑—

가벼운 노크 소리에 백작이 구타를 멈췄다.

"들어와라."

문이 조심스럽게 열리고 딤블라가 안으로 들어왔다. 그는 애증이 담긴 눈으로 프레이스를 쏘아보고 백작에게 말했다.

"갈더가 자신이 증거를 숨겨 둔 곳을 불었습니다. 거기에 저놈의 일행도 있다고 하더군요."

"놈은?"

"죽었습니다."

"좋아."

백작은 고개를 끄덕이고 이어 말했다.

"절대로 놓치면 안 된다. 반드시 잡아야 해. 그리고 그 집은 태워버리도록 해라."

"네."

딤블라는 대답하고 감옥을 빠져나갔다. 백작이 그 뒷모습을 보고 프레이스를 보며 말했다.

"딤블라가 갈더의 호위에게 푹 빠졌다는 이야기를 듣고 너라고 생각했지. 사람을 음욕에 빠트리는 괴물. 고작 열 살 때 수도원에 있는 수도사들을 파멸시켰다는 이야기도 들었다."

그 말에 프레이스는 웃음을 터트렸다. 찢어진 입술이 아팠지만 웃지 않고서는 견딜 수 없었다.

"아, 그 밤마다 내 몸을 탐하던 고결한 수사 나으리들 말이지."

킥킥거리며 어깨를 들썩이며 프레이스는 세상에서 가장 우스운 농담이라도 들은 양 웃었다. 백작의 표정이 일그러질 때쯤 프레이스의 웃음소리가 딱 멈췄다.

순식간에 고요해진 지하 감옥 안에서 희미하게 물이 흐르는 소리가 들려왔다.

"개소리."

지하 감옥을 얼릴 만한 목소리였다. 백작은 질렸다는 얼굴을 했다. 이런 끔찍한 작자가 황족이라니 참을 수가 없었다.

심지어 그의 몸에 왈라키아의 피가 흐르지 않는다면 더욱더.

"반성의 기미도 보이지 않다니. 적어도 인간다운 면모를 기대한 내가 잘못했군. 그러면 일행이 올 때까지 잠시 쉬시지."

라발렌도 백작이 지하 감옥을 나가자 프레이스는 몸에 힘을 뺐다. 기둥에 살짝 뒤통수를 기대었다가 통증이 밀려와 프레이스는 고개를 기대는 걸 포기했다.

'잡힌 지 얼마나 된 거지?'

배 속이 공복으로 아우성치고 있으니, 생각보다 좀 더 된 걸까?

'아니 그렇게 오래되지는 않았어.'

갈더가 자신의 비밀 저택에 대한 비밀을 부는 데에는 그렇게 오랜 시간이 걸리지 않았을 거다. 백작이 죽이기 전에 사람을 고문하는 취미가 있는 게 아니라 다행이었다.

'레사⋯⋯.'

프레이스는 붉은 눈동자를 떠올리며 눈을 감았다. 피로감이 몰려왔다.

'도망쳤을까? 도망쳤겠지?'

프레이스는 레사가 도망치기를 바라면서도, 구하러 달려와 주기를 바랐다. 성의 지하 감옥에 있는 자신을 구하러 목숨을 걸고 와주는 그.

'오겠지?'

레사는 임무를 반드시 수행하니까, 분명히 오겠지.

'그보다 화났겠는걸⋯⋯.'

몰래 자신을 쫓아오겠다는 레사를 억지로 두고 온 것은 자신이었다. 호위와 떨어지자마자 이런 사태가 벌어지다니. 변명의 여지가 없다.

'에릭과 윈스턴이 움직이려나?'

혹시나 하는 마음에 주기적으로 연락이 없으면 바로 찾아오라고 했었다. 갈더의 비밀 저택에서 보낸 쪽지의 내용은 간단했다.

적의 소굴로 들어감. 4시간 후에도 연락이 없을 시 찾아올 것.

　귀족의 저녁 정찬은 시간이 오래 걸리기 때문에 시간을 넉넉하게 잡은 것이었다. 식사에만 두 시간이 걸리고, 그 뒤에 담배를 피우거나 술을 마시는 시간을 합치면 더 길어진다.

　'에릭이랑 윈스턴도 화내겠군.'

　둘의 화난 모습이 쉽게 상상이 되어 프레이스는 픽 웃었다. 물론 그걸 볼 수 있는 경우는 운이 좋은 경우겠지. 프레이스는 지끈거리는 두통에 낮게 신음을 뱉었다. 안 그래도 어지러운데 방금 몇 대 얻어맞아서 더 어지럽다.

　'황족이 아니라고?'

　라발렌도 백작이 내뱉은 웃기는 소리에 프레이스는 저절로 비웃음이 새어 나왔다. 자신의 어머니가 얼마나 아버지를─황제를 사랑했는지는 어린 프레이스도 절절히 알 수 있었다. 프레이스 자신 역시 어머니에게는 아버지를 만나기 위한 도구였을 뿐이었다. 그 필사적인 매달림과 집착은 숨 막힐 정도였다.

　'그런 어머니가 바람이라니.'

　있을 수가 없다.

　'하지만 황실의 보물은 무슨 이야기지……?'

　프레이스는 어지러운 머릿속을 더듬었다.

　고대 왕국을 부순 드래곤을 척살한 태조의 이야기는 누구나 다 알고 있는 것이다. 지금 현재 있는 제국 혹은 왕국, 아니면 귀족 나부랭이들은 모두 자신들의 몸에 고대인의 피가 흐른다고 주장하고 있었다. 정통한 고대 왕국의 후손이라는 것이다.

그리고 왈라키아 제국 역시, 고대인을 태조로 삼고 있었다. 고대 왕국을 멸망시킨 사악한 드래곤을 검으로 베어 넘긴 왕국의 후계자가 바로 왈라키아 제국의 태조였다.

그가 그때 드래곤을 베었던 검과 드래곤의 마법을 막기 위해서 썼다는 방패는 제국의 보물이었다. 황실의 옥새보다도 더 가치 있는 보물.

하지만 프레이스가 태어났을 때쯤 검은 분실되고 없었다. 그야말로 청천벽력 같은 일이라 제국은 필사적으로 검을 찾았지만, 결국 찾지 못했다고 했다.

대륙적으로 망신인 일이라서 쉬쉬하고 있기는 하지만, 황족인 프레이스는 들어서 알고 있었다. 그 검을 도로 찾는 것이 황실의 숙원 사업이 되어 버렸고 말이다.

'그 검을 어머니가 내연남에게?'

말도 안 되는 헛소리다.

프레이스는 그렇게 생각했지만, 라발렌도 백작이 언급했던 또 다른 인물을 떠올렸다.

'외숙부에게 물어보시면…….'

'클리프랜드 공작…….'

그가 제국을 삼키려는 야심을 가지고 있는 건 누가 봐도 뻔한 사실이었다. 그건 그가 누이인 자신의 어머니를 시켜서, 검을 훔치게 만든다?

'그럴듯한데?'

검이 없어지면 제국의 정통성에도 흠집이 간다.

'하지만 어머니가 어떻게 검을 훔친단 말이야?'

보물이 안치되어 있는 보물전은 그야말로 철벽, 난공불락의 요새 같은 곳이었다. 결코 여자 혼자 들어가서 무사히 검을 꺼내올 수 있는 그런 곳이 아니다. 무엇보다도 그 보물전 안에 들어가기 위해서는 왈라키아 가문의 피가 필요하다.

'클리프랜드 공작가가 황실의 방계이기는 하지만, 그렇다고 해도 완전히 다른 가문. 열리지는 않을 거야.'

프레이스는 한숨을 내쉬었다. 도무지 이야기가 들어맞지 않는다. 그딴 이야기 무시해 버리면 그만이지만, 묘하게 수긍이 가는 구석이 있는 것이 기분을 더럽게 만들었다.

'탈출하면 공작을 추궁해 봐야겠군.'

탈출한다면…….

프레이스는 느리게 눈을 깜박거렸다.

'일행을 꼭 잡으라고 했지.'

레사 역시 표적이 된 것이다. 하지만 어째서 사살이 아닌 걸까? 다행이라는 생각과 불안감이 교차했다.

'레사는 잡히지 않을 거야.'

하지만 잡히면 어떻게 하지? 만약 그를 산 채로 잡아 와서, 자신의 눈앞에서 고문을 한다면—

프레이스는 그걸 생각한 것만으로도 가슴속을 칼로 후벼 파는 느낌을 받았다. 상상만으로도 고통이 느껴진다니. 하지만 생생한 고통이어서 그는 짧게 숨을 헐떡였다.

'안 돼, 안 돼, 안 돼.'

프레이스는 수갑을 철컹거렸다. 어떻게든 여기서 탈출해야 한다. 빠듯하게 조여진 사슬 덕에 손목에는 상처가 가득했다. 프레이스는 비틀거리며 자리에서 일어났다. 눈앞이 어질어질했다. 돌바닥이 파도를 치듯이 일렁였다. 흔들리는 횃불 때문에 더 그랬다.

눈을 깜박이며 프레이스는 몸을 기둥에 기대어 일으키고 사슬을 손끝으로 더듬었다.

"빌어먹을!"

프레이스는 손가락의 반지가 없는 것을 확인하고 욕설을 내뱉었다. 마법이 걸린 반지라는 것을 알고 있는 모양이다.

'아니, 알겠지.'

누군지 몰라도 지시를 내린 사람은 자신에 대해서 아주 잘 알고 있는 것 같으니까.

애버릿처럼.

'애버릿이 아니라면.'

프레이스는 엄지를 틀어쥐었다. 탈골시키면 수갑에서 벗어날 수 있을지도 모른다.

'릴리안인가?'

또 다른 '어머니'를 생각하며 프레이스는 이 사이로 숨을 내쉬었다. 닥쳐올 고통에 대해서 생각하지 않으려고 노력하며 프레이스는 단숨에 엄지를 뽑듯이 당겨 탈골시켰다. 우드득 하는 생경한 소리와 함께 상상 이상의 고통이 밀려왔다.

"웃, 흐— 후우, 후우……."

신음을 삼키고 숨을 몰아쉬며 프레이스는 수갑에서 손을 빼냈다. 덜렁거리는 엄지를 빠듯하게 수갑에서 빼낼 때는 비명이 나오는 것을 눌렀다.

손목이 자유로워지자 어깨에 극심한 통증이 몰려들었다. 장기간 뒤로 묶여 있었던 어깨가 앞으로 다시 움직이자 비명을 지르기 시작한 것이다. 프레이스는 천천히 어깨를 움직여 몸을 풀었다. 그리고 셔츠를 찢어 엄지손가락을 고정했다.

'자 그러면 다리는 어쩐다?'

발목에 연결된 족쇄를 보며 프레이스는 잠시 생각에 잠겼다. 족쇄의 끝은 기둥에 연결되어 있었다. 손으로 잡아당겨 보지만 이걸 맨손으로 끊을 수 있는 사람이라면 엄지를 탈골시킬 필요도 없었을 것이다. 분노가 치밀어 올랐다.

'멍청한 프레이스, 빌어먹을 프레이스, 쓸모없는 새끼!'

만약 할 수만 있다면 프레이스는 자기 자신의 엉덩이를 걷어차 줄 용의도 있었다. 한참 분노에 타오르다가 프레이스는 머리를 쓸어 넘겼다. 그리고 엄지에서 밀려오는 통증에 다시 자신의 멍청함을 저주했다.

'좋아, 자학은 여기까지.'

프레이스는 샅샅이 사슬을 살피기 시작했다. 절망의 밑바닥에서 어떻게든 탈출구를 발견하는 것은 자신의 특기였다.

그때 감옥의 문이 열렸다. 프레이스는 소리에 반사적으로 휙 몸을 돌렸고 라발렌도 백작은 놀란 얼굴이 되었다.

"수갑을?"

하지만 빠르게 족쇄를 확인하고는 안도했다.

그러나 프레이스는 그렇지 못했다. 그의 눈이 라발렌도 백작의 뒤를 따라 들어오는 레사에게 고정되었다. 레사 역시 프레이스를 마주 보았다.

"뭐 상관없겠지."

수갑을 푼 것 정도야 괜찮다는 듯이 백작은 고개를 흔들었다. 레사는 뒤에서 확 떠밀려 안으로 몇 걸음 더 밀려 들어갔다.

"충성스러운 부하를 뒀더군. 네 목을 딴다고 하니까 순순히 나오던걸?"

백작의 말에 프레이스는 레사를 향해 "멍청아!" 하고 외치고 싶은 걸 간신히 눌렀다. 속이 부글부글 끓어올랐다. 에릭과 윈스턴에게 연락을 해 뒀다. 그러니, 최대한 시간을 끌어서 그들을 기다리는 것이 옳았다. 그런데 순순히 따라와?

'날 죽인다는 말에······?'

화가 났지만, 동시에 울컥하고 뭔가가 가슴속에서 솟구쳤다. 저 냉정한 레사 알반이, 자신을 죽인다는 말에 항복해서 잡혔다는 것 자체가 그의 마음속에서 뭔가를 들끓게 만들었다.

"레사."

하지만 흘러나온 목소리는 딱딱했다. 레사는 프레이스를 훑어보고 안도했다.

사지가 다 멀쩡하게 붙어 있다.

백작이 부하에게 눈짓하자 부하는 곧 컵을 가져왔다.

"전부 마셔라."

컵 안에 가득 든 액체를 보다가 레사가 물었다.

"뭔지 물어도 될까?"

"황홀한 도취의 원액이지."

그 말에 레사는 미동도 하지 않고 컵 안을 바라보았고 프레이스는 외쳤다.

"마시지 마!"

그의 고함을 무시하며 백작이 이어 말했다.

"여기서 조금만 더 졸이면, 둥글둥글하게 뭉쳐서 가루가 되기 시작한다네. 상당히 순도가 높은 약이니 마시고 나면 아주, 기분이 좋을 거야."

"마시게 해서 어쩔 셈이지?"

"그건 마시고 나면 설명해 주지."

"레사, 하지 마."

프레이스가 명령했다. 레사는 고개를 들어 그를 보았다. 붉은 눈과 초록 눈이 서로를 마주 보았다. 프레이스는 도무지 레사의 속을 읽을 수가 없었다.

백작이 쯧 하고 혀를 차고 뒤에선 부하에게 눈짓하자 부하는 벽에서 긴 갈고리가 달린 채찍을 집어 들더니 프레이스를 향해 후려쳤다. 프레이스가 손을 들어 채찍을 막았지만 채찍에 달린 고리가 그의 팔을 파고들어 팔 가죽을 찢었다.

"프레이스 님!"

레사가 앞으로 한 발 나가려는 걸 백작이 팔을 잡아 저지했다. 레사는 백작을 노려보았고 백작은 말했다.

"마셔. 주인이 산 채로 살가죽이 다 벗겨지는 걸 보고 싶지 않으면."

백작이 컵을 레사의 입가에 가져다 댔다. 프레이스는 "마시지 말라고!" 하고 악을 썼지만 레사가 마시는 것을 막을 수는 없다.

백작이 약을 다 마신 것을 컵을 뒤집어 확인하는데 레사가 털썩 무릎을 꿇었다.

"레사, 레사!"

"흐윽……!"

레사가 몸을 웅크렸다. 백작이 레사의 머리카락을 잡아 고개를 휙 들어 올렸다. 서서히 그의 초점이 흐려지며 동공이 크게 확장되는 것이 프레이스의 눈에도 보였다. 이 어두운 조명 속에서 그게 보일 리가 없건만, 프레이스에게는 보이는 것처럼 느껴졌다.

"아……."

짧은 단발성의 신음이 레사의 입에서 흘러나왔다. 백작이 손을 놓자 끈 떨어진 인형처럼 레사가 푹 앞으로 꼬꾸라졌다.

"쇼크사 할 정도는 아니니 걱정하지 않아도 돼."

백작은 그렇게 말하고 열쇠를 꺼내 레사의 수갑과 족쇄를 풀었다. 그런데도 레사는 바닥에서 몸을 움찔거릴 뿐 꼼짝도 하지 못했다.

그사이 백작의 부하들이 우르르 나서서 프레이스의 손에 수갑을 다시 채웠다. 백작이 자리에서 일어나 발로 레사의 몸을 뒤집었다. 힘없이 그의 몸이 늘어졌다.

"황홀한 도취는 아주 기분이 좋은 약이지. 하지만 재미있게도 말이야, 약효가 빠져나갈 때의 현상도 굉장해. 위로 솟구쳤던 만큼, 아니 그 이상 바닥으로 떨어지지. 그래서 우리가 재미있는 걸 발견했는데 말이야."

백작이 꾹 레사의 머리를 밟았다. 프레이스는 분노로 이성이 날아갈 것 같은 걸 누르며 백작의 말에 귀를 기울였다.

"폭력성이야. 이성을 잃고 주변 사람을 공격하더군. 젖먹이와 어미로 실험을 해봤는데, 이튿날 아침 들어가 보니 여기저기 널린 아기를 끌어안고 어미가 미쳐 있지 않던가?"

"개새끼……."

프레이스가 중얼거리자 라발렌도 백작은 어두운 얼굴로 고개를 흔들었다.

"그래서 우리는 부작용을 없애기 위해서 여러 가지로 알아본 결과 침목 뿌리와 섞으면 그게 감소한다는 걸 알았지. 가루가 금색을 띠우게 된 것도 그 때문이라네. 하지만 이 호위는 원액을 그대로 마셨으니."

백작이 발을 뗐다.

"내일 아침, 마약에 중독된 부하에게 살해당한 황자를 애도하기 위한 조기가 준비되어 있소."

프레이스는 이를 뿌드득 갈았다.

"그가 당신의 호위라는 것과 범죄를 저질렀다는 걸 도프 백작가와 베렛 자작가가 확인해 주겠지."

그야말로 자신의 손을 전혀 타지 않는 범죄였다.

"그러면 좋은 밤 되길. 마지막 밤이겠지만…… 약효가 떨어질 때까지 한 삼십 분 걸릴까? 그사이를 즐기시게."

말하고 백작은 지하 감옥을 나갔다. 철컹하고 무겁게 문이 잠기는 소리와 작은 창이 닫히는 소리가 연속적으로 들렸다.

"레사? 레사, 레사, 레사 알반!"

프레이스는 어떻게든 레사에게 다가가려고 노력하며 소리쳤다. 하지만 족쇄 때문에 손끝이 레사에게 닿지 않았다.

"레사! 정신 차려! 레사 알반!"

프레이스는 악을 썼다. 레사의 손이 움찔하고 움직였다.

레사 역시 필사적으로 싸우고 있었다. 이성이, 생각이, 마음대로 움직이지 않는다. 손을 움직이고 싶은데 허공에 헛발질을 하고 있는 자신이 있었다.

만약 레사가 이런 약물들에 어느 정도 내성이 있는 몸이 아니었다면 움직이기는커녕 입을 헤 벌리고 침이나 흘리고 있었을 것이다.

수십 번의 시도 끝에 레사는 손을 프레이스에게 뻗었다. 프레이스가 자신의 이름을 부르고 있는 것 같은데 잘 들리지 않는다. 하지만 손이 잡혔다는 것은 알 수 있었다. 레사는 혀를 움직이려고 노력했다.

"……지……."

"레사? 레사?!"

"바아…… 바아…… 바지."

"바지?"

마약중독자의 헛소리인가 싶은 말이었지만, 프레이스는 곧 그가 하고 싶은 말이 '반지'라는 걸 깨달았다. 레사의 손가락의 구리반지는 무사히 남아 있었다. 프레이스는 레사의 손에서 반지를 빼냈다.

'반지가 무슨ㅡ 무슨?!'

반지의 안쪽에 줄 톱이 들어 있었다. 프레이스는 줄 톱을 빼내 수갑을 자르기 시작했다.

'제발, 제발, 쇠에게도 들어라!'

프레이스의 기도가 닿은 것인지 조금씩 수갑이 갈려 나가기 시작했다. 속으로 쾌재를 부르며 프레이스는 톱질에 매달렸다. 몇 번이나 손이 헛나가 줄 톱에 손가락이 갈리기도 했고, 톱이 손에서 팅겨 나갔을 때는 식은땀이 흘렀다.

서늘한 지하 감옥인데도 프레이스의 이마에서는 땀이 뚝뚝 떨어졌다. 힐끔힐끔 돌아보는 레사의 상태가 가히 좋아 보이지는 않았다. 이제는 전신을 발작하듯이 떨다가 멈추기를 반복하는 레사의 이름을 연신 부르며 프레이스는 톱질에 박차를 가했다.

얼마나 시간이 지났을까?

수갑을 잘라 내고 족쇄를 거의 다 잘랐는데 틱 하는 소리와 함께 줄 톱이 끊어졌다. 프레이스는 허탈감을 느끼며 족쇄를 손으로 힘껏 잡아당겼다. 쇠로 된 사슬은 끊어질 듯 보였지만 끊어지지 않았다.

"좀 끊어져라! 레사, 다른 거 없어?"

레사는 천천히 기분이 원래대로 돌아오는 것을 느꼈다. 하지만 몸이 부들부들 떨린다. 그리고 이제 극심한 피드백이 올 것이다.

레사는 간신히 상체를 반쯤 일으켰다. 레사는 왜 그들이 자신에게서 무기를 빼앗지 않았는지 알았다. 그래서 그녀는 검을 뽑아서 프레이스에게 던지고 말했다.

"저, 저, 저를, 죽여, 죽죽……."

혀가 마비된 것처럼 말이 잘 나오지 않았다. 하지만 알아들은 프레이스의 얼굴이 단숨에 차가워졌다.

"널 죽이라고?"

레사는 고개를 끄덕였다.

자신이 그를 공격하기 전에, 그가 자신을 죽이는 게 옳았다.

"무기, 챙…… 탈, 탈출…… 프레이스 님의 검 실력…… 아침…… 에릭 와, 오니…….

"하—"

프레이스가 낮고 차갑게 웃었다.

"처음부터 이럴 생각이었어? 도대체 왜 잡혀 온 거야? 나보고 널 죽이라고? 그 말 하고 싶어서 여기까지 기어들어 왔어?"

레사는 손으로 바닥을 긁었다. 강렬한 오한이 밀려들어 오기 시작했다. 이성으로는 설명할 수 없는 차디찬 공포와 강렬해지는 이명.

"호위, 나, 호위니까, 상처, 도망…….

"호위니까 날 상처 입히기 전에 널 죽여라? 그리고 도망쳐라?"

"으흑……!"

레사의 허리가 굽었다.

"레사!"

놀란 프레이스가 손을 뻗어 레사의 어깨를 잡았다.

'뜨거워—!'

그의 손이 얼마나 서늘한지, 그게 얼마나 기분 좋은지 프레이스는 잘 알고 있었다. 하지만 지금 레사의 몸은 아주 뜨거웠다. 레사의 호흡이 점점 거칠어졌다. 레사가 필사적으로 프레이스의 팔을 뿌리쳤다.

"얼른……!"

"싫어."

프레이스는 단숨에 거절했다. 레사는 눈을 들어 프레이스를 마주 보았다. 시야가 일렁였다. 어두운 곳에서 이를 드러내는 괴물들이, 환각이, 눈에 들어오기 시작했다.

그 와중에서도 녹색 눈은 선명했다. 아름다운 녹음의 빛깔.

"넌 단순한 호위가 아냐."

삐이— 하는 이명에서 이제 이름 모를 것들의 속삭임이— 환청이 레사의 귀를 파고들었다. 그래서 레사는 프레이스의 입술을 읽는 수밖에 없었다. 그것도 이제 점점 힘들어졌다.

"날 혼자 남겨 두지 않겠다고 했잖아."

어린애 같은 말이었다. 곧 그가 의기양양한 표정을 지으며 말했다.

"너에게 내가 죽을 것 같아? 피드백? 그거 오라고 해. 뭐 길어 봐야 한 시간이나 가겠어?"

그렇게 말하며 프레이스는 검을 집어 들고 남은 족쇄를 내리치기 시작했다.

캉! 캉! 캉!

어둠 속에서 불똥들이 튀었다가 사라지는 것이 보였다. 레사의 시야가 새까만 점으로 얼룩지기 시작했다.

사사사삭—

새까만 벽의 틈바구니에서 수천 마리의 벌레가 기어 나오기 시작했다. 이건 현실이 아니다. 환각이다. 환상이다. 그럼에도 그녀에게는 현실이었다. 뚝 하고 레사는 이성이 끊어지는 걸 느꼈다.

프레이스는 등 뒤가 오싹해지는 걸 느끼며 잽싸게 몸을 낮췄다.

캉!

번쩍 불꽃이 튀었다. 프레이스의 머리가 있던 높이의 기둥을 후려친 레사가 흐늘거리는 듯한 묘한 자세로 서 있었다. 그의 손목에서 튀어나온 긴 송곳을 보고 프레이스는 침을 삼켰다.

"레사?"

작게 부르자 그의 입에서 거품과 함께 짐승 같은 그르렁거리는 소리가 흘러나오더니 곧 그를 향해 발차기를 날렸다.

텅!

검 면으로 프레이스는 그것을 막아 냈다. 반짝하고 부츠 끝에서 나온 새파란 칼날이 보였다.

'젠장!'

그는 대체 자신이 모르는 무기를 몇 개나 숨기고 있는 걸까?

족쇄 때문에 움직일 수 있는 반경에 한계가 있는 게 답답했다. 프레이스는 연속적으로 날아오는 레사의 공격을 받아쳤다.

'이 자식 이성을 잃은 거 맞아?'

프레이스는 혀를 내둘렀다.

묘하게 흐늘거리면서도 불규칙한 공격이었는데도 정확했다. 하지만 그런 투덜거림은 그야말로 작은 투덜거림으로, 그가 이성을 잃은 건 맞았다. 공격만 할 뿐 방어에 있어서는 허점투성이니까 말이다. 검을 손에 들고 있으니 프레이스는 쉽게 레사를 죽일 수 있을 것이다.

그리고 보통이라면 죽여 버렸겠지. 죽이지 않으면 견디지도 못했겠고. 자신을 공격하려는 상대를 상처 입히지 않으려고 결사적으로 노력하는 자신이 우습기도 했다. 하지만 그 웃음이 입가까지 올라오지는 않았다. 그만큼 프레이스는 절박했다.

"레사, 레사, 정신 좀 차려!"

탕—!

묘한 소리와 함께 순식간에 발이 가벼워졌다.

"끊어졌다!"

프레이스는 만세라도 지르고 싶은 걸 참고 기둥 뒤로 샥 몸을 피했다. 레사의 와이어가 허공을 갈랐다. 프레이스는 몸을 낮춰 단숨에 태클을 날리듯 전력으로 레사의 허리를 끌어안으며 밀어넘어트렸다. 가벼운 레사는 그대로 프레이스와 함께 바닥에 나뒹굴었다.

쿠당탕하고 꽤나 아플 것 같은 소리가 났는데도 레사는 움직임을 멈추지 않았다.

"아으으으!!!"

기묘한 소리를 지르며 레사가 발버둥 쳤다. 프레이스는 그의 양 손목을 꽉 잡아 눌러 제압했다. 다리 역시 마찬가지였다. 움직일 수 없게 된 레사는 이제 공포에 질렸다.

"으읏!"

레사가 이를 악물고 소리를 내며 전신을 떨었다.

"쉬이, 괜찮아, 괜찮아, 레사."

그의 흐릿한 눈이 공포로 점철되어 있는 걸 깨달은 프레이스가 다정한 목소리로 레사를 달랬다. 그 보답으로 돌아온 것은 공격이었다.

"큭!"

어깨를 깨물려 프레이스는 짧은 신음을 흘렸다.

"으으~!"

짐승처럼 이 사이로 소리를 내며 레사는 턱에 힘을 주었다. 프레이스는 눈을 찌푸렸지만 그의 목소리는 여전히 상냥했다.

"괜찮아, 괜찮아. 무섭지 않아."

레사는 그의 품을 벗어나려고 발악했지만 프레이스의 힘을 이길 수는 없었다. 프레이스 역시 지치기는 마찬가지였다. 이성을 잃고 날뛰는 사람을 제압하는 건 쉬운 일이 아니다.

땀이 뚝뚝 이마를 따라 흘러내렸다. 그러고 있자 결국 발버둥 치던 레사의 눈에 눈물이 고여 흘러내리기 시작했다.

"윽, 흐윽, 싫, 아, 싫어어ㅡ"

뭉개진 발음이었지만 무슨 말인지 충분히 알아들을 수 있었다. 대체 무슨 환각을 보는 걸까? 프레이스는 저도 모르게 눈물이 흐르는 레사의 눈가에 입을 맞췄다. 소중한 것에 입을 맞추듯이 경건하고 부드럽게.

"괜찮아, 내가 옆에 있어. 괜찮아, 레사."

얼마나 그러고 있었을까? 횃불이 완전히 다 타서 사라지고 사방은 어둠에 잠겼다. 프레이스는 헐떡이는 레사의 숨소리를 들을 수 있었다. 간헐적인 흐느낌도 점차 줄어들었지만 프레이스는 계속 레사에게 말을 걸었다. 뜨거웠던 레사의 체온이 서서히 떨어지는 게 위안이 되었다.

눈을 감으나 뜨나, 똑같은 새까만 어둠이었다. 시각이 사라지자 다른 것들이 훨씬 더 민감해졌다. 땀으로 축축해진 부드러운 피부, 자신의 밑에 짓눌려 있는 가냘픈 몸, 가지런해진 호흡, 뿜어져 나오는 기분 좋은 향기. 프레이스는 레사의 목덜미에 코를 박고 킁킁 냄새를 맡았다.

'좋은 냄새.'

프레이스는 슬슬 붙잡고 있는 손에 힘을 빼보았다. 레사가 갑작스러운 공격을 할 기미는 보이지 않았다.

"레사? 자?"

작게 불러보았지만 대답은 돌아오지 않았다. 프레이스는 손으로 레사의 얼굴을 더듬었다.

'눈은 뜨고 있는데.'

땀으로 이마에 붙은 머리카락을 프레이스는 쓸어 넘겼다. 눈꺼풀을 감기려고 했지만 감기면 곧 다시 눈을 떠버려서 별 소용이 없었다.

"레사? 정신이 들어? 괜찮아?"

프레이스는 이제 완전히 제압을 풀었지만 레사는 바닥에서 꼼짝도 하지 않았다. 프레이스는 슬슬 레사의 몸이 걱정됐다.

'등이 멍투성이가 되었을 텐데. 딱딱해서 불편하지 않나?'

자신이 있는 힘껏 레사를 돌바닥에 짓눌렀으니 등이 멀쩡할 리가 없다. 프레이스는 조심스럽게 레사를 추어올려 자신의 몸 위에 올렸다. 부하들이 보면 기겁할 만한 일이었다. 자신을 간이침대로 만들어서 레사를 올렸지만 레사는 축 늘어져서 여전히 미동도 없었다.

"레사, 레사. 대답 좀 해 봐. 백치가 되거나 한 건 아니지?"

마약을 그렇게 잔뜩 먹었으니, 죽지 않은 것이 용했다. 백작이 조절했다고는 하지만 죽지만 않았지 어떤 부작용이 있는 걸지도 모른다.

이대로 식물인간이 되면 어떻게 하지?

덜컥 두려움이 프레이스의 가슴을 꾹 눌렀다. 프레이스는 레사의 머리를 자신의 어깨쯤에 기대게 하고 그의 등을 쓰다듬었다. 얇은 셔츠 아래로 딱딱한 프로텍터가 먼저 만져지고 그걸 지나면 부드러운 허리를 느낄 수 있었다. 몇 번 쓰다듬다가 프레이스는 프로텍터를 손끝으로 툭툭 두들기다가 다시 쓸어내렸다.

레사의 의식은 탁류에 휩쓸린 금화처럼 반짝였다. 휘몰아쳐서 올라가다가 다시 아래로 떨어지고 이리저리 바위에 부딪치다가 모래 속에 파묻혔다가 다시 위로 튕겨져 오른다.

깜박거리며 위아래로 움직이던 의식은 천천히 수면 위로 부상하기 시작했다.

"—니까…… 좀…… 해 봐…… 사…… 응? 나 진…… 걱정…… 레사……."

뭔가 소리가 들렸지만 의식은 그걸 인식하지 못했다. 한참 그러고 있으려니 등을 쓰다듬는 손길이 느껴졌다. 천천히 손끝부터, 레사의 의식보다 감각이 먼저 돌아왔다.

'뭔가와 붙어 있다.'

따뜻한 무언가와…… 게다가 피 냄새도 난다. 몸에 힘이 들어가지 않는다.

단편, 단편. 감각의 조각들이 밀려왔지만 그것이 각성으로 이어지지는 않았다. 레사는 눈을 깜박거렸다.

깜깜해.

"일어나, 응? 뭐라고 한마디라도 좀 해 봐. 레사 알반. 나 진짜 화낸다?"

투덜거리는 목소리.

어느 순간, 단숨에 레사의 의식은 수면 위로 부상하며 명료해졌다. 레사는 파르르 숨을 내쉬었다. 레사는 사태를 파악하려고 애썼다.

'눈이 안 보여, 실명했나? 아니면 여기가 어두운 건가?'

입 안 가득 피 맛이 느껴져서 레사는 혀로 자신의 입 안을 쓸어 보았다.

'상처 난 곳은 없는데⋯⋯?'

이어서 자신이 뭔가 따끈한 것을 깔고 있다는 게 느껴졌다. 잠시 후 그게 프레이스라는 걸 깨달은 레사는 자신의 등을 규칙적으로 그가 쓸고 있다는 것도 알았다. 게다가 지금도 계속 떠들고 있는 게 그라는 것도.

"레사, 말 좀 해 봐."

"무슨 말을 할까요⋯⋯?"

레사는 작게 대답했다. 목이 완전히 쉬어서 쉰 소리가 나왔다. 프레이스는 풀쩍 뛰어오를 만큼 놀랐다.

"레사?!"

"네."

"레사 알반!"

"네."

"이, 이, 미친 새끼야!"

버럭 귓가에서 지르는 소리에 레사는 눈을 찌푸렸다. 머릿속이 윙윙 울린다.

프레이스의 매도에 별 신경도 쓰지 않고 레사는 중요한 것을 물었다.

"제가 실명한 건가요, 아니면?"

"여기가 깜깜한 거야. 횃불이 꺼졌거든."

"그랬군요."

레사는 안도의 한숨을 내쉬었다. 프레이스는 와락 두 팔로 레사를 끌어안았다. 갈비뼈가 부러지지나 않을까 하는 강렬한 포옹이었다.

"레사, 레사, 레사."

"……숨, 막힙니다."

참다못한 레사의 말에 프레이스는 얼른 손을 놓았다. 그리고 다시 분노를 터트렸다.

"멍청아! 거기서 어슬렁어슬렁 걸어 들어오는 놈이 어디 있어?!"

레사는 그 말에 주먹으로 프레이스를 한 대 치려고 했지만 손가락 하나 꿈쩍하지 않는다. 그래서 그녀는 입으로 항의했다.

"호위 없이 가서도 괜찮다고 하더니 잡히신 분은 어떻고요?"

"그래도 넌 잡히면 안 되지."

레사는 한숨을 내쉬다가 격렬하게 기침을 하기 시작했다. 프레이스가 얼른 그녀의 등을 다시 쓰다듬었다. 레사는 폐라도 토할 것 같은 기세로 한참 기침을 하다가 간신히 멈췄다.

"괜찮아?"

"괜찮습니다."

"대체 여기는 왜 온 거야?"

레사는 큼큼 몇 번 목을 가다듬고 말했다.

"절 죽이려고 하지 않았으니까요. 그러니까, 프레이스 님이 살아 있을 가능성이 크다고 판단했습니다."

"프레이스."

그의 정정에 레사는 새까만 어둠 속에서 눈을 한 번 굴리고 말을 이었다.

"당신이 살아 있다면, 어떻게든 구해야 하죠. 가장 중요한 것은 당신이 어디에 있는지 위치를 알아내는 거였습니다. 그래서 밀정분에게 절 쫓아와 달라고 하고, 전 미끼가 된 겁니다."

"잠깐, 그럼?"

"프레이스가 어디에 있는지 보고가 들어갔겠죠."

"그랬군."

프레이스는 재빨리 머리를 굴렸다. 자신의 쪽지가 에릭에게도 들어갔을 테니까, 여기까지 기마병을 데리고 빠르게 달려온다면 하루 안에도 가능할 것이다.

라발렌도 백작이 농성을 한다면야 모를까, 현재 그는 완전히 방심하고 있는 상태다. 그리고 레사와 자신은 다행히 멀쩡(?)하고, 지하 감옥의 문은 좁으니까······.

'아, 불을 지르면 버티기 힘들려나?'

프레이스는 여러 가지 가능성을 생각하며 물었다.

"움직일 수 있겠어?"

"현재는 무리입니다."

프레이스는 수긍했다. 목소리만 들어도 레사가 지쳤다는 걸 알 수 있었다. 프레이스는 조심스럽게 물었다.

"몸은 괜찮아……?"

"감각이 없는 곳은 없으니까, 괜찮은 것 같습니다."

"그래."

프레이스는 안도의 한숨을 내쉬었다.

"프레이스는 괜찮은가요?"

레사의 물음에 프레이스는 어깨를 으쓱했다. 보이지는 않았지만 딱 붙어 있는 레사는 움직임으로 그의 제스처를 눈치챘다. 레사가 숨을 들이켜고 몸을 움직이려고 안간힘을 썼다.

"괜찮아, 그냥 있어."

프레이스가 레사의 등을 꽉 누르며 말해 그녀는 다시 털썩 그의 상체 위에 엎어졌다. 레사는 천천히 팔을 들어 올렸다. 팔에 추라도 붙어 있는 것처럼 무거웠다. 덜덜 떨리는 팔과 손으로 레사는 프레이스의 몸을 만져보았다.

"괜찮다니까."

"불을 켜죠."

레사는 작게 말하고 물었다.

"제 검은?"

"여기."

프레이스가 자신이 잡고 있던 검 손잡이를 레사에게 밀어주었다. 레사는 몇 번 손으로 그걸 잡으려고 하다가 포기하고 말했다.

"검 손잡이 뒤를 열어주세요."

"뒤?"

"네, 뒤에 고리를 당기시면 됩니다."

"신기하네." 하고 프레이스는 검 손잡이를 만지작거리다가 검 손잡이 뒤에 달린 고리 장식을 힘껏 잡아당겼다.

퐁—

와인 마개 빠지는 듯한 소리가 나면서 손잡이가 딸려 나왔다.

'그냥 장식인 줄 알았더니.'

고리를 옆에 내려놓고 프레이스는 검 손잡이를 뒤집었다. 손바닥으로 뭔가가 툭 떨어졌다. 익숙한 양초의 감촉이었다.

"초는 있는데……."

프레이스는 둥근 토막 초를 만지작거렸다.

"제 팔찌를 분리하면 성냥이 있습니다."

"레사, 무슨 만능 주머니 같아."

프레이스는 그렇게 말하면서도 충실하게 레사의 팔에서 팔찌를 빼냈다.

'이거 어떻게 열리는 거지?'

도대체 어떻게 여기서 레사가 와이어를 꺼내는지도 모르겠다.

'이건가?'

달칵하고 버튼이 눌리자 휘리릭 하는 소리와 함께 와이어가 튀어나왔다.

'이게 아니군.'

프레이스는 다시 팔찌 안쪽을 손끝으로 더듬었다.

달칵—

두 번째로 버튼을 누르자 팔찌가 반으로 뚝 나누어졌다.

"어어?"

저도 모르게 당황하는데 뭔가가 툭 하고 떨어지는 소리가 났다. 프레이스는 당황해 사방을 더듬어 그것을 찾아냈다.

성냥갑이었다.

토막 초에 불을 붙이고 나자 레사는 그제야 자신이 실명하지 않았다는 걸 재확인하고 안도했다. 그리고 눈을 찡그렸다.

"제가 이런 건가요?"

프레이스의 얼굴은 정신을 잃기 전에는 못 봤던 상처가 나 있었다. 게다가 어깨도 피에 흠뻑 젖어 있다.

"괜찮아, 괜찮아."

"괜찮지 않습니다."

레사는 이어 옆으로 몸을 굴렸다. 자신이 프레이스를 매트로 쓰고 있다는 걸 알자 견디기가 어려웠다. 하지만 프레이스는 도망치려는 레사를 잽싸게 잡아 다시 몸 위로 올렸다.

"프레이스."

레사가 비난하듯 이름을 부르자 프레이스가 히죽 웃었다.

"괜찮아, 이런 돌바닥은 익숙하거든."

"익숙한가요?"

"수도원 바닥은 이런 돌이었으니까."

"그래도 침대는 있었겠죠."

"그게 말이지……."

프레이스의 말이 잦아들었다. 레사는 힐끗 프레이스를 내려다보았다. 고요한 촛불 불빛이 그의 얼굴에 짙게 음영을 드리우고 있었다. 이런 상황에서도 그는 놀랍도록 잘생겨서 레사는 감탄했다.

잘생긴 사람은 다쳐도 그림이 되는구나.

"말하지 않으셔도 괜찮습니다."

"아냐, 할래. 지금이 딱 좋은 때인 것 같아."

프레이스가 싱긋 웃고 레사의 허리에 팔을 둘렀다. 지나치게 가까운 접촉이다. 레사는 누구와도 이렇게 가까이 붙어 본 적이 없었다. 게다가 보통의 남자들 사이라면 절대로 이런 자세를 취하지는 않은 것이다.

하지만 레사도 친구가 없었고, 프레이스도 친구가 없었다. 게다가 지금은 나름 비상 상태이니 그냥 그런가 보다, 하고 둘은 넘어갔다.

"내가 일곱 살 때에 모후가— 어머니가 돌아가셨어. 병이었지. 하루하루 쇠약해지시는 분은 황제 폐하를 찾았지만, 그 사람은 절대로 어머니를 찾아 주지 않았어. 어머니의 마지막 유언도 '폐하는 언제 오시나?' 이거였지."

프레이스는 입꼬리를 뒤틀었다.

"그리고 국장이 끝나고 나서, 폐하는 날 산속의 수도원에 집어넣었어. 한번 들어가면 다시는 나오지 못한다는, 그런 곳이었지. 난 황자니까 교육과 바깥과의 서신 활동이 특별히 허용되었지만 말이야. 검은 옷을 입고, 맨발의 소박한 생활을 한다는 수도사들이 가득한 공간이었어. 말을 하는 일도 거의 없었지."

그는 어렸다. 어리고, 갓 어머니를 잃은 소년이었다. 그런 그가 친근하고 화려했던 모든 환경과 떼어져서 뚝 떨어진 곳은 그야말로 금욕의 자리였다. 불도 없는 좁은 돌방에서 얇은 모포 하나를 두르고 달달 떨던 기억이 생생했다.

"그때는 내 능력에 대해서 잘 알지 못했거든. 어머니께서 말씀해 주시기는 했지만 말이야. '넌 모든 사람에게 사랑받는 사람이란다, 프레이스. 특별한 아이야, 넌 누구에게나 사랑받는 거야.'라고 말했지만 그게 그런 사랑이라고 누가 생각하겠어?"

프레이스는 한숨을 내쉬었다. 그의 한숨이 레사의 이마를 간지럽혔다.

"그리고, 글쎄? 금욕적인 생활이라. 내 교육을 맡았던 수도사가 가장 처음이었지. 그 빌어먹을 금욕 생활을 깬 게 말이야."

레사를 안은 프레이스의 팔에 힘이 들어갔다. 그의 손가락이 그녀의 옆구리를 파고들었다.

"난 처음에는 그게 뭔지도 몰랐어. 그냥 아프고 괴로웠을 뿐이었지. 내게 붙어서 헉헉거리는 소리도 끔찍했고 말이야."

레사는 손을 들어 그의 팔을 붙잡았다. 튀어 오르듯 크게 움쩔한 프레이스는 길게 한숨을 내쉬었다.

"뭐, 그랬어. 그렇게 삼 년인가. 거기는 여자 수도사도 있는 곳이라서 말이야, 흠. 내가 아마 가장 먼저 동정을 뗀 황족이지 않을까?"

농담처럼 말하고 웃었지만, 웃음소리는 건조했다.

"그리고 그들은 날 원망하고 매도했지. 괴물, 요물, 악마의 자식, 아아— 신이여, 왜 내게 이런 시련을…… 등등 내게서 괴물을 쫓아내겠다고 날 붙잡아 채찍으로 때리고는 했어. 그래서 지금도 아픔에는 익숙해."

프레이스는 위로하듯 힘을 줘서 자신의 팔을 잡아오는 레사의 손을 느끼며 눈을 감았다. 딱 달라붙어 있는 인간의 온기가 마음의 위로를 가져다 줄 거라고는 생각도 못 했는데.

프레이스는 눈을 떴다.

"겨울이었어. 돌바닥에 엉망이 된 채로 누워 있는데, 작은 창문으로 달이 환하게 비치더군. 정말로 고요했지. 그리고 난 깨달았어. 내가 어떻게 돼도 세상은 조금도 변하지 않을 거라는 걸 말이야. 내가 이렇게 살다가 죽어도, 달은 무심하게 뜨고 지고, 사계는 차례대로 움직이겠지. 뭔가 원한다면, 신에게 비는 게 아니라 내가 움직여야 한다는 걸. 그리고 두 가지를 결심했지. 절대로 남이 날 억압하게 두지는 않을 거라는 것, 황제가 될 거라는 것. 그래서 외숙부에게 바로 편지를 썼어. 수도원을 나서던 날이 지금도 생생하네."

프레이스는 레사를 올려다보기가 두려웠다. 그의 눈에 뭐가 담겨 있을지 무서웠다.

혐오? 동정? 경멸?

힐끔, 빠르게 프레이스는 레사를 보았다가 다시 시선을 돌렸다. 그리고 이번에는 좀 더 길게 레사를 보았다. 그 눈에는 혐오도, 동정도 경멸도 없었다. 단지 슬퍼 보였다.

레사는 순수하게 그가 겪은 일을 슬퍼하고 있었고, 그건 프레이스에게 굉장한 위로가 되었다. 프레이스는 저도 모르게 고개를 들어 레사의 이마에 키스했다. 레사는 눈을 찌푸리고 그의 팔을 잡은 손에 힘을 주었다.

"아, 미안."

프레이스가 화급하게 고개를 젖히며 사과했고 레사는 투덜거렸다. 일부러 더 투덜거리는 것도 있었다. 왜냐면 그의 접촉이 싫지만은 않았기 때문이었다.

남자가 남자 이마에 뽀뽀하는 건 들어보지도 못했다고 일부러 소리 내어 말하고 나서 레사는 한숨을 푹 내쉬고 말했다.

"프레이스는 저에 비하면 건전한 겁니다."

"뭐가?"

프레이스가 눈썹을 찌푸리며 물었다. 레사는 천천히 입을 열었다.

"괴물인 건 저죠."

프레이스는 피해자일 뿐이다. 프레이스는 "왜?"라고 묻지 않왔다. 그냥 조용히 레사의 다음 말을 기다렸다. 레사는 프레이스의 팔을 만지작거리다가 한참 뒤에 입을 열었다.

누구에게도 말한 적 없는 이야기였다.

"블랙캣이라고, 오 년 전까지는 꽤나 이름을 날렸던 암살 집단이 있습니다. 어린 고아들을 사거나, 인신매매를 해서 혹독한 훈련을 시켜 도덕심을 마모시키고, 병기로 키우는 거죠."

레사는 침을 삼켰다.

"저도 거기의 일원이었습니다. 꽤나 끔찍한 일들이 많았죠. 같이 입단했던 동기들 중에서 살아남은 건 절 포함해서 딱 세 명뿐이었으니까요. 전 자랑스러웠습니다. 제가 살아남았다는 것에 대해서, 실력에 대해서. 그리고 사람을 죽였어요. 아주 많이."

남녀노소 가리지 않고, 자신은 명령에 따라 충실하게 사람들을 죽였다.

"그런데, 어느 날 현장을 들켜서 웬 검사가 절 쫓아왔습니다. 전 그에게 잡혔죠. 절 잡고 복면을 벗긴 후 그는 경악했어요. 그렇게 놀란 얼굴로 절 보고 '아이?' 하고 작게 말했죠. 전 그 틈을 타서 그의 목을 찔러 처리했고요."

레사는 크게 숨을 들이마셨다. 프레이스가 조용히 말했다.

"내가 말했다고 해서 네가 꼭 말해야 할 의무는 없어, 레사."

레사는 도리질을 했다.

"말하고 싶어요."

누군가에게 말하고 싶었다. 하지만 누구에게도 말하지 못했다. 하지만 프레이스에게라면 말할 수 있을 것 같았다.

레사는 마른 입술을 혀로 축이고 말을 이었다.

"그때부터 계속 이상했어요. 그 사람은 왜 놀랐을까? 날 죽일 수 있었는데 왜 날 죽이지 않았을까? 내가 아이라? 내가 아이인 게 무슨 상관인 걸까? 그런 생각을 하면 할수록, 밖의 이야기가 귀에, 머릿속에 들어왔죠. 그렇게 블랙캣에서 일 년을 보내고 나서야 전 알았습니다. 이 집단은 아주 끔찍한 곳이라는 걸."

아이이기 때문에 자신을 죽이지 못하고 죽임을 당한 그 사람은 분명 다정한 사람이겠지. 아이에게 친절한 사람일 것이다.

"그래서 전 블랙캣을 없애기로 마음먹었습니다."

레사의 목소리는 감정을 지운 것처럼 극도로 건조했다. 마치 보고서를 읽는 것처럼.

"저와 등을 맞댄 동료들을, 교관을, 훈련을 받는 어린 것들을, 전부 죽였습니다."

프레이스는 아무런 말도 없었다. 그 침묵이 힘이 되어 레사는 말을 이었다.

"루비 아이, 그게 제 별칭이었죠. 전 꽤 자랑스러워했고. 동료들은 절 룹이라고 불렀습니다. 그들은 경악해서 제 공격을 받고, 죽었죠. 전부 죽이고, 소굴에 불을 지르고 나서 전 죽기를 기다렸습니다."

"죽지 않아서 다행이야."

프레이스의 말에 레사는 그를 보았다. 레사가 속삭였다.

"제 등에는…… 그때 새겼던 블랙캣의 문신이 남아 있습니다. 아마 살아 있는 사람 중에서는 유일하게 남아 있겠죠."

프로텍터 밑에 감추고 싶은 문신이 있다는 게 완전히 거짓은 아니었다. 레사는 덧붙였다.

"당신은 괴물이 아닙니다. 괴물은 저 같은 걸 말하는 거지요."

그 말에 프레이스는 웃음을 터트렸다.

"아니, 난 네가 괴물이라고 생각 안 하는데?"

어렸을 때야 세뇌당한 거고, 작은 계기로 양심을 되찾았다. 그리고 지금도 그 사실에 괴로워하고 있다. 사람을 죽이고도 눈썹 하나 까딱하지 않는 자신과 비교하면 안 되지 않나?

설마 그가 웃을 거라고는 상상도 못 했던 레사는 눈을 동그랗게 뜨고 프레이스를 보았다. 프레이스는 헛기침을 하고 말했다.

"미안, 비웃는 건 아니었어. 뭐, 좋아. 괴물이면 어때. 안 그래?"

너무나도 쉽게 자신의 고민을 휙 던지듯 말해버리는 그를 보며 레사는 기묘한 기분이 되었다. 프레이스는 부드럽게 말했다.

"그럼 너도 괴물이고, 나도 괴물이고. 괴물이 두 마리니까 외롭지는 않겠군."

그 말에 레사는 살짝 입을 벌렸다. 그리고 이번에는 레사가 웃음을 터트렸다. 프레이스는 눈을 휘둥그레 뜨고 레사가 웃는 것을 보았다.

하필 이렇게 빈약하고 흐린 조명 아래서 이 광경을 봐야 한다는 것에 짜증이 치밀어 올랐다. 좀 더 환한 곳에서 봤으면 좋았을 텐데.

하지만 명랑한 웃음소리는 상쾌했고, 어두운 조명 아래서도 그가 웃는 걸 보는 게 좋았다. 한참 웃고 레사는 그의 가슴을 누르며 상체를 세웠다.

"알겠습니다. 그러면 이제 움직이죠."

"그게 끝이야?"

"네?"

"뭔가 다른 말이 나와야 하지 않아?"

프레이스이 말에 레사는 고개를 갸웃했다.

"무슨 말을 말인가요?"

"그냥…… 뭔가…….."

자신도 자신이 뭘 기대하는지 모르겠다. 레사는 가볍게 주먹을 쥐었다가 폈다. 검을 쥘 만큼은 회복되지 않았지만, 자신의 발로 걸을 수 있다는 것만 해도 조금은 낫겠지. 휘청거리며 일어서려고 애쓰는 레사를 보고 한숨을 내쉬고 프레이스는 자리에서 일어나며 레사의 팔을 잡고 똑바로 일으켜 세웠다.

"감사합니다."

"왜 웃었어?"

툭 물어 오는 말에 레사는 망설이다가 대답했다.

"바보 같아서요."

"뭐가?"

"고민한 제가……?"

갸웃하고 레사는 다시 픽 웃었다.

물론 프레이스의 말처럼 그렇게 쉽고 간단한 문제는 아니었다. 하지만 그렇다고 그의 말이 완전히 틀렸느냐고 한다면 그것도 아니다.

더 이상 레사에게 프레이스는 고용인이 아니었다. 특별한 고용인도 아니었다. 그는 그녀에게 특별한 사람이 되었다.

레사는 웃었다. 마음이 가벼웠다. 이렇게 마음이 가뿐해 본 것이 얼마 만인지 모르겠다. 사실 단 한 사람에게서라도 저 말을 듣고 싶었던 걸지도 모른다.

'넌 괴물이 아냐.'

그 한마디. 그리고 이 사람이 그 말을 아무렇지도 않게, 당연하게 던져 줘서 레사는 기뻤다. 그녀는 어두운 초 아래서 남은 무기들을 정비했다. 부츠 끝에서 나온 검날을 밀어 넣으며 레사는 눈을 찡그렸다.

기억은 날아가고 없지만, 자신이 프레이스를 공격한 건 틀림없었다. 양심이 쿡쿡 찔려왔다.

레사는 토막 초를 들어 올려 프레이스를 샅샅이 살폈다.

"제가 다 이랬군요."

"아냐, 아까 백작에게 맞아서 그래."

"감히 옥체에……!"

안 쓰던 단어까지 쓰며 뿌드득 이를 가는 레사를 보고 프레이스는 흠칫했다. 그런 단어를 쓰는 건 자신의 신하들뿐이다. 프레이스는 레사가 자신의 충성스러운 신하가 되는 것을 바라지 않았다.

레사의 손이 그의 어깨로 향했다. 이런 상처가 어떻게 나는지 레사는 잘 알았다. 왜 깨어났을 때 입 안 가득 피 맛이 돌았는지도 깨달았다.

"고통에는 익숙하다고 했잖아."

프레이스가 손을 뻗어 레사의 머리카락을 흐트러트리며 위로하듯 말했다. 레사가 대답했다.

"이제 익숙하실 필요가 없습니다."

딱딱하게 굳은 그의 표정을 보고 프레이스가 덧붙였다.

"그리고 내가 선택한 건데, 뭐."

그 말에 의아해진 표정으로 레사가 자신을 올려다보자 프레이스는 괜히 심통이 났다. 그래서 뺨을 죽 잡아당기며 말했다. 벽이 사라진 듯 거침없어진 스킨십이지만 둘 다 그걸 깨닫지 못했다.

"나보고 자기를 죽이라고 했던 게 누구더라? 응? 죽이라고? 젠장할, 레사 알반. 말했잖아! 나에게는 너뿐이라고! 그런데 죽여? 주욱여어?"

레사는 억울한 얼굴을 했지만 반항하지는 않았다. 프레이스는 그녀의 뺨을 놓아주고 말했다.

"널 살린 것도, 네 공격을 감수한 것도 나야. 그러니까 신경 쓰지 마. 하지만 한 번만 더 그딴 소리를 지껄였다가는 가만두지 않을 거야."

"네."

레사는 빠르게 답했다.

"좋아."

너무 순순한 대답에 의심쩍은 눈을 하기는 했지만, 프레이스는 레사의 대답에 고개를 끄덕였다. 레사가 말했다.

"그럼 여기서 탈출을 하는 게 좋겠지요."

"어떻게?"

"저 문을 열 수 있나 시험해 봅시다."

"안 열리면?"

"그때는 밖에서 문을 열고 들어오기를 기다리는 수밖에요."

대답하는 레사의 목소리는 여전히 쉬어 있었고, 걸음걸이는 불안정했다. 프레이스는 걱정이 되어 말했다.

"따라올 수 있겠어?"

"짐이 되지는 않을 겁니다."

"짐이 되면 짊어지고 갈 거야."

프레이스의 말에 레사는 픽 웃었지만 반박하지는 않았다. 그녀는 감옥 문으로 다가가 문을 꼼꼼하게 살폈다. 단단히 닫힌 작은 창문에는 걸쇠가 없었다. 창문을 열고 거기로 끈을 내려서,

밖에 걸린 잠금쇠를 풀 수 있을 것이다.

'멍청한 놈들.'

레사는 속으로 라발렌도 백작을 비웃었다.

아니, 사실 백작이 멍청한 건 아니었다. 보통 사람이라면 황자의 호위기사가 문을 딸 줄 아는 데다 몸속에 온갖 것들을 다 숨기고 다닌다고 생각하겠는가?

레사가 보통의 도둑이나 협잡꾼이라고 생각했다면 대응이 조금 달라졌을지도 모른다. 하지만 그렇다고 해도 아마 비슷했을 것이다. 고작해서 도둑 따위가 뭘 할 수 있느냐고 생각했을 테니까 말이다.

귀족중심주의 사상은 이래서 무섭다.

손가락에 힘이 없는 레사가 끙끙거리며 작은 문을 열려고 시도했다.

"내가 할게."

뒤에서 프레이스가 다가와 그녀 대신 창살문을 밀었다. 기름칠이 되어 있지 않아 삐걱거리는 소리가 하도 요란해서 아주 느리게 작업은 진행되었다.

* * *

어두운 밤을 군마들이 내달리고 있었다. 말은 밤에 움직이는 걸 좋아하는 생물이 아니지만, 훈련받은 군마들은 주인의 말에 복종해, 잘 보이지 않는 거리를 질주했다. 이 밤에 나와 있는 사람들이 본다면 기겁할 만한 모습이었다.

두두둑―

말발굽 소리와 함께 자갈이 튀었다. 제복을 갖춰 입은 수십 명의 기사들이 어둠 속에서 전력 질주를 하는 모습을 본다면 다들 무슨 일이 있나 걱정할 것이었다.

"이랴!"

에릭은 몸을 말에 바싹 붙이고 계속 말을 재촉했다. 재갈에 거품이 묻어 나오기 시작했다.

'미친 새끼, 미친 새끼, 미친 새끼이―!'

에릭의 머릿속은 욕설로 가득했다.

적의 소굴로 들어간다. 4시간 후에도 연락 없으면 와 줘.

전서구로 날아든 것은 그야말로 기함할 만한 한마디였다. 에릭은 바로 은밀히 기사들을 준비시켰다. 초조함이 위를 감쌌다.

'위장병에 걸릴 거야. 그 새끼 때문에 내가 위장병에 걸릴 거라고.'

통째로 소도 먹어치울 수 있는 위장의 소유자인 그는 위장병을 걱정했다.

4시간.

정확하게 4시간이 흐르고 에릭은 십 분을 더 기다렸다. 에릭의 인내심은 거기까지였다. 에릭은 바로 기사단을 출발시켰다. 던컨과 윈스턴은 휴양지에 남았다.

처음에는 이렇게까지 달리지 않았다. 전력으로 달려오는 밀정을 만나기 전까지는 말이다. 사정의 이야기를 듣자마자 에릭은 전신에서 피가 빠져나가는 것 같았다.

그러고 나서 말이 죽어 나자빠지든 말든 상관없이 프레이스에게 향했다. 여기까지 오느라고 힘이 빠진 밀정의 상태 따위 봐 줄 마음도 없었다.

부리나케 달려온 밀정은 다시 앞장서서 기사단을 인도했다. 그의 체력이 남아날 리 없다. 이대로는 탈진할 것이다. 뻔한 일이지만 누구도 그걸 신경 쓰지 않았다.

그리하여 에릭과 그 일행은 프레이스의 예상보다도 훨씬 빨리 라발렌도 영지에 도착할 수 있다. 에릭이 성 근처에 다가갔을 때는 레사가 한창 자신의 과거를 프레이스에게 고백하고 있을 때쯤이었다.

통금 시간이라 성문은 올라가 굳게 닫혀 있었다.

"이, 이쪽입니다."

밀정이 말에서 굴러떨어지듯이 내려오며 말했다. 그의 엉덩이의 상태는 심각해서, 아마 당분간 누워서 잘 수 없을 것이었다. 밀정은 어기적한 걸음으로, 그러나 최대한 빨리 걸었다. 심장이 터질 것 같았지만, 이대로 황자를 구하지 못하면 진짜로 죽는다.

"말은 끌고 들어갈 수 없습니다."

밀정이 일행을 안내한 곳은 성의 하수도였다. 하수도라고 해도, 비가 오면 물이 빠져나가게 되어 있는 곳이어서 그나마 깨끗했다. 쇠창살로 얼기설기 입구가 막혀 있는 것을 밀정이 솜씨 좋게 몇 번 좌우로 흔들더니 빼냈다. 한 사람씩 기어 들어갈 수 있는 공간이었다.

"밀수업자들이 이용하는 곳입니다."

밀정이 말하고 먼저 기어서 안으로 들어갔다. 에릭이 그 뒤를 이었고, 대장이 들어가는데 자신들이 투정할쏘냐. 기사들 역시 줄지어 안으로 들어갔다.

이어 그들은 발소리를 줄였다. 성안 마을은 무서울 정도로 기척이 없었다. 심지어는 밤의 통행을 맡고 있는 병사조차도 거의 보이지 않았다.

그래서 일행은 수월하게 백작의 성까지 올 수 있었다. 성벽 안에 또 다른 성벽이 있는 셈이었다. 밀정이 그들을 성의 뒤쪽으로 인도했고, 그곳에서 또 다른 하수구를 찾을 수 있었다. 이번에는 허리춤 높이쯤에서 뻥 뚫려 있는 구멍이었다. 가파른 경사였고 물이끼가 끼어 있어서 매끄러웠지만, 밀정이 먼저 능숙하게 올라가고 나서 밧줄을 내려 주었다. 이번에도 에릭이 앞장섰다. 밀정이 망을 보는 동안 기사들은 할 수 있는 한 최대한 빠르게 하수구를 통해 올라왔다.

"제가 따라갈 수 있었던 것은 이 성까지였습니다. 지하로 내려가는 것 같았습니다만……."

"좋아."

에릭은 팔짱을 꼈다. 밀정을 보고 쓸모없는 놈이라고 한 대 쳐주고 싶은 마음이 굴뚝같았다. 하지만 괜히 어설프게 따라가서 잡히는 것보다는 자신의 능력을 아는 게 낫다. 그 능력이 무능력해서 그렇지.

에릭이 속으로 저를 사정없이 후려치고 있다는 것이 표정으로도 드러나 보였기 때문에 밀정은 고개만 푹 숙이고 있었다.

"소란을 피우자."

에릭의 말에 옆에 서 있던 기사가 "네?" 하고 되물었다. 에릭이 검을 빼들며 말했다.

"일행을 나눈다. 반은 소란을 피우고, 나머지 반은 그 틈에 안으로 잠입해서 지하를 뒤진다."

에릭의 말에 비장한 표정으로 몇몇 기사들이 미끼를 자청했다. 에릭은 그 얼굴을 하나씩 기억해 두었다. 저절로 이가 갈렸다. 프레이스의 무모함이 아니었다면, 잃을 리가 없는 인재들이다.

"나중에 데리러 와 주십쇼, 대장."

그중 한 명이 장난스럽게 던지는 소리에 에릭은 "그래." 하고 짧게 대답했다. 미끼가 된 기사를 뺀 나머지 기사들은 제복을 벗었다. 미끼가 된 기사들은 검을 빼 들고 방패를 단단히 들었다. 쐐기꼴 모양으로 나름 진형을 갖추고 그들은 고함을 지르며 달려 나갔다.

"우와아아아!"

"제국을 위해!"

"황자님을 위해서!"

성안이 순식간에 소란스러워졌다. 병사들은 근위기사단의 제복을 입은 기사들을 보고 혼란에 빠졌다. 횃불이 이리저리 움직이며 한곳으로 모이는 것이 보였다. 미끼들은 제 역할에 충실하게 최대한 입구에서 멀리 떨어져 이동하며 소동을 피웠다.

"반역도들은 제국기사의 명을 들어라!"

"으아악!"

"이 무슨 무도한 짓이요!"

성의 불이 켜지는 것이 보였다.

"가자."

에릭은 말하고 쏜살처럼 성 뒷문을 향해 뛰었다. 에릭이 걷어차자 뒷문은 요란한 소리를 내며 부서졌다. 에릭과 기사들은 성 안으로 잠입했다. 아니, 잠입이라기보다는 침입했다고 보는 것이 옳았다.

갑작스러운 소란에 깨어난 부엌데기들은 검을 든 에릭 일행을 보고 감히 덤빌 생각은 못 하고 비명을 지르며 벌벌 떨었다.

밖에서는 반역이라는 외침과 함께 "제국기사다!" 하는 소리가 들린다. 아무리 무식한 하인들이라고 해도 심각한 문제인 걸 모를 리가 없었다.

반역.

이 얼마나 무거운 단어인가? 단순히 당사자뿐 아니라 모든 관계자가 다 죽어 나자빠지는 게 저 반역이다. 아니, 죽기만 하면 다행이지, 극심한 국문을 당할 것 역시 자명했다.

그래서 감히 그들은 침입자들에게 대들 생각을 하지 못했다. 에릭은 그걸 신경 쓰지 않았다.

신경 써 줄 정신도 없었고.

그 소동은 지하에 있는 프레이스와 레사에게는 닿지 않았다. 레사는 반쯤 열린 창살 문틈으로 문을 막고 있는 것이 자물쇠가 아니라 쇠막대를 미는 잠금쇠라는 것을 보고 재빨리 와이어를 내려서 잠금쇠를 천천히 잡아당겼다.

끼익끼익―

녹슨 잠금쇠는 요란한 소리를 냈지만, 복도에 사람이 없다는 것을 육안으로 확인한 레사는 거침없었다.

덜커덩―

잠시 후 프레이스가 문을 밀고 지하 감옥에서 나왔다. 레사는 눈을 깜박거렸다. 눈앞이 일렁거렸다. 서 있는 것만으로도 힘들어서 벌써 이마에서 식은땀이 흘렀다.

"괜찮아?"

앞서 걷던 프레이스는 돌아보고 레사가 없자 놀라 달려왔다. 레사는 고개를 끄덕였다. 프레이스는 레사의 뺨을 어루만졌다. 이번에는 너무 차갑다.

입 안으로 욕을 내뱉으며 프레이스가 레사를 부축했다. 레사가 말했다.

"적이 나타나면 절 던져 버리는 겁니다."

"웃기는 소리."

"아니, 절 부축하고 싸울 수는 없으니까요. 절 던지면 전 기어서라도 뒤로 피하겠습니다."

레사의 말에 프레이스는 그를 힐끗 보았다가 고개를 끄덕였다. 적어도 레사가 자신을 죽이라든가, 버리고 가라든가 하는 말을 하지 않는 것으로도 마음이 놓였다.

"레사, 죽지 마."

"안 죽습니다."

대답과 달리 레사는 반쯤 질질 그에게 끌려서 걸었다. 긴장이 풀려서일까? 자꾸만 눈앞이 가물거렸다. 자신을 부축한 프레이스의 따뜻한 팔이 그나마 느껴지는 유일한 감각이었다.

걷고 있는 것 같기는 한데, 제대로 걷는 건지 모르겠다. 몇 번이나 다리가 풀리는 레사를 프레이스는 반강제로 세워서 계속 걸었다.

"레사, 그 네 감각 좀 세워봐. 주변에 사람 있어? 없어?"

프레이스는 계속 레사에게 말을 걸었다. 레사는 고개를 저었다. 이 지하에서 느껴지는 건 없었다. 프레이스는 다른 지하 감옥을 지나가며 힐끗 안을 들여다보았다가 눈을 찌푸렸다.

갈더의 최후가 거기에 있었다.

'못 볼 걸 봤군.'

프레이스는 냉정하게 그렇게 생각했다. 그는 다시 레사를 추어올렸다. 아까부터 상태가 더 안 좋아지는 것 같았다. 좁은 계단을 올라갈 때는 프레이스가 레사를 들고 있는 건지, 끌고 있는 건지 알 수 없을 정도였다.

지하실 문을 열기 전에 프레이스는 숨을 크게 들이마셨다. 그리고 천천히 문을 밀어 열었다. 빛과 소음이 몰려들었다.

"웃기지 마!"

폭발처럼 울리는 고함에 프레이스는 움찔했다.

"이미 늦었소, 도프 경. 프레이스 님은 안타깝게도 사망하셨으니."

"헛소리를."

"내가 방금 눈으로 확인하고 오는 길이라오. 마약에 중독된 부하에게 처참하게 살해당하셨지. 그 부하가 하도 날뛰어서 지하에 가둬두고 있으니, 직접 데리러 가는 게 어떻겠소?"

라발렌도 백작의 목소리에는 안타까움이 가득했다. 프레이스는 진짜로 기절하고 싶었다. 에릭이 와 있다는 걸 확인하니 전신의 힘이 다 빠지는 것 같았다. 하지만 여기까지 와서 기절하는 건 멍청한 짓이다.

"에릭 도프!"

프레이스는 목소리를 높였다. 순간 모든 소란이 싹 사라졌다. 프레이스는 레사를 끌고 홀로 걸어나갔다. 그사이 홀에는 바늘 떨어지는 소리도 들릴 것 같은 정적이 맴돌았다. 아니, 사실 레사의 다리 끌리는 소리가 들리고 있기는 했지만.

"어, 어떻게……?"

라발렌도의 눈이 크게 떠졌다.

"프레이스!"

에릭은 죽었다고 생각한 아들이 살아 돌아왔을 때 아버지가 느낄 법한 심정을 체험했다. 프레이스가 비틀거리며 계속 걸었다.

"미안하군, 라발렌도 백작. 신께서 날 부활시켜 주셨다네."

히죽 웃으며 하는 말에 라발렌도 백작의 얼굴이 일그러졌다.

"네놈―!"

"네놈이라- 아, 반역죄에 모욕죄 하나 더한다고 해서 큰 것도 아냐, 그지?"

프레이스는 놀리듯, 그러나 우아하게 웃었다. 에릭이 달려와 프레이스를 부축했다. 다른 기사가 와서 레사를 들춰 업었다. 프레이스는 이번에는 순순히 레사를 내주었다. 자신도 기절할 것 같았기 때문이었다. 곰 같은 에릭에게 기대서 프레이스가 말했다.

"이제 대가를 치를 때가 된 것 같군, 백작."

"더러운 클리프랜드의 핏줄이……!"

이를 갈며 하는 말에 프레이스는 라발렌도 백작을 무시하고 목소리를 높였다.

"여기서 제국의 황자에게 검을 들이댈 자 있는가!"

그렇게 크지 않은 목소리였지만, 강자만이 가질 수 있는 위엄이 가득한 목소리였다. 기사들은 서로 얼굴을 마주 보았다. 결정은 빨랐다.

찰캉, 찰캉―

여기저기서 검을 떨어트리는 소리가 들려왔다. 그 와중에 라발렌도 백작만이 검을 뽑았다. 프레이스가 고개를 저었다.

"바보 같은 짓 하지 말게, 백작."

"왈라키아 제국이여 영원하라!!"

"안 돼!"

소리 지르고 백작은 그대로 자신의 목을 찔렀다. 프레이스는 뻗었던 손을 내렸다.

"쯧."

그가 혀를 찼다. 죽이지 말고, 증거를 찾아냈어야 하는데.

프레이스가 에릭에게 속삭였다.

"에릭, 타이밍 죽인다."

"너 진짜 죽었어."

에릭이 투덜거리자 프레이스는 픽 웃고 말했다.

"미안, 그리고 나 좀 잔다."

"뭐?"

말이 끝나기가 무섭게 프레이스가 주룩 쓰러져 에릭은 허둥지둥 프레이스를 붙잡았다. 맨살에 닿지 않게 조심하면서 에릭이 외쳤다.

"망토를 가져와라!"

5장
자각

'어라?'

프레이스가 눈을 뜨고 본 것은 익숙하지 않은 천장이었다.

'허리가 아파⋯⋯.'

얼마나 잔 거야, 대체?

프레이스는 양손으로 눈을 비비고 자리에서 일어났다.

산뜻한 인테리어의 방이었다. 연한 녹색과 파랑으로 이루어진 벽과 바닥, 가구들은 새하얀 색이거나 부드러운 금빛 원목이었다. 흰 칠을 한 유리창은 살짝 열려 있어서 미풍에 모슬린 커튼이 부드럽게 흔들렸다.

'아.'

한참을 멍하니 있다가 프레이스는 깨달았다.

'별장이구나.'

위장을 위해서 떠났던 요양지다. 창문으로 들어오는 상쾌한 바람이 정신을 좀 차리게 해 주었다. 눈을 몇 번 깜박이고 프레이스는 주변을 살폈다. 금테가 둘린 새하얀 도자기 세면대로 다가가 세수를 하고 옷을 갈아입고 프레이스는 침실을 나왔다.

"레사?"

"지금 '레사?' 소리가 나오냐?"

퉁명스러운 대답이 들려와 프레이스는 고개를 돌렸다. 거기에는 에릭이 피곤한 얼굴로 서 있었다. 에릭이 외쳤다.

"윈스턴, 던컨 경. 프레이스 깼어!"

그 말에 옆방에서 요란한 소리가 들리더니 윈스턴이 뛰쳐나왔다.

"황자님!"

감격한 표정을 했다가, 윈스턴의 눈이 순식간에 샐쭉해졌다.

"이게 대체 무슨 짓입니까!"

"음…… 미안."

"미안이라는 말로 끝날 일이 아닙니다."

어디선가 나타난 던컨이 묵직한 목소리로 말했다.

"일단 이쪽에 앉으시죠."

던컨이 아름다운 직물 덮개로 덮여 있는 흔들의자를 가리켰다. 그리고 프레이스가 거기에 앉자마자 퇴로를 차단하듯 셋이서 그를 둘러쌌다.

"어……."

프레이스는 눈을 굴렸다. 그리고 곧 셋은 잔소리를 시작했다.

'죽을 것 같다.'

더 하면 잔소리로 사람을 죽일 수 있지 않을까?

프레이스는 열심히 반성하는 표정을 하며 셋의 잔소리를 흘렸다. 아니 잔소리가 아니라 진심 어린 충언과 걱정이었지만, 그것도 딱 앞의 십 분까지였다. 그 이후를 잔소리로 상정하고 프레이스는 귓등으로 이야기를 흘렸다. 안 그래도 다시는 이런 일을 하지 않을 작정이었다. 뭐, 물론 꼭 필요하다면 하겠지만.

윈스턴이 한숨을 내쉬고 말했다.

"듣고 계신 겁니까? 황자님?"

"응, 듣고 있어."

"거짓말은 하지 마십시오."

"듣고는 있어, 듣고는."

윈스턴이 '아, 황자만 아니면 한 대 때리고 싶다.' 하고 생각하는데 에릭은 그것을 실천했다.

"아오, 진짜 이 자식아!"

감히 손으로 황자를 때리는 불충은 저지를 수 없었기에 에릭은 쿠션으로 프레이스를 후려쳤다. 깃털 쿠션이라고 해도, 에릭의 힘은 충분했기에 프레이스는 상당한 타격을 입었다.

"에릭!"

프레이스가 소리쳤다.

옆에서 던컨과 윈스턴은 짜릿한 카타르시스를 느끼며 눈을 가늘게 뜨고 그 장면을 보았다. 에릭은 연신 쿠션으로 프레이스를 때렸다.

"진짜! 아, 정말! 이 나쁜 황자 놈아! 나 위장병 생기겠다!"

"아야, 야, 그만—!"

팡팡 경쾌한 소리와 함께, 소리와는 다른 묵직한 타격이 프레이스에게 쏟아졌다.

잠시 후 베개가 터지면서 안의 깃털이 사방으로 흩날렸고, 사태는 마무리되었다. 깃털투성이가 된 프레이스는 얼굴에서 깃털을 떼어 내며 말했다.

"레사는?"

"호위는 좀 작작 부려 먹어. 걔 아주 그냥 죽겠더구만."

"뭐?!"

화들짝 프레이스가 고개를 들었다. 입술에 붙은 깃털 때문에 퉤퉤거리고 있던 에릭이 말했다.

"약물 때문에 몸 잔뜩 상해서 지금 요양 중이야."

"괜찮아?"

"괜찮겠나?"

"어디 있어?"

프레이스가 화급히 의자에서 일어서며 말했다. 그는 얼굴과 혀에 붙는 깃털을 짜증 가득한 손길로 문질러 떼어 냈다.

"황자님, 좀 더 쉬셔야 합니다."

윈스턴이 그의 앞을 가로막으며 말했다.

"내가 얼마나 잤지?"

"이틀을 꼬박."

에릭이 대답했다. 윈스턴을 돌아 나가려는 프레이스의 앞을, 다시 윈스턴이 가로막았다.

"황자님, 침대로 돌아가십시오. 일단 깃털을 치우라고 시녀를 부를 테니까—"

"꺼져."

"못 꺼집니다. 옥체를 먼저 생각하십시오."

"레사가 지금 죽을지도 모른다는데 쉬라고?"

"죽지 않을 겁니다."

"어떻게 알아?"

"몸이 상하기는 했지만, 제대로 정신도 있었습니다. 체력이 떨어졌으니 요양이 필요합니다. 황자님이 가시면 심적으로 그가 편하게 쉴 수가 없습니다."

"……."

마지막 말에 프레이스는 멈춰 섰다. 그가 손을 들어 자신의 이마를 눌렀다.

"많이 안 좋은가?"

"괜찮습니다. 그리고 황자님, 지금 중요한 문제는 그게 아닐 텐데요."

프레이스는 침묵하다가 고개를 들었다. 윈스턴이 프레이스의 얼굴을 보았다면 그대로 얼어붙었을 것이다. 하지만 윈스턴은 습관대로, 프레이스의 시선을 피하기 위해 고개를 숙이고 있었다. 일체의 표정이 사라진 얼굴이었다. 보통의 인간이 저렇게 석상 같은 표정을 지을 수는 없다.

프레이스는 표정을 짓는 데에도 약간의 피로감을 느꼈다. 그는 호흡을 가다듬었다.

'정신 차리자, 프레이스 이든 루 왈라키아.'

황제가 되겠다고, 마음먹지 않았는가.

"라발렌도 백작은? 뒤처리는 어떻게 되었지? 마약이 그와 관련이 있다는 증거는 없어졌다고 들었는데."

"라발렌도 백작가의 모든 식솔은 황성으로 압송되었습니다. 이제 재판이 열릴 겁니다. 그리고 증거는 무사히 손에 들어왔습니다. 레사가 증거를 찾아서 밀정의 손에 맡겨 두었으니까요. 마약을 만들던 일당도 잡았습니다. 노예가 된 사람들도 풀었습니다만, 중독에서 벗어나기에는 상당한 시일이 걸릴 겁니다. 나무는 전부 베어서 불에 태웠습니다."

이틀 사이에 많은 일을 한 윈스턴은 그야말로 유능, 그 자체였다.

주군이 잠들어 있는 사이에, 그 권력을 대행해서 휘두른다는 것은 주군에게는 위협으로 비칠 수도 있다. 원래 위정자들이란 의심병 환자들이다.

"수고했다."

하지만 프레이스는 의심하지 않았다. 그에게 인간이란 다 도구였고, 도구를 사용하는 데에 프레이스는 거리낌이 없었다.

능력이 있다면, 마음껏 그걸 발휘하면 되는 것이다.

윈스턴이 그를 위해서 일하는 또 다른 이유이기도 했다. 고대로부터 옆에서 이렇게 황위를 돕던 참모들은 주군이 위에 오르면 보통 두 가지 길을 걷는다. 바로 의심당해서 죽거나, 황제가 나이 들었을 때 의심당해서 죽거나. 물론 그렇지 않고, 주군과의 신뢰를 쌓아 오래오래 그 옆을 지키는 참모도 있다.

윈스턴은 그럴 만한 주군이라고 프레이스를 보았고, 프레이스를 택했다. 그래서 그는 프레이스의 권력을 대행해서 휘두르는 데 거침이 없었다. 물론 프레이스는 그가 선택한 주군답게, 그 일을 칭찬했을 뿐 반발하지 않았다.

"내가 직접 개입한 것도 알려졌나?"

"네. 몸소, 용감하게, 역도를 잡으시려고 한 영웅적인 행위였습니다."

그렇게 말하는 말투에 가시가 가득했다.

"황궁으로 돌아가지 않아도 되는 건가?"

"부상 때문에 사나흘 간 쉬고 올라갈 거라고 이야기해 뒀습니다."

"아, 그거 좋네. 여기 온천이 끝내주지."

갑자기 뜨거운 물에 몸을 푹 담그고 싶다는 욕구가 프레이스의 머릿속에 꽉 들어찼다.

"더 보고할 건?"

"전 없습니다."

윈스턴이 그렇게 말하고 프레이스를 보았다. 프레이스가 턱을 문지르고 말했다.

"내가 이야기할 건 있는데. 여기서는 그렇고, 성의 그 방에서 이야기하지."

방음 마법이 걸린 방을 말하는 것일 터. 셋은 납득해 고개를 끄덕였다.

"그럼, 난 온천 들어갈래."

프레이스는 그렇게 말하고 응접실 밖으로 걸음을 옮겼다. 프레이스가 나가자 윈스턴은 한숨을 내쉬며 관자놀이를 문질렀다.

'피곤해서 주무시는 것뿐입니다.'

치료사는 질린 얼굴로 몇 번이나 이야기했지만, 그래도 깨어날 때까지는 안심할 수 없었던 것이다. 그건 던컨과 에릭도 마찬가지라 셋 모두 눈 밑에 그늘이 져 있었다. 던컨이 말했다.

"전 눈 좀 붙이고 먼저 성으로 출발하겠습니다."

은밀히 뒤에서 움직이는 것이 익숙한 사람이다 보니, 이렇게 대낮에 나와 있는 것이 어색했다. 에릭이 고개를 끄덕였다.

"수고했어."

던컨은 살짝 고개를 숙여 인사해 보이고 응접실을 나섰다. 에릭 역시 기지개를 쭉 폈다.

"아, 나도 자고 싶다."

"자지그래?"

윈스턴의 말에 에릭이 고개를 흔들었다.

"경비 상태 한번 점검해야지."

"그래."

윈스턴은 납득했다. 이러니저러니 해도, 지금 현재 경호를 맡은 건 에릭이니까. 별궁이니만큼 경계도 느슨하다. 이럴 때일수록 에릭이 한 번씩 조여 줘야 한다.

"레사는 아직 자나?"

괜찮다고 윈스턴 자신이 말하기는 했지만, 사실 프레이스보다 더 상태가 안 좋았던 게 레사였다. 약물 과다 복용으로 상당히 고생했던 것이다. 에릭이 "아." 하고 뺨을 긁적였다.

"그러고 보니 지금 레사가 들어가 있을 텐데."

"어딜?"

윈스턴은 순간 뒷목이 쭈뼛했다. 에릭이 그런 윈스턴의 마음을 알지도 못한 채—당연하지만— 웃으며 말했다.

"온천 말이야. 아까 전에 치료사가 레사 보고 온천욕 좀 하라고 밀어 넣더라고. 핏기 없이 창백하니, 온천욕이 혈액 순환에 좋다나?"

"……뭐?"

윈스턴의 얼굴에서 삭 핏기가 빠져나갔다. 에릭이 웃으며 말했다.

"뭐 괜찮겠지. 사내자식들끼리 알몸 보면 눈이야 못 쓰게 되겠지만."

에릭의 말이 다 끝나기도 전에 윈스턴이 쏜살같이 응접실을 빠져나갔다. 응접실을 나오면 바로 회랑이었다. 우아한 궁륭이 만들어져 있는 아치형의 회랑은 오후 햇살에 금빛을 흩뿌렸다. 정원에서는 이곳 특산 나무를 잔뜩 키우고 있었던 톡 쏘는 상쾌한 향이 흘러넘친다.

황실이 가지고 있는 별궁 중 하나인 이곳은, 낮은 산 하나를 깎아내어 만든 화려한 곳이었다. 산 위에서 나오는 온천을 독점하고 있는 장소이기도 하고 말이다.

그러나 이 별궁의 아름다움이 윈스턴의 눈에 들어올 리가 없었다.

허둥지둥 윈스턴은 욕탕 쪽으로 발을 옮겼다. 물론, 이 별궁의 욕탕이 하나는 아니다. 다섯 개 정도의 따로 분리된 욕탕이 존재한다.

하지만 우연이라는 것은 항상 존재하는 법.

'황자님께서 주로 이용하시는 욕탕은…….'

대욕탕.

이 별궁에서 가장 큰 곳이다. 윈스턴은 일단 그곳으로 먼저 발을 옮겼다.

레사는 손바닥으로 물을 떠 올려 보았다.

'우유 같아.'

우유를 탄 물 같다고 하면 이 온천수에 대한 모욕이다. 레사가 몸을 담근 온천수는 진짜로 우유같이 새하얀 빛을 띄우고 있었다. 처음에는 온천이 아니라 우유를 넣은 것이라고 생각했다. 레사는 슬쩍 물을 맛보았다.

"우유는 아니네."

우유는 아니었고, 그냥 물맛이라고 하기에도 뭔가 다른 그런 맛이었다.

"하, 좋다……."

레사는 다리를 쭉 뻗었다. 이 욕탕의 한쪽은 구불구불한 곡선을 그리고 있었는데 거기에 등을 대고 앉으면 딱 좋도록 디자인된 것이었다.

물 온도는 살짝 뜨거웠지만 그 정도가 좋았다. 여름이라도 온몸이 피곤함을 외치고 있었기 때문에 온천은 꿀 같은 휴식이었다.

게다가 이렇게 호사스러운 온천이라니. 뜨거운 물로 목욕하는 것 자체가 드문 삶이었던 레사에게 이 이상의 사치는 있을 수가 없었다.

레사가 있는 곳은 백조탕이라고 하는 욕탕이었다. 산 중반쯤에 위치한 곳으로, 잘 다듬은 나무에 일부러 줄을 매어 당겨 휘게 만들어서 그늘이 드리워지게 했다.

저절로 레사의 목 안쪽부터 만족스러운 신음이 흘러나왔다. 창백했던 그녀의 양 뺨은 이제 발그레하게 홍조가 돌았다. 치료사는 깎인 체력은 요양하면서 회복하는 수밖에 없다고, 그녀에게 경고하듯이 말했다.

'요양이라니.'

생각지도 못한 단어를 곱씹으며 레사는 눈을 끔벅였다. 그녀가 힐끗 탕에 들어왔을 때 돌려놓은 모래시계를 바라보았다. 백조 조각상 위에 올려진 모래시계에서 은색 가루가 떨어지고 있었다.

'탕에 너무 오래 들어가 있어도 안 좋다고 그랬지.'

치료사의 충고를 떠올리며 레사는 완전히 머리까지 물에 집어넣었다.

'하나, 둘, 셋, 넷—'

물속에서 숨을 참는 것도 훈련의 하나다.

일 분, 이 분, 삼 분—

사 분이 되기 전에 레사는 숨을 내쉬며 올라왔다. 그리고 천천히 회복 호흡을 반복했다.

'컨디션 안 좋기는 하구나, 진짜.'

평소라면 사 분이 약간 넘는 정도까지 숨을 참을 수 있었다.

'여기 물이 따뜻해서 그럴 수도 있지.'

차가운 물에서는 심박 수가 떨어지기 때문에 더 오래 참을 수 있다. 레사는 숨을 정돈하고 자리에서 일어섰다.

저벅저벅—

갑자기 인기척이 들려와 레사는 숨을 들이켰다. 레사는 물속에서 튕기듯이 나와서 나무에 걸어 놓은 가운을 걸쳤다.

"어라? 레사?"

들어온 것은 바로 프레이스였다.

"프레이스."

레사는 단단히 가운의 앞을 여미고 심호흡하며 돌아섰다.

'진짜 다행이다. 가운 가지고 들어와서 진짜 다행이야.'

아무도 없다고는 하지만 그래도 여자인 사실을 숨기고 있는데, 옷을 다 벗고 알몸으로 탕까지 걸어오는 건 위험했다. 혹시라도 눈이 있을지도 모르니까. 그렇게 생각하고 가운을 입고 들어와서 탕에 들어가기 직전에만 벗었는데 그게 정답이었다.

"깼어? 몸은 괜찮아?"

프레이스가 후다닥 다가왔다. 레사는 그의 허리 아래로는 시선을 안 주려고 노력하며 고개를 슬쩍 위로 올렸다.

"네, 괜찮습니다."

뜨거운 물 때문에 어린애처럼 발그레한 뺨이 된 레사를 보고 프레이스는 저도 모르게 웃었다. 웃다가 촉촉한 그녀의 입술에 시선이 닿자 심장이 쿵 떨어지는 기분이었다. 촉촉하게 젖은 검은 머리카락, 가는 목덜미에 달라붙은 그 가닥이 기묘할 정도로 신경 쓰였다. 입술이 바싹바싹 탔다.

"들어가실 거면, 전 먼저 가 보도록 하겠습니다."

"어, 응."

좀 더 몸의 상태나 여러 가지를 물어보고 싶은데 말이 나오지 않았다. 단답형의 대답만을 간신히 내뱉자 레사는 인사를 하고 안으로 들어갔다.

점점이 남은 그의 발자국을 보던 프레이스는 슬그머니 자신의 발을 옆에 대보았다.

'작다.'

왜인지 굉장히 야한 기분이 들어 프레이스는 괜히 헛기침을 몇 번 하고 탕으로 들어갔다.

'살았다…….'

레사는 긴장으로 심장이 쿵쿵 뛰었다. 거기서 프레이스가 같이 탕에 들어가자고 할까 봐 죽는 줄 알았다.

'안 보였겠지.'

몇 번이나 자신의 가슴께를 확인해 본 레사였다. 주변의 기척을 확인하고 레사는 후다닥 옷을 갈아입었다.

그리고 복도로 나오는데 윈스턴과 마주쳤다.

"레사!"

레사는 숨을 격하게 몰아쉬는 윈스턴을 보고 놀라 다가갔다.

"윈스턴? 무슨 일입니까? 문제라도 생겼나요?"

"화, 황자님께서—"

"아, 프레이스라면 안의 욕탕에 계십니다."

"뭐?! 봤어?"

"네?"

"그, 그러니까, 그 네― 아니 황자님의―"

윈스턴은 뭐라고 해야 할지 몰라 횡설수설하다가 뚝 하고 멈췄다.

"윈스턴?"

그런 윈스턴의 모습이 이상한 레사가 그의 이름을 부르자 윈스턴이 숨을 단숨에 들이켜서 정돈하고 물었다.

"황자님과 안에서 마주쳤나?"

"네."

"탕에 들어간 채로?"

"아―뇨?"

이게 대체 무슨 질문인가 싶어, 레사의 대답 역시 한 박자 느려졌다.

"옷 벗고?"

"가운을 걸치고 있었습니다."

"아."

윈스턴은 푹 한숨을 내쉬고 벽에 기댔다.

"왜 그러십니까?"

그 말에 윈스턴은 마음속으로 눈을 굴리고 말했다.

"신하는 주군 앞에서 알몸으로 있으면 안 되니까."

"아."

레사는 그 말에 미소를 지으며 말했다.

"그럴 일은 없을 겁니다."

"분수를 안다면 다행이고."

"잘 알고 있습니다. 그나저나 프레이스 님의 몸은 괜찮으신 겁니까? 보기에는 나쁘지 않은 듯했습니다만."

"멀쩡해서. 그보다는 네가 더 문제지."

윈스턴은 안쓰러운 눈으로 레사를 보았다. 여자의 몸으로 너무 심한 고생을 하고 있는 것이 아닌가.

"조금 쉬면 괜찮아질 겁니다."

걱정해 준다는 감각은 간지럽지만, 기분 좋은 것이었다.

윈스턴은 슬쩍 레사의 뺨을 만져 보았다. 따뜻하다. 처음에 레사가 실려 왔을 때 보고, 죽은 사람인 줄 알았다. 사람의 입술이 정말로 새파래질 수도 있다는 걸, 윈스턴은 그때 알았다. 저도 모르게 잡았던 손도 얼음처럼 차가웠다.

"윈스턴?"

레사는 뺨이 간지러워 눈을 설핏 가늘게 뜨고 윈스턴을 올려다보았다. 윈스턴이 잠에서 깨듯 퍼뜩 손을 떼며 괜히 레사의 뺨을 꼬집었다.

방금까지 자신을 뭐 빠지게 뛰어다니게 한 주제에!

레사는 눈을 동그랗게 떴다. 아픔보다는 놀람이 더 컸다.

레사가 파악하기로, 윈스턴은 이렇게 친근하게 구는 사람이 아니었다. 에릭이 이랬다고 하면 모를까, 윈스턴이 뺨을 꼬집다니.

'이건 상당한 친애의 표시가 아닌가.'

"왜?"

윈스턴이 레사의 뺨에서 손을 떼며 싸늘하게 물었다.

"아닙니다."

레사는 살짝 눈을 내리깔며 얌전하게 대답했다. 아무리 레사라도 이건 입 밖으로 내어서 안 된다는 눈치는 있었다. 그 선이 좀 제멋대로라서 그렇지.

"너."

짧게 윈스턴은 레사를 불렀다. 레사는 고개를 들었다. 윈스턴은 고민했다. 솔직한 심정으로 말하자면, 당장 레사에게 이런 일은 그만두라고 하고 싶었다. 도저히 여자가 가질 만한 직업이 아니다. 물론 레사는 자신보다 강할 것이다. 아니, 강하겠지. 하지만 그래도 여자는 여자인데.

윈스턴은 짧게 한숨을 내쉬고 말했다.

"몸 다 식겠다. 여름에 감기 걸리는 것은 멍청이뿐이라고 하지만, 넌 멍청이니까 감기를 조심하는 게 좋겠지. 올라가서 쉬도록."

"프레이스 님 호위는 괜찮습니까?"

"만전을 기하지 않는 호위 따위 필요 없다."

"알겠습니다."

레사는 짧게 인사하고 몸을 돌려 복도를 떠났다.

그녀는 화려하게 조각된 굵은 기둥을 보며, 프레이스의 허리 아래를 생각하지 않으려 애썼다.

*　　*　　*

황성으로 들어가는 길은 개선과 마찬가지였다. 몸소 변장을 하고 몰래 적의 소굴로 들어가 사악한 귀족을 일망타진했다는 이야기는, 당연히 백성들의 좋은 이야깃거리였다. 음유시인의 노래에서나 나오는 이야기인데, 그게 실제로 일어나다니.

모두가 기쁘게 설화 속 영웅 같은 황자 일행을 맞이했다. 물론 이 모든 준비를 한 것은 발 빠른 윈스턴이었다. 바람잡이를 넣어 부풀린 영웅담을 만들고, 음유시인들에게 돈을 줘 노래를 뿌리게 하고, 조금 더 시간이 있었다면 유랑극단이라도 동원했을 것이다.

개방된 마차에 올라타 프레이스는 환호를 받으며 수도에 들어왔다.

"프레이스 황자님 만세!"

"만세!"

"사악한 백작을 처단한 황자님 만세!!"

환호성을 지르는 백성들을 보며 프레이스는 이상한 기분이었다. 자신은 딱히 만세를 받을 일을 했다고는 생각하지 않는다.

더군다나 백성을 위해서 그 일을 했느냐고 하면 절대 아니었다. 자신을 위해서, 그리고 자신이 다스릴 제국을 위해서 그런 것일 뿐.

"손이라도 흔들어 주시지 그러십니까?"

윈스턴이 옆에서 하는 말에 프레이스가 싱긋 웃으며 손을 흔들자, 광장이 떠나가라 환호성이 터져 나왔다. 그렇게 수도의 문을 지나서 일행은 황성으로 살며시 들어왔다.

"황제가 된 것처럼 굴더군요."

릴리안이 차가운 목소리로 말했다.

바깥의 소란과 달리 장미궁은 조용했다. 그렇다 해도, 소식은 다 들어오는 법이다.

"백작의 소굴로 쳐들어가 그를 처벌했다고 하잖습니까?"

"왜 진즉 그들을 투입하지 않았습니까?"

릴리안이 애버릿을 추궁했다. 이든 역시 궁금했던 것이라 귀를 기울였다. 황자는 분명히 가란트와 올렌드에게 병사를 준비하라고 말해 뒀었다. 황자가 손가락 하나만 까닥했더라도 그들은 백작령으로 들어갔을 것이다.

"만약 그들이 정식으로 병사를 데리고 갔다면, 백작은 즉시 프레이스를 죽였을 겁니다."

애버릿이 그렇게 말하며 어미를 보고 미소 지었다. 릴리안의 입꼬리가 짧게 떨렸다.

프레이스가 죽기를 원한다. 그 자식을 죽여야 한다.

아무리 그래도 그걸 입 밖으로 바로 내기란 어렵다.

이든은 애버릿의 처사에 크게 감복했다. 사실 이든 같은 고지식한 기사에게 주군은 중요한 존재였으나, 그렇다고 황실의 혈통끼리 골육상쟁을 하는 것도 바라지 않았다.

제국은 넓고, 인재는 항시 부족하다. 형제끼리 믿고 도울 수 있다면 얼마나 좋겠는가?

이든은 그렇게 될 수 있기를 빌었다. 그리고 프레이스가 애버릿에게 암살자를 보내지 않는 이유도 그런 것이라고 믿고 싶었다.

"애버릿."

릴리안이 부드럽게 입을 뗐다.

"위정자란 본디 냉혹한 법이랍니다. 어쩔 수 없는 희생이 필요할 때도 있는 거예요."

"저도 압니다. 다행이죠, 이번에는 그런 희생을 할 필요가 없어서."

애버릿의 말에 릴리안의 눈이 가늘어졌다.

"어미만큼 자식을 생각하는 존재는 없는 법입니다."

"그 생각의 방향성이 다를 수도 있지요."

애버릿이 말에 릴리안이 한숨을 내쉬고 이마를 짚으며 말했다.

"머리가 아프군요."

"몸이 안 좋으시다면, 전 이만 가 보겠습니다."

"배웅하지 못함을 용서하세요."

"아닙니다. 푹 쉬십시오."

인사를 하고 애버릿은 장미궁을 나왔다. 애버릿의 뒤를 따라 걸으며 이든은 그의 눈치를 살폈다. 이든의 생각에는 아무래도 릴리안이— 애버릿의 모친이 프레이스를 죽이려고 시도하고 있는 것 같았다.

하지만 아들인 그에게 거기에 대해서 어떤 첨언을 하는 것도 불가능했다. 그래서 이든은 미간을 찌푸리고 걷는 애버릿에게 속삭였다.

"괜찮으십니까?"

"뭐가?"

"이걸로 프레이스 님이 한발 앞서 나가게 되었잖습니까?"

"괜찮아. 실제로 마약 관련 루트나, 여러 가지 세력을 일소할 건 나니까. 조사도 이미 끝냈고. 실무자들의 지지를 얻는 건 내가 될 거야."

"그렇군요."

이든이 싱긋 만족스러운 미소를 지었다. 애버릿이 말했다.

"그러면 갈까?"

"어딜 말입니까?"

"동생에게 말이야. 개선을 축하해 줘야지."

프레이스는 무거운 의전용 예복을 벗고 있었다.

뭇 사람에게 보일 때는, 위엄이 중요하다는 윈스턴의 조언에 따라서 깃털 달린 화려한 망토며, 온갖 수가 놓인 겉옷까지 걸치고 있었던 것이다. 망토만 해도 무게가 어마어마해서 그걸 벗자 프레이스는 좀 살 것 같은 기분이 들었다.

"프레이스 황자님."

밖에서 시종이 조용히 아뢨다.

"애버릿 황자님께서 오셨습니다."

"곧 나간다고 전해라."

"네."

같은 방 안에 있었던 에릭이 "어—" 하고 말했다.

"나가서 인사를 드려야 하나?"

"하는 게 낫겠지."

프레이스는 겉옷을 벗고 바로 방을 나갔다. 응접실로 가니 애버릿이 앉아서 프레이스를 기다리고 있었다.

"애버릿."

"오랜만이야."

"그렇게 오랜만은 아닌 것 같은데."

프레이스의 말에 애버릿이 우아한 미소를 지었다.

"그렇지."

"어쩐 일이야?"

"매정하네, 하나뿐인 형제에게. 오랜만이오, 도프 경."

"일 황자님을 뵙습니다."

에릭이 정중하게 인사를 했다. 애버릿이 자신의 결 좋은 은발을 꼬며 말했다.

"귀여운 호위가 안 보이는데?"

"일이 있어서."

굳이 레사가 병가 중이라는 걸 알릴 필요는 없었다.

"그래? 미나라는 사랑스러운 여자아이랑 관련된 일일까?"

애버릿의 말에 프레이스는 머리에 피가 확 쏠리는 기분을 느꼈다.

"네 알 바가 아니지."

차디찬 말.

하지만 애버릿은 프레이스의 반응이 매우 민감하다는 것을 알아냈다. 애버릿이 노래하듯 말했다.

"그 귀여운 호위가 돌아오면, 내가 한번 볼 수 있을까?"

"애버릿."

프레이스가 차갑고 부드럽게 형의 이름을 불렀다.

"내 것에 손대지 마."

그 말에 애버릿이 웃음을 터트렸다. 꾸민 듯한, 하지만 종소리 같이 아름다운 웃음이었다.

"사람은 물건이 아냐, 프레이스. 그 점부터 배워야겠구나."

프레이스는 눈썹 하나 까닥하지 않고 애버릿의 말과 웃음을 지켜보았다.

"가르침은 고맙게 받지. 그게 끝인가?"

"오, 아니. 성과 축하한다고 말하려고 온 거야."

애버릿이 자리에서 일어났다.

"하지만 내 축하는 별로 필요 없어 보이는군. 불청객이 되는
건 달갑지 않으니, 돌아가지."

"멀리 안 나가."

그 말에 애버릿은 비죽 웃고 동쪽 궁을 나섰다. 애버릿이 눈앞
에서 사라지자 프레이스가 거칠게 머리를 쓸어 넘기며 짜증 나
목소리를 높였다.

"도대체 왜 온 거야?"

"축하해 주러 왔다잖아."

"그 말을 믿어?"

"안 믿을 건 또 뭐람."

"게다가 레사는 왜 찾는 건데?"

"글쎄, 멤버라도 확인하려는 거였을까?"

"짜증 나."

프레이스는 입술을 깨물었다. 그는 애버릿이 싫었다. 자신과
달리 황궁에서, 아버지의 사랑을 받고 자란 자신의 형이. 그래서
자신과 달리 삶의 굴곡이 하나도 없는 저자가, 모든 것을 가진
저 남자가 싫었다.

만약 애버릿의 손에 자신의 것이 하나라도 넘어간다면? 자신
은 견딜 수 없을 것이다.

'애버릿이 레사에게 관심을 보이는 거라면…… 더 많은 돈을 주겠다고 하고 레사를 고용한다면.'

전신에 소름이 돋았다.

애버릿의 옆에서, 그의 호위를 하는 레사를 생각만 해도 분노로 눈앞이 벌게지는 기분이었다.

이게 정상인 건지 아닌 건지 프레이스는 알 수가 없었다. 물론 레사가 그렇게 쉽게 넘어간다고는 생각하지 않았다.

'계약이 우선이라고도 이야기했잖아. 그리고…….'

서로의 과거를 고백하면서, 단순한 고용 관계가 아니라 한 단계 더 나갔다고 느낀 것은 자신만의 착각일까?

"에릭."

"왜?"

"누가 다른 사람이랑 있는 게 싫고, 자꾸 보고 싶고, 곁에 있고 싶고, 만지고 싶고— 그런 게 뭘까?"

프레이스는 한탄처럼 중얼거렸다. 가벼운 질문이었는데 돌아온 것은 폭풍 같은 한마디였다.

"사랑 아냐?"

"……어?"

"자꾸 보고 싶고, 다른 사람이랑 있는 게 싫고, 만지고 싶다는 건 뽀뽀하고 싶다거나 그런 거 아닌가? 심장 두근두근하고."

프레이스는 입을 벌렸다. 생각이, 말이, 잘 나오지 않았다.

"하……지만……."

레사는 남자인데?

"상대는…… 혹시 레사냐?"

에릭이 조심스럽게 물었다. 아무래도 프레이스가 요즘 들어 집착하는 인물이라고는 딱 한 사람. 레사 일반 밖에 생각나지 않았다.

"그게, 난, 그러니까—"

말 못하는 병에라도 걸린 듯 더듬거리는 프레이스를 보고 에릭은 한숨을 내쉬었다.

"아니, 그럴 수도 있지. 아니 오히려 당연한 거 아닌가 싶기도 하고."

"뭐가 당연해?"

이번에는 수월하게 질문이 나왔다.

"네가 받는 사랑은 다 가짜라고 여기고 있잖아. 그런데 진짜 사랑을 줄 수 있는 사람이 나타난 거니까. 사랑받고 싶다고 다들 생각하지 않나?"

날 사랑하지 않는 사람을 원한다. 이 말은 반대로, 날 진짜 사랑해 줄 사람을 원한다.

이 뜻이라고 에릭은 해석했다.

"하필 남자라는 게 좀 그렇기는 하지만…… 하여간 잘 생각해 봐."

폭풍 같은 발언을 남긴 에릭은 프레이스의 어깨를 툭툭 가볍게 두들기고 응접실을 나갔다. 한참을 멍하니 서 있던 프레이스는 비틀비틀 응접실 의자에 앉았다.

'내가 레사를 사랑한다고?'

사랑?

"웃―"

프레이스는 양손으로 얼굴을 감쌌다. 뺨이 화끈거렸다. 귀까지 뜨거워지는 게 느껴졌다.

내가 레사를 사랑한다고?

머릿속에서 122개의 종을 자랑하는 음악의 신을 모시는 신전 종소리가 메아리치는 것 같았다.

'사랑? 내가? 레사를? 사랑? 사랑?'

몇 번이나 머릿속으로 단어를 반복할수록 점점 머릿속에서 레사의 얼굴이 선명해졌다. 얼마 전에 온천에서 마주쳤을 때의, 그 뽀얀 얼굴과 발그레한 뺨.

그리고 웃을 때 좋아. 좋지, 응.

바라보면 세상이 다 환해지는 기분.

입술도 아주 예쁘고 촉촉해 보였다. 키스하면 어떤 느낌일까 하는 생각이 들 정도로. 엉뚱한 말을 하는 것도 좋다. 곁에 있는 게 좋고, 만지고 싶고.

쿵쿵쿵―

심장이 너무 빨리 뛰어서 프레이스는 입을 벌리고 숨을 몰아쉬었다. 잠시 그러고 있다가 문득 떠오른 생각에 손끝이 차가워졌다.

'만약 레사가 싫다고 한다면.'

만일 그런다면 자신은 그동안 자신을 덮친 놈들과 똑같―

"아냐!"

프레이스는 저도 모르게 목소리를 높였다.

"난 강요하지 않을 거야."

않을 거야. 않아야 해.

그는 두 눈을 질끈 감았다. 머릿속이 어지러워졌다. 이제는 불안감으로 심장이 두근거리기 시작했다. 레사가 자신을 좋아해 주기를 바랐다.

'하지만……'

프레이스는 신음을 내뱉었다.

미나.

레사에게는 그녀가 있었다. 아름다운―그런 생각을 한 번도 해본 적 없으면서, 프레이스는 갑자기 황궁의 시녀들이 다 예쁘다고 생각했다― 시녀들을 다 걷어차면서 소중히 하는 여자가 있었다.

눈앞이 깜깜해지고 입술이 바싹바싹 탔다.

'어쩌지?'

프레이스는 멍하니 허공을 보다가 또 한 가지 사실을 깨달았다.

'레사가 돌아오면, 얼굴을 어떻게 보지?'

똑똑―

"황자님, 윈스턴입니다."

노크 소리에 프레이스는 화들짝 놀라 자리에서 일어났다.

"어, 아, 들어와."

한 손으로 얼굴을 문지르며 프레이스는 머릿속을 비우려 애썼다.

"무슨 일이야?"

"방금 에릭과 마주쳐서 도로 끌고 왔습니다만."

그 말에 프레이스가 고개를 들어 윈스턴 쪽으로 슬쩍 시선을 돌렸다. 그 옆에는 멋지게 퇴장했는데 다시 끌려와 당황한 기색이 역력한 에릭이 보였다.

"곧 던컨 경도 올 겁니다."

"어? 왜?"

에릭이 묻자 윈스턴은 그제야 질질 끌고 온 에릭의 망토를 놓아주고 프레이스를 보았다.

"저희에게 하실 말씀이 있다고 그러지 않으셨습니까? 중요한 문제는 일찍 알아 둬야죠."

"아."

프레이스는 고개를 끄덕였다. 잠시 후 던컨이 조용히 방으로 들어왔다. 프레이스가 턱짓했다.

"방음이 되는 방으로 이동하지."

넷은 줄줄이 자리를 이동했다. 윈스턴은 시녀에게 침실을 치우라고 말하는 것을 잊지 않았다. 안으로 들어가, 노커를 돌려 마법을 발동시킨 프레이스가 벽에 기대서서 팔짱을 끼고 말했다.

"라발렌도 백작이 내게 몇 가지 헛소리를 했는데 말이야."

프레이스는 혈통에 대한 부분을 제외하고 다른 부분을 자신의 충실한 신하들에게 이야기를 했다.

이야기를 다 듣고 윈스턴이 거침없이 말했다.

"그렇다면 저희의 적은 애버릿만이 아니라는 거군요."

"그렇지 않기를 바랐는데 말이야."

프레이스가 쓸쓸하게 웃었다. 던컨이 묵직한 목소리로 말했다.

"까다로운 상대입니다."

에릭만이 고개를 갸웃했다.

"누군데? 릴리안 님?"

"황제 폐하."

윈스턴의 짤막한 대답에 에릭은 입을 떡 벌렸다. 윈스턴은 그 커다란 입 안으로 연어를 던진다면 딱 곰답지 않을까, 하는 생각을 했다.

"폐하?!"

"그래."

"폐하가 왜??"

에릭은 도무지 이해할 수가 없었다. 눈이 튀어나올 듯 놀라 외치는 그를 향해 프레이스가 말했다.

"부모에게는 총애하는 자식과 그렇지 않은 자식이 있다는 거겠지."

"음, 릴리안 님이신 게 아닐까?"

에릭은 아직도 영 믿기지 않는다는 듯이 고개를 흔들었다. 프레이스의 그의 말에 동조했다.

"그럴 가능성도 있지."

"아, 역시?"

"하지만 폐하일 가능성 역시 배제할 수 없어. 모후께서 돌아가시자마자 날 수도원에 처넣은 사람이니까. 게다가 라발렌도 백작을 그렇게 움직일 수 있는 사람이, 릴리안이라고?"

게다가 황제의 후궁 편애는 이미 유명한 이야기다.

프레이스는 피곤한 눈을 문질렀다. 침묵이 방 안을 가득 채웠다. 에릭은 숨이 막히는 것 같았다. 그로서는 도무지 이해할 수가 없는 일이었다.

그래 뭐, 자식 충하는 할 수도 있다.

하지만 그렇다고 해서 자기 자식을 죽이려고 든다니? 그런 사람이 있단 말인가? 게다가 황제 폐하가 그런 사람이라고?

에릭은 머리를 북북 문질렀다.

"릴리안 님일 거야."

릴리안이어야만 해. 그런 뜻이 느껴지는 단호한 어조였다. 윈스턴이 일침을 가했다.

"모든 가능성을 열어 둬라. 아니면 나중에 뒤통수 맞는다."

"……알아."

의심하는 것은 싫지만, 의심하지 않으면 방심하게 된다. 에릭은 크게 한숨을 내쉬고 적이 될 가능성이 조금이라고 있는 사람 목록에 황제를 올렸다.

속된 말로 기분 더러웠다.

프레이스가 벽에서 몸을 떼며 말했다.

"그게 알아 둬야 할 전부야."

던컨이 입을 열었다.

"아무리 폐하의 명령이라고 하나, 그런 거대한 함정까지 만들어서 황자님을 잡으려고 했다는 것이 믿어지지 않습니다. 라발렌도 백작은 분명 충성스럽지요. 그러니 황실의 피가 흐르는 황자님을 해치려고 한다는 게……."

"내 어머니가 황실의 보물을— 드래곤 슬레이어를 내연남에게 넘겼다고 하더라고."

이번에는 윈스턴도 입을 벌릴 수밖에 없었다. 실제로 그런 일이 벌어졌다면, 황후고 뭐고 바로 반역자로 넘어갔을 것이다.

"그 무슨 말도 안 되는 해괴한 망언을……."

부지불식간에 윈스턴이 중얼거리자 프레이스가 어깨를 으쓱하고 말했다.

"클리프랜드 공작에게— 외숙부에게 물어보라던데."

그 말에 윈스턴이 눈을 가늘게 떴다. 던컨이 무릎을 문지르고 진중하게 말했다.

"만약 그 검이 클리프랜드 공작에게 넘어가 있는 거라면, 검을 요구하는 게 좋겠습니다. 그 검을 찾아오는 사람이 황위를 가지는 건 너무나도 당연하니까요."

"일단 그 능구렁이의 속을 떠보기는 해야겠지."

프레이스의 말에 윈스턴은 고개를 끄덕였다.

"할 수 있다면 정말로 속을 떠버리면 좋겠습니다."

그의 목소리에 짜증이 얼핏 드러났다.

클리프랜드 공작가.

물론 지금은 아군이기는 하지만 윈스턴도, 에릭도, 이 공작가를 신뢰하는 것은 아니었다.

영지의 이름과 성이 같은 유구한 전통을 가진 대귀족의 혈통이자, 동시에 황실의 방계인 클리프랜드 공작가의 크기는 어마어마했다.

더 솔직하게 말하자면 지금 당장 공국으로 독립한다고 해도 이상하지 않을 정도였다. 그래서 오랫동안 황실은 공작가를 달래거나, 억압하거나, 다양한 정책을 펼치며 황실을 아래에 묶어 두었다.

"레사가 일어나면."

프레이스가 침묵을 깼다.

"호위로 데리고 가서 만나 봐야지, 숙부님을."

* * *

레사는 눈을 깜박였다. 미열로 시야가 몽롱했다. 익숙한 자신의 집 천장이 일렁거린다. 그때, 옆에서 누군가가 자신의 이마에 물수건을 올려 주는 것이 보였다. 은색이 가물가물했다.

"……코코……?"

"깼어? 이제 열도 거의 다 떨어졌네."

코코가 살짝 레사의 이마에 손을 올렸다가 떼어 내고 미소 지었다. 코코가 손을 뻗어 레사의 코를 가볍게 쥐었다가 놓았다.

"어휴, 정말. 사람 놀라게 하고."

"놀랐어?"

"그럼 놀랐지."

레사는 자신의 방 안에 코코가 있는 이 풍경이 이상하게 느껴졌다. 어딘가 아귀가 딱 맞물리지 않는 느낌이다.

"테레사 알반― 죽지 마."

"응."

레사는 순순히 대답했다.

"그런데 왜 코코가 내 방에 있는 거야?"

"무정한 것."

레사의 추궁에 코코는 눈을 찌푸렸다. 레사는 천천히 상체를 일으켰다. 혼자서 일어나려니 안간힘을 쓰는데, 도와줄 수도 있는 것을 코코는 지켜만 보았다.

레사가 간신히 상체를 일으켰을 때, 그녀는 어디서 났는지 긴 담뱃대로 담배를 피우고 있었다. 새하얀 상아에 이름 모를 보석을 물린, 비싸 보이는 담뱃대였다.

"상태는 좋아졌어."

레사는 손을 쥐었다가 펴보며 말했다. 열로 몽롱한 것만 빼면, 몸 상태는 완벽하게 양호해져 있었다. 코코가 콧방귀를 뀌었다.

"내가 고생했지."

"도와줘서 고마워."

"어디서 이상한 약을 마시고 와서는."

코코가 혀를 찼다. 그리고 그녀가 음흉한 웃음을 지으며 물었다.

"그것이 그렇게 좋더냐?"

"그것?"

"황자 말이야. 이상한 체질을 가진."

"아."

레사는 잠시 생각했다.

"응."

그리고 고개를 끄덕였다. 그는 이제 자신에게 특별한 사람이다.

"내가 필요하다고 말해 줬으니까. 둘이면 외롭지 않을 거라고 해 줬으니까."

그야말로 낯 뜨거운 말이지만, 레사는 스스럼없이 내뱉었다. 그녀에게는 순수하게 기쁜 말일 뿐이었다.

"그래."

코코는 후우 하고 담배 연기를 내뿜었다.

'어쩌면 운명일지도 모르지.'

마법사는 운명 같은 건 믿지 않는다. 점성술, 별자리, 예언, 그런 것들을 말하는 마법사도 있다. 하지만 그것은 모두 운명을 비껴가기 위한 도구다.

그렇기에 마법사는 운명을 믿지 않지만, 또한 반대로 운명의 존재를 믿었다.

"그럼 난 이만 가보겠어."

"아, 응. 바래다줄게."

"됐어. 나중에 출장비까지 청구할 테니까."

코코가 요염하게 미소 지으며 말해 레사는 고개를 끄덕였다. 의사에게 왕진비를 지불하는 건 당연한 거다. 하지만 이곳에서 코코 같은 미인을 혼자 내보내는 건 마음에 걸렸다.

"괜찮으니까, 내가 같이―"

침대에서 일어나려던 레사는 휙 뒤를 돌아보았다.

없었다.

방금까지 코코가 있던 자리에는 아무것도 남아 있지 않았다. 아까 그녀가 내뿜은 담배 연기만이 희미하게 남아서 천천히 흐려져 가고 있었다.

'이걸 신뢰의 의미라고 해야 할지……'

마법사라고 짠짠 광고를 하고 다니니.

레사는 픽 웃고 도로 침대에 털썩 누웠다.

‘조금만 더 자자.’

레사는 그렇게 생각하며 눈을 감았다.

꿈―

꿈이라는 건 알고 있다. 항상 반복되니까. 이제는 ‘아, 꿈이네.’

하는 기분이다.

뺨을 쓰다듬는 상냥한 손. 하지만 이 손과 곧 헤어질 거라는

것을 자신은 알고 있다.

윙윙윙―

귓가에서 소음이 강하게 감돈다. 어둠과 빛이 빠르게 교차한

다.

“사…… 해. 내 귀…… 운…….”

언제나처럼 토막토막 끊기는 말.

그리고 고요한 빛에 잠기며 꿈은 끝난다.

레사는 눈을 떴다.

‘또…….’

관자놀이를 흠뻑 적신 눈물을 닦아 내고 레사는 이마에 손을

얹었다. 열이 다 떨어져 있었다. 정신이 상쾌하다. 게다가 그 꿈

까지 꿨으니 기분이 아주 좋았다.

‘좋아.’

극심한 허기가 물밀 듯이 밀려와 레사는 양 갈비를 떠올리며

입맛을 다셨다.

'오랜만에 갈비나 뜯어야지.'

레사는 손끝부터 발끝까지 기지개를 쭈우욱 피고는 침대에서 벌떡 일어났다. 오랜만에 프로텍터를 차니 살짝 갑갑하게 느껴졌지만 곧 익숙해졌다.

옷을 입고서 레사는 거리로 나섰다.

노알의 집에 들를까 했지만, 미나는 아직 별장에 있는 중이었다. 아프다고 굳이 재미있게 노는 애를 불러들이기도 뭣해서 연락하지 않았다.

'미나가 없으면, 뭐.'

굳이 노알을 보러 갈 필요는 없다. 무슨 말썽에 연루될지도 모르고, 그가 집에 있을 가능성도 지극히 적으니까.

레사는 평소처럼 혼자 가볍게 걸음을 걸었다.

'이상한 기분이야.'

정오의 햇빛을 받은 골목길은 평소와 별다를 것이 없었다. 허접쓰레기가 구석구석 널려 있고, 햇빛 닿는 곳 외의 바닥은 질척하다. 낡은 나무 집들은 서로서로 지붕을 바짝 맞대고 다닥다닥 붙어 있었다.

그러나 공기가 더 투명한 것 같고, 햇살은 더 반짝이는 것 같다. 사람들이 떠드는 소리도 명랑하게 들렸다.

레사는 눈을 가늘게 뜨고 하늘을 올려다보았다. 여름 하늘치고는 굉장히 푸른빛을 띠고 있는 하늘에 토실토실한 흰 구름이 떠 있었다.

'날씨 좋고.'

레사는 저도 모르게 텅 빈 오른쪽 귓불을 만지작거렸다. 며칠 하지도 않았는데, 그 루비 귀걸이가 벌써 몸에 익은 것처럼 익숙 해져 버렸다.

잠입하기 전에 프레이스에게 돌려줬는데……

아쉽지만 그런 고가의 물건을 구매할 수는 없으니 어쩔 수가 없다. 입맛을 다시고 레사는 선술집으로 향했다. 점심시간 직전 이라 아직 손님이 많지 않았다. 레사가 자리에 앉자 잽싸게 소년 점원이 다가왔다.

"오랜만입니다."

점원이 나무 탁자를 마른행주로 허술하게 훔치며 씩 웃었다.

"스튜 하나."

"예, 스튜 하나! 동화 다섯입니다."

레사가 은화를 튕겨 올렸다.

"거스름돈은 필요 없어."

레사의 말에 점원의 표정이 순식간에 헤벌쭉해졌다. 점원은 평소보다 더 기운차게 행주질을 하고 특별히 깨끗한 컵으로 물 을 가득 담아 공손하게 테이블에 올려 두었다.

곧 스튜가 나왔고, 레사는 오랜만의 자극적인 음식을 즐기기 시작했다. 특유의 누린내와 그걸 제거하기 위해 잔뜩 넣은 향신 료가 묘한 조화를 이룬다. 사실 황궁에서 먹었던 식사보다는 한참 떨어지겠지만, 여기에는 여기 나름의 묘미가 있었다.

레사는 푹푹 삶아서 부드럽게 뼈와 분리되는 양 갈비를 전부 먹고, 물러진 야채들, 마지막으로 국물까지 빵에 적셔서 깔끔하게 접시를 비웠다.

'프레이스랑 오고 싶다. 어떤 얼굴을 하려나? 먹을 수 있을까? 못 먹을 것 같은데.'

레사는 그런 생각을 하며 혼자 피식 웃고 자리에서 일어났다.

"안녕히 가세요!"

씩씩한 소년의 인사를 받으며 레사는 가게를 나왔다. 다음으로 그녀가 향한 곳은 수리점이었다. 구멍 난 놋그릇 같은 것들을 땜질하는 작은 땜가게였다. 가게 입구는 문턱이 아주 높아서 처음 오는 사람들은 항상 발이 걸리고는 했다. 레사는 타 넘듯 우아하게 문턱을 넘어 좁은 내부로 들어갔다.

안쪽은 세 사람 이상 서 있으면 한 사람이 나올 때 다른 한 사람이 같이 문을 나왔다가 들어가야 할 정도로 좁았다. 이유는 여기저기 땜질했거나 해야 할 것들이 잔뜩 쌓여 있기 때문이었다.

"안녕하세요."

레사가 인사하자 땜장이가 고개를 들었다. 나이가 육십에 가까워 보이는 그는 새하얗고 풍성한 눈썹 때문에 눈도 잘 보이지 않았다. 그가 레사를 확인하고 다시 고개를 숙여 구멍 난 그릇을 들여다보며 물었다.

"무슨 일이야?"

"수리를 좀 맡기려고요."

"놓고 가."

레사는 와이어 팔찌를 벗어서 선반에 올렸다. 그리고 송곳이 튀어나오는 브레이슬릿도, 줄 톱이 붙어 있었던 반지도, 차례차례 무기를 내려놓고 그녀는 가뿐한 마음이 되었다. 레사가 내려놓는 것을 보고 있던 그가 말했다.

"내일 이 시간에 가지러 와."

"네, 감사합니다."

인사하고 레사는 좁은 가게에서 빠져나왔다. 궁 안에도 기본적인 수리를 해 주는 대장장이가 있다고 하지만, 저런 물건을 맡길 수는 없다.

'그럼 이제 뭐하지……'

할 일이 없었다. 레사는 끙 하고 낮게 신음을 뱉었다.

할 일이 없다는 것은 상당히 괴로운 일이었다. 일이 없다는 건 단순히 쉬니까 좋네, 이것이 아니라 오래 진행되면 될수록 자신의 가치에 의문을 가지게 되는 것이었다.

돈을 벌지 않아도 되는 사람들도, 아무것도 하지 않는 사람은 없었다. 귀족들도 하나씩은 취미를 가지고 있었으며, 돈을 내고 즐거운 일을 한다는 게 다를 뿐이었다.

레사는 뒷머리를 긁적였다.

'그냥 집으로 돌아가야겠다. 모레면 다시 출근해야 하니까, 푹 쉬어 두는 게 좋겠지.'

하지만 레사에게는 돌아갈 직장이 있었고, 무엇보다도 자신을 정말로 필요로 해 주는, 생각해 주는 사람이 있었다.

레사는 가슴께를 꽉 움켜쥐었다. 위가 울렁거리는 기분이었다. 조금 전에 먹은 스튜가 잘못된 걸까? 하며 레사는 잠시 숨을 가다듬었다. 울렁거림은 금방 사라져서 레사는 고개를 갸웃했다.

'오랜만에 먹어서 그런가?'

좁은 집으로 돌아와 레사는 코코가 두고 간 물약을 마셨다. 맛은 밍밍했는데 혓바닥에 미끄덩하게 뭔가 남은 것이 기분 좋지 않았다.

물약을 먹고 물을 마신 뒤 레사는 오랜만에 낮잠이나 자 보자, 하는 즐거운 마음으로 침대로 미끄러져 들어갔다.

*   *   *

레사는 놀라울 정도로 빠르게 회복되었다.

'분명히 코코의 그 이상한 약 때문임이 틀림없어.'

대체 뭘 재료로 만든 건지 궁금했지만, 동시에 절대로 묻고 싶지 않은 기분이었다.

'이 정도면, 오히려 평소보다도 더 힘이 넘치는데?'

땜 가게에서 물건을 찾아와 전부 착용했다. 항상 생각하는 거지만, 땜장이의 실력은 기가 막혔다. 당장 버려야 할 것 같던 무기들이 가게만 다녀오면 새것과 다름없이 반짝반짝했다. 어찌나 새것 같은지, 고치는 것이 아니라 자신에게 새 걸 파는 게 아닌가 하는 생각이 들 정도였다.

그렇게 무기를 싹 재정비하고 레사는 창문으로 상체를 내밀었다.

이 층 높이의 창. 십 년 전이라면 아무렇지도 않게 뛰어내렸겠지. 무모한 젊은 날을 회상하며 레사는 자신의 몸 상태를 점검했다.

'응, 좋아. 할 수 있을 것 같아.'

그녀는 휙 창문에서 몸을 날렸다.

탁一!

그리고 거의 소리가 없는 완벽한 착지. 레사는 주먹을 꽉 쥐며 작게 "좋았어!" 하고 승리의 외침을 외치고 거리를 걷기 시작했다.

여름답게 새벽이지만 하늘은 환했다.

레사는 금방 14구역을 벗어나서 큰길가로 들어섰다. 마차가 다니는 이 큰길을 따라가면 바로 황성이 나왔다.

부지런히 걷고 있는데, 중간쯤 왔을 때 마차가 멈춰 섰다. 레사가 힐끗 돌아보니 마차 창 안에서 익숙한 얼굴이 보였다.

"레사?"

"에릭."

"황성 가는 거야? 얼른 타."

"고맙습니다."

인사를 한 레사는 마부가 내려서 마차 문을 열어 주는 것 따위 기다리지 않고, 자신이 직접 문을 열고 올라탔다. 황실의 마차보다는 작았지만 그래도 공용 마차보다 훨씬 나았다.

"운이 좋았네."

레사의 말에 에릭이 고개를 끄덕이며 길게 하품을 했다. 찔끔 흘러나온 눈물을 닦고 에릭이 말했다.

"오늘부터 새벽 훈련이 있거든."

"그거 고되겠군요."

"내 짬밥이면 빠질 수 있는데 말이야, 올해는 못 빠질 것 같아."

"어째서인가요?"

"뭐, 외부의 눈도 있고, 프레이스의 측근인데 수군거릴 일을 만들고 싶지도 않고."

"그렇군요."

레사는 고개를 끄덕였다. 에릭이 씩 웃고 툭툭 레사의 어깨를 쳤다.

"말 편하게 해. 어차피 다~ 프레이스의 신하들인데, 뭐."

"신하라고 하기에 제 격은 떨어지는 것 같지만요."

"뭐 어때? 나도 프레이스를 막 부르잖아."

"그런가요. 알겠어, 그럼."

레사의 말에 에릭이 고개를 끄덕이며 "고럼, 고럼." 하고 만족스러운 얼굴을 했다. 그러던 그가 레사를 빤히 보며 물었다.

"저기 있지."

"음?"

"어, 그러니까―"

에릭인 몇 번이나 말을 골랐다.

"그, 저, 남자끼리 말이야……."

"응."

"남자끼리 좋아하는 거 어떻게 생각해?"

에릭은 간신히 문장을 끝까지 만들어 낼 수 있었다. 심장이 벌렁거렸다.

"동성애 말이야?"

"어, 그래, 그거."

의외로 혐오가 가득한 반응이 돌아오지 않아 에릭은 안도했다. 레사가 고개를 갸웃하고 말했다.

"글쎄? 자기들끼리 좋다면 상관없지."

남의 사랑 이야기에 왜 자신이 관심을 가져야 한단 말인가?

그 순간, 레사의 묘한 곳에서 날카로운 눈치가 빛을 발했다.

'에릭이 남자를 좋아하는 건가!'

그래, 그렇다면 이런 질문을 던지는 것도 이해가 간다. 에릭은 좋은 사람이니까, 아마 레사 자신을 친구의 범주에 넣고 있을 수도 있을 것이다. 친구라면 지인이고, 지인에게 자신의 사랑에 대해서 인정받고 싶어 하는 행위를 레사는 술집 여기저기서 많이 보았다.

그래서 레사는 표정을 심각하게 바꾸고 말했다.

"좋아하는 사람이 누구인가는 상관없다고 생각해. 마음이 중요한 게 아닐까."

"역시, 그런 거겠지?"

에릭의 얼굴이 확 밝아졌다. 그는 연신 고개를 끄덕이며 싱글싱글 웃었다.

"그래, 그래. 좋아하는 사람이 누구든 상관없는 거지. 그래, 레사가 그렇게 생각하고 있다니까 안심이 된다. 좋네, 응."

한참 주억거리다가 에릭이 슬쩍 레사의 눈치를 살폈다.

"미나와는 여전히 사이좋아?"

"어? 응, 당연하지."

레사는 웃음마저 띠며 대답했다. 에릭이 "하긴." 하고 품에서 우르르 편지 뭉치를 꺼내서 레사에게 건넸다.

"그사이에 미나에게 온 거야."

에릭은 한숨이 나오는 걸 눌러 참았다. 미나는 자신도 본 적 있었지만, 상당한 미인이었다. 게다가 여동생의 말에 따르면 머리까지 똑똑하다고 했다.

프레이스가 그 여자아이를 이길 가능성은 솔직히 아주 아주 낮아 보였다.

'하지만 그렇다고 해서 포기하라고 할 수는 없으니까.'

미안하다, 레사. 너보다 내게 중요한 건 프레이스란다.

적극적으로 프레이스를 응원해 주기로 한 에릭이었다. 레사와 미나의 사이가 잘못되더라도, 프레이스가 좀 더 인간적인 감정을 가지고 고민도 하는, 평범함을 누릴 수 있게 되기를 바랐다.

"크흠."

에릭이 헛기침을 하고 다리를 꼬았다.

"그러고 보니까 나랑 프레이스랑 처음 만났을 때 이야기해 줬었나?"

"아뇨— 아니, 안 해 줬어."

"그럼 해 줄까나~"

에릭은 잠시 회상에 잠겼다가 말했다.

"내가 프레이스를 만난 건 8년 전이었어."

"오래됐네?"

레사가 놀라 눈을 동그랗게 떴다. 누구나 반하게 하는 체질이라고 들었는데, 8년 동안 버티고 있는 에릭이 용—

"—!"

에릭이 좋아하는 남자가 프레이스인 건가?

머리를 망치로 맞은 듯한 충격이 레사를 덮쳤다. 왜 그것이 그렇게 충격적인지도 알 수 없었다. 조금 전까지 에릭을 적극적으로 돕겠다고 생각했던 것 어딘가에 금이 가는 기분이었다.

"어? 아아, 그게 말이야. 눈을 마주치지 않고, 맨살에 접촉하지 않으면 괜찮아."

에릭은 너무 쉬운 조건이라는 듯이 말했다. 하지만 그게 쉬울리가 없었다. 그는 그건 별로 중요하지 않다는 식으로 손을 휙 저었다.

"나 말이야. 오지랖이 좀 넓거든."

레사는 눈을 굴리고 고개를 끄덕였다.

"그때 만났던 프레이스는, 뭐랄까. 얘가 진짜 황자 맞아? 하는 느낌이었거든. 비쩍 말라서, 독기만 줄줄 풍기고…… 그러면서도 날 보고는 방긋방긋 웃더라고. 완벽하게 꾸며낸 황자 인형처럼 말이야."

"상상이 될 것도 같은데……."

프레이스의 이야기를 떠올리며 레사는 고개를 주억거렸다.

어린애가 성적 학대를 당하다가 그곳을 탈출했다고 해서 그 모든 상처가 다 아무는 것은 어렵겠지. 게다가 옆에서 주워들은 것들에 의해 추리하자면, 외숙부도 결코 좋은 사람은 아니었고 말이다.

"난 그게 싫어서 좀 화난 걸 보고 싶었지."

에릭이 히죽 웃었다. 그가 툭툭 자신의 허벅지를 두들기며 말했다.

"뭐랄까. 네 진짜 모습을 보여 봐, 이 자식아! 이런 기분이었어. 이야, 나 진짜 젊었네."

'아니, 젊은 사람도 보통 그런 짓은 안 하죠.' 하는 말을 레사는 속으로 삼켰다.

"그래서 내가 이름을 멋대로 부르는 거야. 그때부터 그랬거든."

"아하."

레사는 이제 꽤 흥미진진해진 이야기를 들었다. 마차 바퀴는 덜컹덜컹 경쾌한 소리를 냈고, 에릭의 이야기도 거침이 없었다.

"좀 유치하지만 발 걸기라든가, 막말하기라든가, 위에서 물을 쏟는다든가―"

에릭은 손을 하나씩 꼽았고 레사는 입을 벌렸다.

황자를 그렇게 대해도 괜찮은 거야?

그런 레사의 마음을 읽은 듯 에릭이 싱긋 웃고 말했다.

"그때 프레이스는 클리프랜드 공작의 비호 말고는 아무것도 없는 황자였으니까. 그때 공작이 프레이스에게 검술을 가르쳐 주라고 하면서 우리 집에 프레이스를 맡긴 상황이었거든."

"그랬군."

레사는 납득이 되었다. 아무리 높은 직위를 가지고 있었고 그 직위가 주는 권력과 권위가 없으면 우스운 꼴이 된다는 말이었다.

'하긴 힘없어진 뒷세계 보스들은…… 보통 죽임을 당하니.'

레사가 무시무시한 생각을 하고 있는데 에릭은 말을 이었다.

"그런데 얘가 화를 안 내는 거야. 그냥 웃고 말거나, 아니면― 무시하거나. 그러니까 나도 더 오기가 생기더라고. '이 자식이 화난 걸 꼭 봐야겠어'라고 결심했으니까. 와, 지금 생각해도 나 진짜 제정신 아니네."

'그러네.'

레사는 에릭의 말에 마음속으로 동의했다.

"그런데, 그날은 진짜 그냥 지나가면서 별거 아닌 말을 던졌거든. 네 외숙부 꼭두각시니까 좋냐, 뭐 그런 거였나? 잘 기억도 안나. 그런데 말이야ㅡ"

에릭이 히죽 웃었다.

"프레이스가 단숨에 내 멱살을 잡고 벽으로 밀어붙이더라, 사실 좀 놀랐다. 말랐었는데 힘은 진짜 좋더라고. 내가 살짝 들렸다니까? 뒤통수도 제대로 벽에 부딪치고ㅡ 하여간 그래서 당황하고 있는데, 그 눈이ㅡ 와, 진짜 나 소름 돋았었어. 지금도 생각하면 봐 이렇게 소름이 오소소하고ㅡ 하여간 그러면서 말하더라고 '닥쳐, 개자식아.' 그리고 날 놓아줬지."

에릭은 소름이 돋은 팔뚝을 문질렀다. 그때 프레이스의 눈은 뭐라고 설명하면 좋을까? 사랑을 받고 자랐던 에릭은 단 한 번도 본 적이 없는 눈이었다.

에릭의 인생이 완전히 망가지지 않는다면, 그는 그런 눈을, 얼굴을, 절대 할 수 없을 것이다. 그리고 사람은 본래 자신에게 없는 것에 끌리기 마련이다. 어두운 것이라도 매력은 있는 법.

"그때 '어라? 이놈 봐라?' 하고 마음을 바꿨지. 그리고 진짜로 '아, 주군으로 삼을 만한데?' 하고 생각하게 된 건, 그 뒤에 내가 엄청 큰 실수를 했거든. 프레이스는 내가 그 실수를 한 현장에 있었고, 원한다면 날 얼마든지 엿 먹일 수도 있었는데, 그냥 덮어 주더라고. 그때 뭐랄까. 아, 이 사람은 괜찮겠구나? 감이 왔어. 절대로 감정적으로 치우치지 않고, 공사를 구별하겠구나…… 하는 그런 거."

에릭이 어깨를 으쓱했다.

"이게 내가 프레이스를 어떻게 만났는지 하는 이야기야."

"살아 있는 게 용하시네요— 아니, 용하네."

그 말에 에릭이 크게 웃었다. 레사는 이 불곰 같은 사내가 마음에 들었다. 그래서 그녀는 크게 숨을 들이마시며 생각했다. 그가 프레이스를 사랑하는 거라면, 도와주자고.

에릭은 레사가 그런 생각을 하는 줄은 몰랐다. 에릭은 단지 '친구의 이야기를 잘해서, 점수를 따두자.' 하는 생각을 하고 있었다.

"그 뒤로 검을 배웠는데— 어, 진짜 가차 없이 굴렸어."

그 말에 레사가 눈을 끔벅였다.

"에릭이 직접 가르친 거야?"

"어, 처음에는 아버지가 가르치다가 기본이 잡히고 나서는 내가 가르쳤지. 굴리고, 잘 먹이고? 그랬더니 저렇게 순식간에 자라서……."

에릭은 신음을 내뱉었다. 그래 봐야 키 188cm에 몸무게는 90kg이 훌쩍 넘을 거한이 하는 말이니 왠지 우습게 느껴졌다. 에릭이 종횡으로 진짜 곰처럼 굵직한 몸매였다면, 프레이스는 그보다는 훨씬 날씬한 몸이었던 것이다.

'그래 봐야 나보다는…….'

레사는 에릭이 자신을 꽉 끌어안으면 짜부라트려서 죽일 수 있을 거라는, 끔찍한 상상을 한 번 해 보았다. 에릭이 이어 말했다.

"게다가 저 자식은 천재라서."

그의 뺨이 불퉁해졌다. 레사가 의아한 얼굴로 에릭을 보았다가 깨달았다.

검이라는 것은 아주 어렸을 때부터 수련해 오는 것이다. 레사 자신도 어릴 때부터 수십 번이나 죽음의 고비를 익히며 기술들을 익혀왔다.

허나 프레이스가 검을 수련하기 시작한 건 아마―

"그러면 십 대 중반부터 검을 익힌 거지?"

"어, 그런데 일 년 만에 날 죽일 뻔했어."

쯧 하고 에릭이 혀를 찼다. 그때를 생각하면 등골이 오싹했다. 정말로, 프레이스에게 죽을 뻔했다. 그리고 자신 역시 프레이스를 죽일 뻔했다. 그렇지 않으면 도무지 상대가 되지 않았던 것이다.

"검을 빼 들면, 죽이지 않으면 안 된다고 들었어."

"맞아, 인간을 진짜 증오하니까."

에릭이 씁쓸하게 웃었다. 레사가 저도 모르게 말했다.

"하지만 그건 괴롭겠지."

"응, 그렇겠지."

에릭은 프레이스가 증오하지 않는, 유일한 인간을 빤히 보았다.

"네가 나타나서 다행이야. 진짜로, 행운의 신께 소 두 마리를 바쳤다."

"그게 뭐야."

레사는 실소가 흘러나왔다. 에릭이 진지하게 말했다.

"아니, 진짜로. 모든 사람을, 자기 자신까지 미워하면서 사는 건 분명히 쉽지 않은 일일 테니까."

그 말에 레사의 얼굴에서도 실소가 사라졌다.

"사실 나도 프레이스를 만나서 다행이라고 생각해."

"그래?"

"응."

레사는 아무에게도 하지 못했던, 과거의 이야기를 떠올렸다. 그걸 프레이스에게 말했다. 그의 품은 따뜻하고, 안전하게 느껴졌다.

쿵쿵—

'어랏?'

레사는 심장께를 붙잡았다.

"레사?"

"아니, 갑자기 심장이…… 아니, 괜찮아."

"아직 몸 회복이 덜 된 거 아냐?"

에릭이 걱정스럽게 물었다. 레사는 고개를 흔들었다.

"아니, 괜찮은데."

"몸조심해."

"응."

레사는 고개를 끄덕였다. 에릭이 다시금 강조했다.

"이상 있으면 바로 말하고."

"알았어. 내 몸은 내가 잘 알아."

"그런 말 하는 놈이 가장 제 명에 못 사는 거야. 치료사랑 정기적으로 만나라고."

그 말에 레사는 픽 웃고 고개를 끄덕였다. 그걸 보며 에릭은 한 가지를 깨달았다.

'프레이스도 그렇지만, 이 녀석도.'

표정이 훨씬 더 풍부해졌다. 인상도 좀 더 밝아진 것 같고.

'좋은 변화는 좋은 거지. 서로 좋은 영향을 주고받는 건 더 좋고.'

"좋네."

"……?"

의아한 레사의 표정을 무시하고 에릭은 히죽 웃었다. 대답 대신 그는 마차 밖을 내다보지도 않고 말했다.

"도착했다."

그 말대로 곧 마차는 멈춰 섰다. 문이 열리고 레사가 내리자 에릭이 따라 내리며 물었다.

"안 궁금해?"

"뭐가?"

"어떻게 도착한 걸 알았는지?"

"바퀴 소리가 다르니까."

황궁 안은 매끄럽게 다듬은 돌을 맞물려 깔아 놓아 절대로 마차가 흔들리거나 튀지 않는다. 에릭이 "에이, 시시하게." 하고 웃었다. 그가 말했다.

"난 이제 저쪽으로 가니까, 나중에 보자."

"수고해."

"어, 너도."

에릭은 곧 제1근위기사단 쪽으로 향했고 레사는 성안으로 들어갔다. 여전히 사람이 적은 궁이었다. 시녀들은 레사에게 공손히 고개를 숙여 인사해 보였다.

레사는 그녀들에게 마주 인사하며 안으로, 안으로 들어갔다. 이제 궁의 구조에는 익숙했다.

"실례합니다. 레사 알반입니다."

레사는 황자의 집무실을 가볍게 노크하며 말했다. 안에서 뭔가 우당탕하는 소리가 들렸다. 그리고 잠시의 침묵.

"······들어와."

레사는 문을 열고 들어갔다.

"오랜만입니다."

"그러네."

프레이스는 레사 쪽은 바라보지도 않고 대답했다.

‘일이 많으신가?’

레사는 그렇게 생각하며 조용히 프레이스의 뒤에 가서 섰다. 프레이스는 아무 말 없이 일하다가 드르륵 서랍을 열었다.

탁—

서랍 안에서 프레이스가 꺼낸 건 작은 상자였다. 프레이스가 말했다.

"도로 가져가."

의아해하며 레사는 상자를 열었다.

"아."

예전에 받았던 귀걸이였다. 화려하게 커팅 된 루비가 여전히 요염한 빛을 머금고 찬란하게 반짝이고 있었다.

"잘 받겠습니다."

레사는 사양하지 않고 귀걸이를 집어 들었다. 그녀는 오른쪽 귀에 귀걸이를 꼈다. 손으로 만지작거리자 여전히 테슬을 부드러웠다.

프레이스는 슬쩍 레사의 모습을 훔쳐보았다. 귀걸이를 끼우기 위해서 살짝 고개를 기울이자 흰 목이 더 부각되어 보여서 프레이스는 다시 시선을 내렸다가 참지 못하고 다시 고개를 들었다.

"이상하게 끼워졌습니까?"

프레이스의 시선에 레사가 묻자 프레이스는 고개를 저었다. 테슬이 살짝 그녀의 목가를 간지럽혀 저도 모르게 미소 짓고 레사는 조용히 다시 프레이스의 뒤로 물러났다.

프레이스는 슬쩍 자신의 반지를 바라보았다.

귀걸이 하나는 레사를 주고, 하나는 루비만 빼서 다시 반지로 세공하라고 말해 뒀다. 돌아오니 반지가 완성되어 있었다.

그러니까 레사의 것과 한 쌍인 셈이었다.

충동적이었지만 가장 잘한 결정이라고 프레이스는 생각하며 끼워진 반지를 가볍게 만지작거렸다. 백금으로 만들어진 반지는 매듭 모양으로 세공이 되어 있었고 그 가운데 루비가 빛나고 있었다.

슬그머니 오른손 네 번째 손가락에 끼운 반지는 아름다웠다. 프레이스는 다시 펜을 붙잡았다. 여기에 반지를 낀 것을 레사가 알아줬으면 싶기도 했고, 그냥 몰랐으면 싶기도 했다. 또 이 루비가 그의 것과 한 쌍이라는 것을 알아줬으면, 동시에 몰랐으면.

자신의 마음을 자신도 모르겠다고, 프레이스는 몇 번째인지 모를 말을 되뇌었다.

레사는 품에서 에릭이 건네준 편지를 꺼냈다. 겉봉을 뜯고 안의 내용을 살피며 레사는 빠르게 답장을 해 줘야겠다고 생각했다.

걱정을 하지 않는 것처럼 썼지만, 그녀가 레사를 걱정하고 있다는 것은 충분히 알 수 있었다. 평소보다도 더 명랑하게, 잘 지내고 있다고 쓴 것이 눈에 들어왔다. 프레이스는 힐끗 레사를 돌아보았다. 레사가 편지를 내렸다.

"미나에게서?"

"네."

레사의 입꼬리가 풀어진 게 보였다.

불만.

부글부글 불만과 짜증이 프레이스의 내면에서 치솟아 올라왔다. 마치 끓어 넘치는 진흙탕 같다고 프레이스는 생각했다.

"언제 한번."

말이 한 번 끊어졌다. 프레이스는 헛기침을 하고 말했다.

"언제 한번 볼까?"

"미나를 말입니까?"

레사가 눈을 휘둥그레 떴다. 프레이스가 고개를 끄덕였다.

"그래. 그, 네 소중한 사람이라고 하니까 말이야."

'소중한' 이라는 단어가 저도 모르게 비아냥거리게 나올 것 같았다. 하지만 다행히도 그렇게 들리지는 않았다.

"미나는 그냥 평범한 소녀입니다. 황자님과의 만남은 무리일 것 같은데요."

레사가 뒤로 슬쩍 뺐다. 정말로 미나에게 "황자님이 널 만나자고 하신대." 같은 말을 했다가는 그 자리에서 기절할지도 모른다. 만나러 와서 부들부들 떠는 것 역시 눈에 선했다. 게다가 무엇보다도, 그녀를 황실과 연루시키고 싶지 않았다.

평범한 게 제일이라고 생각하고 있는 레사였다.

"그렇게 소중해?"

툭 프레이스의 입에서 날카로운 목소리가 흘러나왔다.

"네?"

"미나 말이야. 그렇게 꽁꽁 숨기고 보여주기 싫을 정도로 소중해?"

"소중합니다."

레사는 흐트러지지 않고 진지하게 말했다.

"그렇게 소중하다니까 더 만나고 싶은데?"

프레이스의 목소리에 빈정거림마저 섞이자 레사는 의아해졌다.

"왜 그렇게 화가 나셨습니까?"

그 물음이 자신의 치부를 정면으로 지적하는 것 같아 프레이스는 울컥했다. 부끄러웠다. 그리고 화가 났다.

동시에 레사 역시 똑같이 상처 입히고, 흔들고 싶고 싶다는 욕구.

'하지만…….'

그렇게 군다면 자신은 자신에게 달라붙었던 놈들이랑 똑같아지는 것이다. 그것만은 절대 싫었다.

프레이스는 호흡을 가다듬고 낮게 말했다.

"그냥 나에게 그 애를 감추고 싶어 하는 것 같아서 화가 났어."

"미나를 프레이스에게서 감추고 싶은 게 아닙니다. 할 수만 있다면 모든 위험에게서 그러고 싶은 거지요."

"내가 위험인물인가?"

"제가 지금까지 당한 바에 의하면, 프레이스가 위험인물이라기보다는, 주변 환경이 그렇지요."

그 말에 프레이스는 "지금 비꼬는 거야?" 하고 레사를 보았으나 여전히 그녀는 담담했다.

'하긴 비꼬는 사람이 아니지.'

레사는 언제나 솔직했다. 레사가 슬쩍 손을 뻗었다. 핑거리스 건틀릿을 낀 그의 손가락이 자신의 이마를 짚는 것을 프레이스는 눈을 가늘게 뜨고 받아들였다.

"잠은 잘 주무셨습니까?"

"내가 날카로운 게 잠 때문이라고 생각하는 건 너무 단순한 거 아냐?"

여전히 말은 뾰족하게 나왔다.

"잘 먹고, 잘 잔다면 문제는 가벼워지지요. 무슨 안 좋은 일이 있으십니까?"

프레이스는 그 말에 살짝 입술을 벌리고 레사를 보았다. 이런 질문은 절대로 하지 않는 것이 레사였다. 레사는 자신과 거리를 두었고, 한 번도 사적으로 널 알고 싶다고 한 적도 없었다.

"당신의 고민을 이야기해 보세요, 뭔가 문제가 있나요? 기분이 안 좋아 보이는데 무슨 일이에요?" 같은 질문을 레사는 절대로 던지지 않았다. 그래서 레사가 좋았고, 그래서 괴로웠다.

그런데 지금 레사는 자신의 눈을 보면서 질문을 던지고 있는 것이다. 당신에 대해서 알고 싶다고, 무슨 일이 있는 거냐고.

'지나친 확대해석일지도 몰라. 레사는 그냥 물어본 건데, 나 혼자 마음대로 망상하고 있는 걸지도 몰라.'

그렇지만, 그때 자신들의 묘한 유대감은, 그 지하 감옥에서 뭔가가 생겼다고 생각하는 것이 혼자가 아니라고 생각되니 안도가 되었다. 그러면서 한없이 그의 질문이 달콤하게 느껴졌다.

"그냥……."

프레이스는 말을 얼버무렸다. 레사가 손을 떼려고 하는 것이 느껴져 프레이스는 화급히 말했다.

"쓰다듬어 줘."

레사는 눈을 끔벅였고 프레이스는 혀를 깨물고 싶은 심정이 되었다.

'쓰다듬어 줘가 뭐야! 쓰다듬어 줘가!'

그에게는 멋진 모습을 보여 주고 싶은데 진짜 창피하다, 진짜 부끄럽다.

할 수 있다면 이 자리에서 폭삭 사라지고 싶다. 하지만 레사는 되묻지도 않고 다시 손을 뻗어 왔다.

사락사락—

레사의 손이 부드럽고 정중하게 머리를 쓰다듬기 시작했다.

"항상 생각하는 거지만—"

레사가 운을 뗐다. 프레이스의 눈이 슬쩍 그녀를 바라보았다. 레사가 진지하게 말했다.

"만질 때마다 머릿결이 좋아서 감탄합니다. 아마 길러서 땋으신다면, 안 땋아질 것 같네요."

"왜?"

"미끄러져서 흘러내릴 것 같거든요. 너무 부드러우니까."

다시 금색으로 돌아온 그의 머리칼이 햇살에 반짝반짝했다. 레사는 눈이 부셔서 눈을 가늘게 뜨고 싶은 기분이 되었다.

머리를 쓰다듬는 행위 역시 묘한 만족감이 있었다. 손가락은 외부로 드러난 곳 중에 신경이 가장 많은 부분이고 그만큼 민감하다. 그 손가락 사이로 풍성하고 긴 머리카락이 엉킴 없이 부드럽게 쓰다듬어지는 것은 기분 좋았다. 마치 값비싼 모피를 쓰다듬는 것 같은 충족감이었다.

프레이스는 머리카락 하나하나에 전부 감각이 있는 것처럼 느껴졌다. 레사의 손가락이 가늘고 날씬하다든가, 쓰다듬는 손길이 매우 부드럽다든가, 두피를 스칠 때 약간의 짜릿함까지.

한참 쓰다듬다가 레사가 물었다.

"더 쓰다듬을까요?"

그 말에 프레이스는 퍼뜩 정신이 들었다.

"어, 응. 아니, 아니, 괜찮아."

레사는 손을 뗐다. 프레이스가 머리카락을 쓸어 넘겨 정돈하며 말했다.

"고마워."

"아닙니다. 이 정도는 얼마든지."

"그러면 평생, 머리를 쓰다듬게 할까?"

레사가 고개를 갸웃하고 말했다.

"상관이야 없지만, 대머리가 될 가능성도 높지 않을까요?"

"어?"

"머리카락에 지속적인 자극을 주니까 말입니다."

프레이스의 얼굴이 일그러졌다.

"넌 진짜—"

그러다가 프레이스는 레사가 희미하게 웃고 있는 걸 보고 입을 다물었다.

'아, 그러니까 지금.'

"농담입니다."

'역시.'

레사의 표정에 프레이스는 심장 안쪽이 꽉꽉 조여 오며 저릿해지는 걸 느꼈다. 그는 불퉁하게 대답했다.

"네 농담 다 이상해."

"그런가요."

"그래."

진지하게 농담하는 법을 배워볼까 하고 레사는 고민에 잠겼다. 프레이스는 다시 의자를 돌려서 서류 앞으로 돌아갔다.

레사는 벽에 기대어 섰다. 사각사각 움직이는 프레이스의 손을 바라보며 그녀는 팔짱을 꼈다.

'조금 더 쓰다듬어도 좋았는데. 그나저나 손 진짜 예쁘다.'

곧고 쭉 뻗은 손가락이었다. 굳이 말하자면 검을 잡는 손이라기보다는, 악기를 연주하는 게 더 어울릴 것 같았다. 레사는 팔 안의 자신의 손가락을 꼼지락거렸다.

이리저리 흉터가 가득한 손이었다. 어렸을 때부터 약물이나 암기를 다뤄왔으니 당연한 것이다. 왼쪽 새끼손가락은 살짝 휘어 있었다. 부러졌다가 잘못 붙어서 그랬다. 손만 봐도 그와 자신의 차이를 여실히 보여 주는 것 같았다.

'왠지 바보 같아.'

자신이 그를 특별한 사람이라고 생각을 한다고 하더라도, 뭘 해 줄 수 있겠어?

프레이스가 듣는다면 '곁에 있어 주는 것만으로도 충분해.'라고 하겠지만, 만약 그 말을 들어도 레사는 만족하지 못할 터였다.

'내가 뭘 해 줄 수 있을까?'

레사는 고민했다.

그러는 사이 날짜는 훌쩍 지나갔다.

평온한 날이 이 주쯤 이어지자, 레사는 월급을 받는 자신이 사기꾼 같다는 생각이 들 정도였다. 주말에 만난 미나는 세상에서 가장 즐거운 여름방학이었다고 조잘거렸다.

미나가 다시 아카데미로 돌아가고 나자, 여름도 끝물이 다다랐다.

                    *   *   *

따끈따끈한 햇빛을 받으며 레사가 소파에서 눈을 감고 있었다. 그가 선잠을 자고 있다는 걸 이제 프레이스는 잘 알았다. 고양이마냥 햇빛을 즐기는 모습은 보기만 해도 즐거웠다.

하지만 오늘은 할 이야기가 있었다.

프레이스는 주머니에서 목걸이를 꺼내어 레사의 얼굴 쪽으로 떨어트렸다. 레사가 휙 눈을 떴다. 그의 바로 눈앞에서 은색 펜던트가 춤추듯 짤랑거렸다.

"뭔가요?"

"레사를 호위로만 두기가 아까워서."

그 말에 레사는 펜던트를 받아 들며 상체를 일으켜 세웠다. 이제 레사는 능숙하게 글을 읽을 수 있었기에 거기에 쓰여 있는 글자도 알아보았다.

기본적으로 레사가 차고 있는 펜던트와 다른 점은 없었다. 단지 호위기사라는 단어에서 호위가 빠지고 [기사/전령] 이렇게 적혀 있는 것이 다를 뿐이었다.

"전령입니까?"

레사는 고개를 들어 프레이스를 보았다. 그가 고개를 끄덕였다.

"서류라든가, 말이라든가, 다른 부서에 전해 주는 일이야."

"알겠습니다."

레사는 고개를 끄덕였다. 요즘은 하는 일이 없으니 이런 일을 하는 것도 상관없었다. 없기는 했는데―

"그럼 더 이상 호위는 아닌 건가요?"

"아, 그거 말인데. 한 가지 시험해 보고 싶은 게 있어서."

"시험이요?"

"응. 하지만 레사하고는 아니고, 에릭이랑?"

"뭘 시험해 보려고 하십니까?"

뭘 하려는지는 모르겠지만, 그것과 자신이 호위가 아닌 것은 무슨 상관인 걸까?

"성공하면 레사의 호위 일은 절반으로 줄여 줄게."

"절반이요?"

"아침에 출근해서 저녁이면 퇴근하는 걸로?"

프레이스는 싱긋 웃었다.

"물론, 그래도 나와 같이 묵어야 한다는 건 변함없지만."

프레이스의 목적은 단순했다. 레사와 항상 함께 있는 것은 즐거웠다. 즐거웠지만, 항상 공적인 시간이라는 건 좀 거슬렸다.

그래서 그에게 사적인 시간을 만들어 주고, 사적인 시간에 그와 어울리고 싶었다. 레사 입장에서는 "아니, 일 끝나고 직장에 있는데 그게 퇴근인가요?" 하겠지만 말이다.

'음. 전령은 24시간이고, 호위는 12시간이라는 말인가.'

'일을 하나 더 부려 먹으니 하나는 빼주겠다는 이야기인가.'

하고 레사는 고개를 끄덕였다. 그 시험이 뭔지 모르겠지만, 성공

하지 못한다 하더라도 어차피 둘 다 하루 종일 황궁에서 묵어야
한다는 소리다.

"알겠습니다."

"응."

프레이스는 싱긋 웃었다. 레사는 저도 모르게 그를 뚫어져라
보았다가 시선을 돌렸다.

'요즘 달라졌어.'

예전같이 날카롭고 사나운 분위기가 많이 사그라졌다. 웃는
모습도 많아졌고. 게다가—

'묘하게 피하는 것 같다가도, 갑자기 확 들이받기도 하고.'

뭔가 달라진 것 같기는 한데, 그게 뭔지 알 수가 없는 테레사
였다.

노을이 천천히 질 무렵, 에릭이 찾아왔다.

"뭐 말할 거 있다면서? 안녕, 레사."

레사는 가볍게 묵례했다. 프레이스가 턱을 괴고 에릭에게 말
했다.

"대련하자."

그 말에 에릭이 뚫어져라 프레이스를 보다가 말했다.

"나 아직 안 죽고 싶은데."

"안 죽일 거야."

"물론 그렇겠지."

"아니, 진짜로. 그럴 수 있을 것 같아서, 해 볼까 하고."

"그래서 그 상대가 나야?"

"그럼 윈스턴을 시키리?"

"아―"

"걱정 마. 다치면 바로 마법으로 고치면 되니까."

"그 감각도 진짜 싫다고."

쯧, 하고 에릭은 혀를 찼다. 마법으로 몸을 고치는 감각은 정말로 기묘했다. 방금 전까지 뼈가 부러지고, 폐가 꿰뚫려서 피를 뱉어내며 고통에 몸부림치는데, 그 모든 게 한순간에 나아 버린다. 기적이라는 수식이 딱 어울리는 회복이었다.

하지만 에릭은 개인적으로 그게 싫었다. 그런 일을 두세 번 겪으면, 부상을 아무렇지도 않게 생각하게 된다. 부상이 두렵지 않으면, 몸이 둔해진다.

'하지만……'

정말로 프레이스가 검을 들었을 때, 사람을 죽이지 않게 되었다면, 확인해 보고 싶었다.

"알았어."

에릭이 팔짱을 꼈다.

"해 보자고."

"레사."

프레이스가 일어나며 레사를 불렀다.

"네."

"나도, 에릭도, 죽지 않게 잘 봐."

농담인지 진담인지 하는 말에 레사는 진지하게 대답했다.

"잘 보겠습니다."

이 황자 개인 연무장은 넓고 깔끔했다.

요즘은 프레이스뿐 아니라 레사도 이 연무장을 종종 이용하고 있었다. 외부에 절대로 보일 리가 없고, 넓다는 것이 최대 장점이었다.

깨끗하게 다듬어진 사방형의 연무장은 맨바닥이었다. 연무장 바닥을 돌로 만드는 경우도 있는데, 레사는 맨바닥이 훨씬 좋았다. 사방에는 횃대가 놓여 있어서, 한밤에도 얼마든지 연습을 할 수 있었다. 한밤에 연무하는 경우는 많지 않지만 말이다.

에릭과 프레이스는 서로 마주 보고 섰다. 둘 다 긴장한 듯이 입매가 딱딱해져 있었다. 에릭은 불안한 얼굴로 한 번 프레이스의 손에 들린 검을 보고 자신의 검을 빼 들었다. 프레이스는 검집에서 검을 빼내고 검집을 뒤쪽으로 휙 던졌다.

레사는 중간에 섰다. 무슨 일이 생기면 강제로라도 사이에 끼어들어서 죽지 않게 하겠다고 굳게 결심하며 말이다.

"시작 신호해 줘."

프레이스의 말에 레사는 고개를 끄덕이고 적당히 거리를 띄우고 물러났다.

"준비—"

에릭은 검을 곧추세웠다. 프레이스는 크게 호흡했다.

'죽이지 않을 거야.'

"시작."

레사의 말이 떨어지기가 무섭게, 둘은 간을 보는 맴돌기도 없이 전력으로 부딪쳤다. 굳이 말하자면 부딪쳐 온 것은 프레이스 쪽이었고, 에릭 역시 기세에 밀리지 않으려고 마주 검을 휘두른 것이었다.

검격이 빠르게 오고 갔다.

덩치도, 힘도 상당한 두 사람의 대련이다 보니, 박진감이 넘쳤다. 레사는 눈을 가늘게 뜨고 두 사람을 보았다.

'스피드는 프레이스 쪽이, 힘은 에릭 쪽인가?'

에릭이 프레이스보다 10kg은 더 나갈 것처럼 보이니까, 힘도 차이가 날 것이다. 하지만 프레이스 역시 만만치 않았다.

약간의 차이 정도야 문제도 되지 않는다는 듯이, 프레이스는 계속 에릭을 밀어붙였다.

'이 자식이 안 죽인다면서!'

에릭은 수비에서 공세로 방향을 전환했다. 이대로 당하고만 있을 수는 없었다. 폭주하는 아드레날린이 둘의 신경계를 끊임없이 자극했다.

중간중간 레사가 손끝을 움찔할 만큼 아슬아슬한 공방이 이어졌다. 프레이스의 검 끝이 아슬아슬하게 에릭의 눈두덩을 스쳤다.

"쯧."

에릭이 혀를 차고 상체를 살짝 뒤로 빼며 프레이스의 검 끝을 탕 하고 치듯이 밀어냈다. 튕겨진 프레이스의 검이 작은 원을 그리며 다시 제자리로 돌아왔다.

키키킥—

검의 날과 날이 부딪쳐 힘겨루기를 하며, 불꽃이 튀었다가 다시 두 사람의 검이 떨어졌다. 프레이스는 검을 꽉 쥐었다. 손아귀가 저릿저릿했다.

죽여야지.

눈앞의 인간을.

프레이스는 이를 드러냈다. 짜증이 치솟았다.

인간 같은 것, 인간 따위.

"프레이스."

그 복잡한 심사와 심경을 뚫고 상쾌한 목소리가 들려왔다. 아니, 누구의 목소리인 줄 아니까 그렇게 들리는 거겠지. 순식간에 머릿속의 열이 식었다.

'눈앞의 상대는 에릭이야. 죽여서는 안 돼.'

프레이스는 그렇게 생각하며 호흡을 가다듬었다.

에릭 역시 그걸 느꼈다.

'눈이 멀쩡하게 돌아왔네.'

그래도 공방은 역시나 아슬아슬했다. 실전형 대련을 이야기한다면 교본이 될 만한 대련이었다. 스텝과 스텝이 교묘하게 엉키고, 검이 붙었다가 떨어지기를 반복했다.

레사는 감탄했다.

'저 정도의 경지에 이르려면 얼마나 해야 하는 걸까?'

둘 다 마스터라는 칭호를 가져도 될 정도로 검에 능했다. 레사는 살짝 억울한 기분도 들었다.

'나도 이것저것 익히지 않고 집중했더라면…….'

그러나 곧 고개를 저었다. 검술만 팠다면 아마 프레이스와 에릭의 상대가 되지 못했을 것이다.

체(體)와 기(技).

둘 다 중요하지만, 전자에서 압도적인 차이가 나 버리면 후자로 채우는 것에는 한계가 있었다. 그 한계를 레사는 여러 가지 기술을 동시에 응용하는 걸로 메우고 있는 거고.

'하지만 이런 걸 보는 건 좋지.'

좋은 대련은 보는 것만으로도 좋은 경험이 된다. 이 정도 수준의 대련을 보는 건 어려운 일이이라.

레사가 그런 생각을 하는 사이에도 둘은 멈추지 않고 계속 움직였다.

휙휙 허공을 가르는, 가슴마저도 서늘해지는 진검의 파공성이 선명하게 들려왔다. 에릭의 턱을 타고 땀이 뚝 떨어졌다.

조금씩 밀리고 있다.

에릭도, 프레이스도, 레사도, 그걸 알 수 있었다.

만약 옆에 일반 기사가 와서 보고 있었다면 '둘이 비슷하네요.'라고 말했을 테지만, 셋은 일반 기사의 수준은 뛰어넘은 강자들이다.

"으합!"

에릭이 기합을 내기 시작했다.

텅ㅡ!

프레이스는 손이 저릿한 걸 느끼며 눈을 찌푸렸다. 대련이 길어져 봐야 유리하지 않다는 걸 깨달은 에릭이 총력으로 공격해 오기 시작한 것이었다.

한 합, 두 합.

이제 반대로 프레이스가 뒤로 물러났다. 아무래도 힘으로는 에릭을 이길 수 없었다.

다음 순간, 에릭이 전력으로 검을 휘두르고 프레이스 역시 검을 맞부딪친 그 순간에 에릭의 자세가 무너졌다. 마주 올 줄 알았던 프레이스의 검에서 힘이 확 빠진 것이다.

힘이 지나쳤던 에릭은 틈이 생겼고 프레이스는 그 틈을 찔렀다.

에릭은 숨을 몰아쉬다가 검을 바닥에 떨어트렸다. 정확히 목젖 앞에서, 프레이스의 검이 멈춰 있었다.

"졌어."

프레이스는 천천히 검을 내렸다. 손끝이 부들부들 떨렸다. 검을 내리는 순간 상대가 자신을 덮칠 것 같은, 이유 모를 두려움이 밀려왔다.

"프레이스."

레사가 냉큼 다가오며 프레이스의 손에서 검을 빼어내려 했지만, 그는 검을 꽉 쥐었다. 마치 누가 검을 빼앗아 가면 당장 자신의 목이 날아갈 것처럼. 레사는 갸웃하고 다른 손으로 그의 손등 위를 덮었다. '이제 괜찮습니다.' 하고 말하듯 말이다. 그러자 거짓말처럼 힘이 빠졌고, 레사는 그의 손에서 스르륵 검을 빼내어 날을 살폈다.

"이거 수리해야겠네요."

에릭이 "아!" 하고 바닥에 털썩 앉았다.

"또 졌어!"

그제야 프레이스의 어깨에서 긴장이 풀렸다. 그가 희미하게 웃고 말했다.

"넌 잘 안 풀리면 힘으로 누르려는 버릇이 꼭 나오니까."

"어라? 그런가?"

"그래. 그쪽으로 자신이 있는 건 알겠는데, 좀 더 기술을 키우는 게 어때?"

"아— 내가 검을 가르쳤던 놈이 나에게 잔소리를 한다."

"이제 내가 더 잘하니까."

프레이스가 어깨를 으쓱했다.

"아아, 재수 없어. 천재는 재수 없어."

레사가 검을 검집에 넣은 뒤에 쪼르르 달려가 준비해 온 물통을 두 사람에게 건넸다. 에릭은 벌컥벌컥 찬물을 들이켰다.

"크아— 시원하다. 아, 그래도 좋다. 이렇게 전력으로 싸워 본

거 오랜만이야. 게다가 진짜로 날 죽이지도 않았잖아?"

히죽거리며 에릭이 말했다. 프레이스는 아직도 희미하게 떨리는 손을 쥐었다가 펴 보며 고개를 끄덕였다.

그럴 수 있을 거라고 생각했지만, 진짜로 괜찮았다. 죽이지 않고 끝낼 수 있었다.

"에릭."

"응?"

"몇 번 더 상대해 줘."

"우와, 날 죽이려고!"

호들갑을 떨면서도 에릭은 순순히 자리에서 일어났다.

둘의 대련은 한참을 이어졌다. 오랜만에 연무장의 모든 횃대에 불이 들어왔다. 어둠 속에서 일렁이는 그림자는 싸움을 어려워지게 만든다. 더군다나 서로를 해치지 않아야 하는 대련이라면 더욱 까다로워지기 마련.

그런 상황에서도 둘은 계속해서 대련을 했고, 결국 먼저 손을 든 것은 에릭 쪽이었다. 완전히 땀범벅이 된 에릭은 투덜거리며 땀으로 미끈거리는 건틀릿을 벗어던졌다.

"이제 지쳤어."

프레이스 역시 피곤했다.

"나도."

"아— 땀범벅이야. 찜찜해."

"목욕하시겠습니까? 물을 준비하라고 일러둘까요?"

레사의 물음에 에릭은 프레이스를 힐끗 보았고 프레이스는 고개를 끄덕였다. 레사가 픽 웃고 말했다.

"목욕물 준비가 전령으로서의 제 첫 임무로군요. 그럼 다녀오겠습니다."

레사는 빠른 걸음으로 사라졌다. 그 늘씬한 뒷모습을 바라보다가 에릭이 물었다.

"전령?"

"응, 오늘부터."

"갑자기 전령은 왜?"

"레사의 안면을 익히게 하려고."

"그래서?"

"글쎄, 그다음은 나도 잘 모르겠어. 하지만 레사는 여러 번 내 목숨을 구하기도 했고, 준남작으로 끝내기에는 여러모로 아깝지. 우선 내 신하로서 확실히 안면을 익히게 할 거야. 그리고 그 다음을 생각하지, 뭐."

"으음― 프레이스."

"왜?"

"레사는 총희가 아냐."

허탈하고 짧은 웃음이 프레이스의 입에서 터져 나왔다. 그가 말했다.

"날 바보로 알아?"

"첫사랑에 휘둘러서 가신을 총애하는 남자로 보이냐고 묻는 거냐면, 지금 그렇게 봐야 하나 생각하고 있어."

상당히 날카로운 말이었다. 프레이스는 그런 에릭을 힐끗 보았다가 말했다.

"그런 거 아냐."

"그렇게 보이는데?"

프레이스는 한숨을 내쉬고 자리에 털썩 앉았다. 에릭과 눈높이를 맞추고 프레이스가 말했다.

"난 계속 레사를 옆에 둘 거다."

"그거 레사도 합의한 일이야?"

그 말에는 프레이스라도 움찔할 수밖에 없었다. 애초에 호위 계약은 3년이었다. 어째서 3년으로 정한 걸까? '0'을 하나 더 붙여도 좋았을 것을.

'아니면 정말로 평생 머리를 쓰다듬으라고 할 걸 그랬어.'

그런 생각을 하며 프레이스가 느리게 입을 열었다.

"아예 합의가 안 된 건 아니라고 생각해."

"흠?"

"지하 감옥에서 말이야, 비슷한 이야기를 나눴거든. 하여간 난 다른 사람이 레사를 얕보는 건 못 참아. 그 녀석 실력 이상으로 위치를 높일 생각은 아니지만, 내가 아낀다는 건 모두에게 알릴 거야."

프레이스의 눈가에 살기가 스쳤다.

"이전과 같은 일이 두 번 일어나게 두지 않아."

그 일이 뭘 말하는 건지, 에릭은 단박에 알아들었다. 자신의 기사단에서 있었던 집단 린치 사건이겠지.

"넌 레사의 존재가 나에게 어떤 의미인지 몰라."

"조금은 안다고 생각하는데⋯⋯."

그 말에 프레이스는 말해 보라는 듯이 턱짓했다. 에릭은 크흠하고 목소리를 가다듬고 말했다.

"어, 그러니까— 처음으로 만난 동지 같은 거 아냐?"

인간이라면 모두가 반한다. 반하고 나면 곧 자신에게 달려든다. 즉, 인간은 다 적이다.

그런 상황에서 평생을 살아왔는데, 처음으로 그러지 않을 사람이, 유일한 동지가 나타났다.

"적진에서 만난?"

슬그머니 덧붙인 단서에 프레이스가 고개를 끄덕했다.

"비슷하네."

에릭이 히죽 웃고 말했다.

"윈스턴이 그랬어."

"윈스턴이?"

"완전한 이해는 불가능하지만 공감은 할 수 있다고. 공감하면 어느 정도 이해는 가능하다고."

그러다가 에릭이 어깨를 움츠리며 말했다.

"어— 근데 네가 레사를 편애할 생각이면 윈스턴이 화낼 텐데."

윈스턴 베렛에게 '편애'라는 단어는 금기였다. 프레이스는 윈스턴의 이야기가 나오자 변명하듯 대꾸했다.

"일단은 전령을 시키는 것뿐이잖아."

"하긴 그건 또 그래."

에릭은 고개를 주억거렸다. 그는 슬쩍 자기 주군의 옆얼굴을 바라보았다.

'잘생기기는 잘생겼는데 말이야.'

"프레이스."

"어?"

"레사는 미나를 엄청 좋아하는 것 같아."

"나도 알아."

"그래도 뭐랄까, 난 너를 응원할 테니까."

에릭이 주먹을 쥐며 말해서 프레이스는 픽 실소를 흘렸다.

"그래?"

"그래. 뭐랄까, 너 잘생겼으니까 말이야. 어떻게 잘 꼬시면 되지 않을까?"

"……"

프레이스는 입을 다물었다.

자신도, 레사도, 건장한 남자다. 남자니까 레사에게 후사도 줄 수 없다. 애첩이라고 정식으로 나설 수도 없다. 하지만 사람들은 분명히 뒤에서 수군거리겠지.

자신이 레사를 사랑해서 줄 수 있는 건 아무것도 없었다. 돈과 권력? 차라리 레사가 거기에 집착을 한다면 그에게 큰 작위를 주고, 재물을 잔뜩 내려 주었을 것이다.

하지만 레사는 그런 욕심이 없었다. 오히려 도를 지나친 건 위험하다고 경계까지 했다.

'둘이니까, 외롭지 않을 거라고 했지. 그렇지만⋯⋯.'

레사는 이런 뜻까지는 아니었겠지. 좋은 친구가 될 거라는 말이었겠지. 그에게는 이미 짝이 있으니까.

'그러고 보니⋯⋯.'

프레이스는 미나에 대해서도 한 번 들어 봐야겠다고 생각했다. 어째서 레사가 그녀를 골랐는지 궁금해졌다. 미나의 어떤 점이 좋았던 걸까? 나도 그렇게 좋아해 줄 수 있을까?

약간의, 아주 미약한 희망을 품고 프레이스는 한숨을 내쉬었다.

저쪽에서 걸어오는 경쾌한 발걸음 소리가 들려와 둘은 서로 힐끗 마주 보았다. 지금 나눴던 이야기가 한 마디도 새어 나가지 않을 거라는 건 말하지 않아도 되었다. 곧 레사가 횃불 아래 모습을 드러냈다.

"도착하실 때쯤 물이 딱 준비되어 있을 겁니다. 가시죠."

"그래."

프레이스는 자리를 털고 일어났다. 에릭이 일어나며 앓는 소리를 했다.

"으으, 삭신이야."

"운동 부족 아냐?"

"너—"

에릭이 눈을 부라리며 프레이스를 노려보았다. 그리고 입맛을 다셨다.

'표정을 볼 수 있으면 좋은데.'

아무래도 딱 입 근처까지가 자신의 시야에 들어오는 한계였다. 그렇다고 해도 아주 가끔 눈이 마주치는 걸 피할 수 없기는 하지만.

에릭은 어슬렁어슬렁 발걸음을 옮겼다. 프레이스가 그 뒤를, 레사가 가장 배후를 맡았다.

동쪽 궁에 도착하니 레사의 장담처럼 딱 맞는 온도의 목욕물이 준비되어 있었다. 에릭이 물었다.

"레사도 같이 들어갈래?"

"사양하겠습니다."

"어어, 왜?"

"땀투성이 남자와 같은 욕조에 들어가는 취미는 없거든."

그 말에 에릭은 신음을 흘리며 말했다.

"그렇게 말하니까 나도 싫다."

"그지?"

"어."

고개를 끄덕이고 에릭은 욕실로 들어갔다. 어차피 동쪽 궁에 욕실은 한두 개가 아니다.

레사는 시종에게 에릭을 부탁하고 나와 프레이스의 욕실로 향했다.

벌써 들어갔는지 옷가지가 문 근처에 잔뜩 널브러져 있었다.

'정리하시는 습관은 전혀 없는 모양이야.'

그러고 보니 처음부터, 옷이며 물건이며 제자리에 두는 법이 없었다. 아무 곳에나 놓으면 제자리로 돌아가 있는 마법―인력을 동원한―을 쓰고 있으니 그렇겠지.

그래도 프레이스는 제 손으로 하는 일이 많으니 이 정도는 봐주도록 하자. 하고 레사는 멋대로 마음속으로 결정했다.

가볍게 문을 노크하고 레사가 물었다.

"물 온도는 괜찮으십니까?"

"응."

노곤해진 목소리가 욕실의 높은 천장에 부딪쳐 살짝 울려 전해져 왔다.

첨벙―

작은 물소리가 나더니 안에서 프레이스가 레사를 불렀다.

"잠깐 들어올래?"

레사는 손잡이에 손을 올리고 1초간 망설이다가 문을 열었다. 김이 자욱한 욕실 안쪽에 놓인 커다란 욕조에 프레이스가 앉아 있었다. 젖은 머리카락을 따라 물이 뚝뚝 떨어지는 게 보였다. 황자라기보다는 기사같이 꽉 짜인 날렵한 몸도 물에 젖어 대리석처럼 반짝였다. 하지만 몸 여기저기 희미한 흉이 있는 걸 레사는 놓치지 않았다.

"무슨 일이십니까?"

눈을 감고 있던 프레이스가 눈을 게슴츠레하게 뜨고 말했다.

"잘 것 같아서."

"네?"

"이렇게 피곤한 거 엄청 오랜만이야."

"그야 그렇게까지 대련을 하셨으니 당연하죠."

혼자서 하는 수련과 달리 대련은 정신적 피로도 상당하다. 육체와 정신 양쪽을 다 혹사시켰으니 피곤한 게 당연했다.

"물속에서 자면 익사할 것 같아서."

"그래서 대화를 통해 잠을 모면해 보시자는 거군요."

"그래."

프레이스가 어깨까지 뜨거운 물에 몸을 담그며 희미한 신음소리를 냈다. 그가 양손으로 얼굴을 문지르며 말했다.

"뭔가 이야기해 봐."

"뭔가……."

뭔가란 대체 뭘까? 하고 레사가 고민하는데, 프레이스가 그녀를 힐끗 보며 말했다.

"미나는 어떻게 만난거야?"

"미나는……."

레사는 고개를 갸웃했다가 벽에 어깨를 비스듬히 기대며 섰다. 이야기가 좀 길어질 듯해서였다.

"제가 라발렌도 성의 지하에서 했던 이야기를 기억하고 계십니까?"

"당연하지."

"블랙캣은 크지 않지만, 작다고도 할 수 없는 조직이었고, 저만큼 강한 사람도 있었습니다. 전 상당한 부상을 입었지요. 죽고 싶다고 생각하면서도 살고 싶었던 것 같습니다. 사람들이 있는 곳으로 기어왔으니까요. 비가 어마어마하게 오던 날이었죠. 그때 지하에 불을 질렀는데, 비가 와서 다행이었죠. 산불이 될 수도 있었으니까요."

레사는 그날을 지금도 뚜렷하게 기억했다.

아주 졸리고, 아주 피곤했다. 오히려 너무 피곤해서 추위를 잊을 정도였다. 이대로라면 죽는다는 걸 알지만 괜찮다는 생각이 들었다. 동시에 이런 잠 같은 죽음이라면 오히려 자신에게는 너무 과분한 거라고도 생각했고.

"그런데 절 둘러업은 사람이 있었습니다."

"상을 줘야겠군."

프레이스의 말에 레사가 피식 웃었다.

"제가 다 갚았으니까 안 그러셔도 될 것 같은걸요. 하여간 그 사람은 저를 한 집에 내려두고 떠났죠. 그 집에 있었던 게─"

"미나야?"

"미나도 있었습니다만, 그때는 어린아이였죠. 그 집에 있었던 건 유지니아와 미나였습니다."

등장하는 또 다른 여자의 이름에 프레이스의 얼굴이 대번에 찌푸려졌다. 그걸 숨기려고 프레이스는 괜히 물 세수를 몇 번 더 하며 말했다.

"계속 얘기해 봐."

"유지니아는 상냥하고 심지가 굳은 여자였어요. 뭐 억척스럽다고도 할 수 있었지만, 그런 점이 좋았죠. 그녀는 절 간호하고, 살려 주고, 살 의지도 주었어요. 그녀의 딸이 바로 미나랍니다. 그때 미나가 아홉 살이던가? 열 살이던가. 그랬지요."

프레이스는 묻지 않을 수가 없었다.

"……유지니아를 좋아했어?"

레사가 웃고 말했다.

"당연하죠. 그녀를 싫어할 사람은 없을걸요? 사실 더 괜찮은 남자를 잡아도 된다고 생각했는데—"

끙 하고 레사는 한숨을 내쉬며 고개를 저었다.

"남편을 보는 눈은 좋았다고 해야 할지, 나빴다고 해야 할지."

그 노알을 남편으로 맞았으니 말이다. 왜 하필 그인가.

레사가 속으로 한탄하는데 프레이스가 날카로운 목소리로 말했다.

"유부녀였군."

"그렇죠?"

프레이스는 쉽게 상상할 수 있었다. 자신을 간호해 주고 살려 준, 상냥하고 아름다운 여인—프레이스 머릿속 유지니아의 미모는 여신 수준으로 치환되었다—그리고 그 난봉꾼인 남편. 레사가 유지니아인지 뭔지를 사랑하게 되는 것도 당연했다. 하지만 레사는 저렇게 봐도 묘하게 상식이 있으니까 유부녀를 건들지는 않았겠지. 그리고 이제 그녀의 딸과 연애를 하고 있다.

'미나는 그녀의 대용품인 건가?'

그 생각을 떨칠 수가 없었다.

"유지니아와는 지금도?"

"아뇨."

레사의 얼굴이 어두워졌다.

"유지니아는 3년 전에 사망했습니다. 그때 유지니아와 약속했어요. 미나를 돌봐 주겠다고."

"그래서 그 애와 결혼하는 건가?"

저도 모르게 튀어나온 칼날 같은 목소리에 프레이스는 스스로 놀랐다. 레사 역시 놀라 퍼뜩 시선을 그에게 던졌다.

'결혼? 웬 결혼? 무슨 결혼?'

당황했다가 레사는 '아.' 하고 깨달았다. 그러고 보니 다들 미나와 자신이 연인 사이라고 생각하고 있지.

하지만 결혼이라니…… 그건 너무 나간 거 아닌가. 게다가 이 문답이라면 예전에도 한 적이 있다.

"전에도 말했다시피, 결혼은…… 생각 없습니다."

레사는 조심스럽게 말했다. 프레이스에게 거짓말을 하고 싶지 않았다.

"어째서?"

프레이스의 물음에 레사는 고개를 저으며 말했다.

"미나는 저보다 더 멋진 사람을 만날 자격이 있어요."

그 말에 다시 프레이스는 불퉁하게 내뱉었다.

"네가 어때서?"

"제가 좀 이상하다는 건 저도 잘 압니다. 그건 프레이스도 잘 알고 계시지 않습니까?"

"난 그 이상한 게 좋아."

프레이스는 말하고 나서 혀라도 깨물고 싶어졌다. 이런 고백은 하고 싶지 않았는데.

"그거 감사하군요."

다음 순간, 레사가 너무나도 가볍게 넘겨받아 프레이스는 "어⋯⋯." 하고 작게 중얼거리듯 대답했다.

그렇지. 레사가 자신의 '좋아.'라는 단어에 펄쩍 뛰듯이 반응할 리가 없다. 알고 있지만 못내 섭섭했다. 그런 프레이스의 마음을 알 리 없는 레사가 말을 이었다.

"미나는 영리하고 똑똑하니까, 어느 순간 제 보호는 필요 없다고 말하겠죠. 지금도 가끔 자신이 제 보호자가 된 듯이 굴거든요."

레사는 싱긋 웃고 벽에서 몸을 떼어 내며 말했다.

"더 오래 물속에 계시면 어지러울 겁니다. 적당히 씻고 나오십시오."

"어? 어어, 응."

프레이스는 고개를 끄덕이며 욕조에서 일어났다. 과연 시야가 빙글 돌았다.

"프레이스."

레사가 한달음에 달려와 그의 팔을 붙잡았다. 욕조가 컸기 때문에 레사는 상체를 앞으로 거의 숙이고 있었다.

"욕조에 쓰러져서 죽기라도 하면 농담거리도 되지 않을 겁니다."

프레이스가 그러네 하고 고개를 끄덕였다. 물속에 들어와서 더 올라간 체온에 레사의 차가운 손이 닿자, 상쾌한 기분마저 들었다.

장난스러운 기분이 되어 프레이스는 레사에게 기대는 척하며 그대로 그의 허리와 팔을 잡아당겼다. 빠트릴 거라고 생각도 하지 못한 레사는, 그대로 텀벙― 욕조 속에 빠지고 말았다. 일어나려고 버둥거리는 레사를 프레이스는 몇 번이나 일어나지 못하게 욕조 안으로 눌러 댔다.

한순간 레사의 움직임이 멎었다. 축 늘어지는 팔다리를 보고 프레이스는 기겁했다.

"레사?!"

프레이스가 양손으로 레사를 잡아 물속에서 끌어 올렸다.

'물을 먹었나?'

당황해 그의 뺨을 두들기는데 레사가 눈을 번쩍 떴다. 그리고 그대로 프레이스의 발을 걸며 팔과 어깨를 밀어 넘어트렸다. 욕탕에 빠진 프레이스를 붙잡고 레사는 몇 번 드잡이질을 했다. 하지만 단순 완력이라면 프레이스 쪽이 더 위다.

앞뒤로 물속에서 엎치락뒤치락 하다가 결국 프레이스가 레사의 위로 올라타면서 싸움은 끝났다. 욕탕 벽에 밀어붙여진 레사는 항복 표시로 손을 들었다.

"켁, 콜록, 콜록."

"너, 콜록, 진짜―"

둘 다 물속에서 머리를 내밀고 연신 기침을 해대며 코와 입에서 물을 뱉어 냈다. 프레이스가 손을 들어서 물이 들어가 뜨끔거리는 눈을 문지르며 말했다.

"주인을 살해하려는 호위가, 쿨럭, 어딨어?"

"호위를 살해하려는, 주인은, 요?"

말을 끝내고 둘은 멀뚱히 바라보다가 누가 먼저랄 것도 없이 웃음을 터트렸다. 프레이스는 이렇게 신나게 웃는 건 오랜만이라고, 아니, 처음일지도 모르겠다고 생각했다. 간질간질한 것이 차올라 웃음을 참을 수가 없었다.

웃다 보면 배와 폐가 아프다는 것도 알았다. 한참 웃던 레사가 젖은 머리카락을 쓸어 올리며 말했다.

"대체 이게 무슨 꼴입니까? 제가 옷을 다 입고 있는데 여기다가 처넣으시다니요? 이 부츠는 이제 못 쓸 거라고요."

"새로 사 줄게. 옷도 맞춰 줄게."

"당연히 배상하서야지요."

프레이스는 불퉁히 말하는 레사의 양 뺨을 감쌌다. 빨간 눈이 의아해져서 자신을 본다. 그 아름다운 루비색 눈동자에 빨려 들어갈 것 같았다. 동시에 프레이스는 그대로 그에게 키스하고 싶었다. 물에 젖어 촉촉한 입술이 눈에 들어왔다. 자신이 알몸이라는 것과, 젖어서 달라붙은 셔츠 뒤 레사의 육체가 강력하게 의식이 되었다. 게다가 지금 두 사람은 다리가 서로 엉켜 있는 상황이었다.

레사의 탄탄한 허벅지 사이로 자신이 들어와 앉아 있는 형국이다. 프레이스는 자신의 입술을 핥았다. 이대로 저 부드러운 입술에 키스하면—

아랫배가 저릿해 온다. 다음 순간 확 하고 얼굴에 열이 올랐다.

'잠깐, 잠깐, 다른 생각, 다른 생각.'

물이 훤히 들여다보이는 욕조 안이니, 자신의 분신에 무슨 일이 일어났는지 다 보일 거다. 생각만으로도 이 모양, 이 꼴이라니.

프레이스는 레사의 어깨에 손을 뻗었다.

"프레이스?"

프레이스는 그녀의 어깨에 매달린 망토 연결 단추를 잡아 풀었다. 그리고 그걸 허리에 잽싸게 두르며 말했다.

"먼저 나가."

'이제 와서 부끄러워하시긴?'

레사는 어이가 없어졌지만 그걸 지적하지는 않았다. 부끄러운 걸 지적하면 더 부끄럽잖은가? 대신 그녀는 잔소리를 했다.

"설마 이 물에 계속 계실 건 아니시겠죠? 제 옷과 부츠는 결코 깨끗하지 않은—"

"그러니까 새 물을 달라고 하고, 넌 나가 봐. 몸은 헹궈야 할 거 아냐."

"저도 헹궈야 하는데."

"넌 다른 곳에서 하면 되잖아."

프레이스의 말에 레사는 옳다구나 하고 자리에서 일어났다. 젖은 옷에서 촤아— 물이 쏟아졌다. 레사는 무거운 몸을 움직여 커다란 욕조에서 나왔다.

잠시 부츠를 벗어야 하나 고민하다가, 레사는 한숨을 내쉬고 긴 부츠를 벗었다. 당연히 부츠 안에서도 물이 쏟아졌다. 레사는 부츠를 욕실 한쪽에 세워 두고 욕실을 나섰다.

욕실 문이 닫히자 프레이스는 안도의 한숨을 내쉬었다.

"아, 진짜."

프레이스는 얼굴을 문질렀다.

누군가에게 이렇게 육체적으로 반응해 본 적이 없었다. 여자를 안기는 했지만, 그건 그냥 자극에 의한 메커니즘이었지 이렇게 누군가와 가까이 있는 것만으로—

'게다가 그냥 키스를 상상한 것뿐이잖아?'

프레이스는 신음을 내뱉었다.

'레사가 본 건 아니겠지?'

내가 그에게 이렇게 반응하는 걸 알게 된다면, 레사는 어떻게 나올까?

결코 반가워하지는 않을 거라는 건 알 수 있었다.

프레이스는 다른 생각을 하며 육체의 반응이 가라앉기를 기다렸다.

잠시 후 시종이 밖에서 새 물을 가져왔다고 조용히 아뢨고 프레이스는 들어오라고 짧게 말했다. 새 물로 몸을 헹구고 나서 수건으로 몸을 닦고 프레이스는 밖으로 나왔다.

욕실과 연결되어 있는, 응접실이 아닌 내실 거실에는 이미 에릭과 레사가 나와서 이야기를 나누고 있었다.

에릭은 제집처럼 부츠도 신지 않은 맨발로 발받침에 다리를 올리고 있었다. 레사 역시 셔츠와 면바지의 편한 차림이었다. 에릭이 프레이스를 보고 손을 들었다.

"시종에게 냉차 시켰는데."

"좋지."

레사가 자리에서 일어나 프레이스는 앉으라는 손짓을 했다. 에릭이 길게 하품하며 말했다.

"여기서 그냥 자고 갈까 봐."

"그러든가."

"잠자리를 준비하라고 이를까요?"

레사의 물음에 에릭이 "참." 하고 설명했다.

"아, 난 여기 내 방이 따로 있어."

"궁 안에 말입니까?"

"내 이름으로."

프레이스의 말에 레사는 더더욱 알 수 없어져서 고개를 갸웃했다. 에릭이 웃고는 말했다.

"프레이스의 궁 안에— 이 황자가 에릭 도프에게 하사한 방이 있는 거야. 궁에서 묵을 수 있다는 건 대단한 특권이고, 프레이스가 승인했다는 건 내가 그의 측근이라는 의미인 거지."

"그렇군요."

처음 아는 사실이라 레사는 고개를 끄덕였다. 그때 시녀가 조용히 들어와 방 입구 근처에 트레이를 두고 인사 후에 사라졌다. 레사가 자리에서 일어나 트레이를 밀고 와서 차를 내려놓았다. 유리잔 표면에 이슬이 맺힐 정도로 차가운 차는 어지간한 귀족도 맛보지 못하는 사치다.

'여름의 끝물이라지만, 얼음이라니.'

작은 얼음 조각을 입속에 넣고 굴리며 레사는 대체 얼마가 자신의 입에서 녹아가는 걸까 궁금해졌다.

"너에게도 방을 줄 거야."

프레이스의 말에 레사는 눈을 휘둥그레 떴다. 프레이스가 느긋하게 깍지를 껴서 자신의 배 위에 얹고 몸을 쭉 뻗었다.

"말했잖아? 퇴근하게 해 줄 거라고."

"하지만 전령은 퇴근 안 하지 않습니까?"

"어차피 한밤에 전령을 쓸 일은 거의 없어. 그리고 너도 이제 내 측근이라고."

못 박는 말에 레사는 고개를 끄덕였다.

"그렇지요."

프레이스는 내심 안도했다. 아무리 그래도 '너 내 측근 맞지?' 하는 물음을 던질 수는 없잖은가? 이 기회에 아예 레사의 발을 꽁꽁 묶을 생각으로 프레이스가 말했다.

"그러니까, 주변에 얘가 내 전령이며 측근입니다, 하고 알릴 거야."

'우와아―'

에릭은 어깨를 움츠렸다. 레사가 이제 궁에서 어떤 시선을 받게 될지 자명했다. 이래 봬도 궁정에서 잔뼈가 굵은 인물이다. 에릭은 불안감마저 느끼며 레사와 프레이스를 번갈아 보았다.

권력이 사람을 어떻게 망가트리는지 에릭은 알고 있었다.

"윈스턴이 잔소리를 할 것 같은데요."

레사의 말에 프레이스는 잠시 말을 멈췄다가 고개를 끄덕였다.

"그건 각오하고 있고."

에릭이 히죽 웃었다.

"단단히 해라."

"너도 옆에서 거들어 줘야지."

에릭의 눈동자가 좌우로 움직였다.

"아니, 난 무서우니까 싫은데. 네가 해야지."

"에릭 도프."

프레이스의 말에 에릭은 차를 단숨에 비우고 자리에서 일어났다.

"그럼 난 가서 잘게. 안녕히 주무십시오, 황자님. 잘 자, 레사."

프레이스는 혀를 찼고 레사는 배웅했다.

"프레이스도 이제 주무시지요."

하품을 하는 프레이스를 보며 레사가 말했다. 프레이스가 고개를 끄덕였다.

"그래야지."

그가 자리에서 일어나서 침실로 들어가다가 머뭇거리며 레사를 돌아보았다. 레사가 의아해하며 그를 보자 프레이스가 말했다.

"이제 수면 향이나 여자 없이도 잘 수 있어."

"다행입니다."

"네 덕분이야."

"제가 좀 잘났지요."

그 말에 프레이스는 뭐라고 해야 할까 하는 얼굴을 했다가 재빠르게 말했다.

"농담이지?"

"농담입니다."

동시에 말이 튀어나왔다. 레사는 '어라?' 하는 얼굴을 했고 프레이스는 피식 웃었다.

"이제 조금 알 것 같거든. 네 패턴. 하여간 진짜로, 덕분이야."

다시금 프레이스는 강조했다. 레사가 희미하게 웃고 말했다.

"감사합니다."

네가 날 얼마나 바꾸고 있는지 알아?

그 말이 나올 것 같았지만 프레이스는 눌러 참았다. 그는 "잘 자."라고 말하고는 침실로 들어갔다. 레사는 웃음이 치솟아 볼 안쪽을 꽉 깨물었다.

누구에게 "덕분이야."라는 말을 듣는 건 기쁘다. 살아 있어도 된다고 인정받는 기분이 든다. 레사는 귀걸이를 만지작거렸다. 그리고 자신이 프레이스를 위해서 할 수 있는 일을 한 가지를 떠올렸다.

'코코에게 프레이스의 체질을 없앨 방법이 있는지 물어보자.'

그녀는 마법사니까 방법을 알고 있을지도 모른다. 어쩌면 그녀가 직접 와서 풀어 준다거나—

생각을 하는데 문득, 어두운 생각이 레사의 마음을 스쳤다.

'프레이스에게서 저주가 사라지면, 그때도 날 필요로 할까?'

그는 황자이고, 주변에 인재는 차고 넘친다. 굳이 자신 같은 하급민 출신의 인물을 쓸 필요가 없을 것이다. 프레이스가 자신에게 매달리는 건 오로지 자신이 안티매직 능력을 가지고 있기 때문이니까.

'아마 쓸모없어지겠지.'

레사는 씁쓸하게 웃었다.

그녀는 느리게 눈을 감았다. 아까 욕탕에서 그와 엎치락뒤치락하던 일이 불현듯 떠올라 저절로 웃음이 작게 입술 사이로 튀어나왔다.

그런 식으로 누군가와 놀아 본 것은 처음이었다. 그리고 프레이스가 자신의 양 뺨을 감싼 그 순간―

뭔가가 달랐다고. 그렇게 생각되는 건 착각일까?

촉촉한 금색의 긴 속눈썹과 뚜렷한 녹색 눈, 그렇게 가까이서 들여다본 건 처음이었는데, 단순한 녹색이 아니라 동공 가까이는 아주 깊은 청록색을 띠고 있었다. 그게 점점 바깥으로 나가면서 에메랄드처럼 반짝이는 색이 되었다.

정말 예쁜 눈이라고 자신도 모르게 감탄했다. 빽빽한 금빛 속눈썹에 둘러싸여 있는 그것은, 마치 예술 작품을 보는 것과 비슷했다.

프레이스가 자신의 얼굴에서 손을 뗐을 때에는 뭔지 모를 아쉬움마저 느껴졌다. 갑자기 망토를 빼 가서 하체를 가리는 건 좀 우습기도 했지만.

'물어봐야지.'

레사는 다시금 되뇌었다. 그 저주를 풀 수 있을지 아닐지는 모르겠지만, 풀게 된다면― 자신은 조용히 사라져 주는 게 옳을 것이다. 귀찮은 존재가 되는 것보다는, 약간의 아쉬움을 남기는 쪽이 더 좋았다.

"하아―"

레사는 긴 한숨을 내쉬었다.

'곁에 있고 싶다.'

저도 모르게 떠오른 생각에 레사는 놀라 눈을 퍼뜩 떴다.

'어…… 테레사 알반? 지금? 어?'

이런 생각을 해 본 적은 처음이었다. 물론 미나도 있고, 유지
니아도 있다. 하지만 유지니아에게는 노알이 있었기에, 자신은
필요 없었다. 미나 역시 지금이야 어리니 자신의 보호 아래 있지
만, 곧 자신을 떠날 것이고.

그건 슬프지만 어쩔 수 없는 일이었다. 레사는 헤어짐이라는
단어 앞에 단념하는 것에 익숙했다. 하지만 누군가의 곁에 계속
있고 싶다고 생각한 건 처음이었다.

그것도 상대의 짐이 될 테니 헤어져야 하는 상황에서 말이다.

'와―'

레사는 어쩐지 위가 울렁거리는 것 같아 가슴께를 꾹 쥐었다.

'진짜로 프레이스를 특별하게 생각하고 있나 봐.'

잠시 숨을 고르고 레사는 촛대를 돌며 덮개로 하나씩 불을 끄
기 시작했다. 마지막 불을 끄고 레사는 소파에 몸을 걸쳤다.

황성에 와서 감탄한 것 중의 하나는 모든 건물의 천장이 아주
높다는 것이다. 이 방 역시 천장까지 3m는 될 터였다. 가끔 어떤
곳은 지나치게 천장이 높은 곳도 있었다. 어둠에 시야가 곧 익숙

해져서, 레사는 창에서 들어오는 희미한 빛에 반짝이는 샹들리에를 바라보다가 눈을 감았다.

*   *   *

윈스턴은 자신의 책상에 앉아 서류를 보다가, 프레이스의 발언에 고개를 들었다.

"머리가 어떻게 되신 거 아닙니까?"

"아니, 멀쩡한데."

"황자님."

"왜? 레사에게 방을 주는 것뿐이잖아."

"단순한 문제가 아니지 않습니까?"

"단순한 문제인데."

"정말로 그렇게 생각하신다면 전 더 이상 할 말이 없습니다."

"윈스턴."

"말씀하십시오."

"난, 레사랑 같이 가고 싶어."

프레이스의 말에 윈스턴은 레사를 바라보았다. 프레이스 뒤에 시립하고 있는 레사는 윈스턴과 시선이 마주치자 피하지 않고 직시했다.

"알반 경."

윈스턴의 목소리가 딱딱해졌다.

"자네는 황자님의 이름으로 궁에 방을 얻는 게 어떤 의미인지 알고 있나?"

"황자님의 측근으로 알려지게 될 거라는 건 들었습니다."

"그럼 그게 어떤 의미인지도 알아?"

레사는 대답하지 못했고 윈스턴의 목소리가 날카로워졌다.

"이제 자네의 일거수일투족에 황자님의 평가가 오고간다는 뜻이지. 게다가 전령이라면 더더욱 외부에 노출될 수밖에 없는 거고—"

게다가 너 여자잖아?! 어떻게 하려고 그래?

물음표 백만 개를 삼키며 윈스턴은 차갑게 말했다.

"이자는 황궁 예절도 모릅니다."

"이제 알면 되지. 레사는 빨리 배울 거야."

"기본 상식도 없는 인간이고요."

"그것도 배우면 되지."

"게다가 평민 출신입니다. 준 귀족 작위를 준 것 정도야 참겠지만, 이런 자가 황자님의 측근이라고요?"

게다가 레사가 여자인 것이 밝혀지기라도 한다면—

눈앞이 깜깜해졌다. 순식간에 속았던 황자와 황자의 측근들—자신을 포함한—이 비웃음거리가 될 것이다. 측근에 대해서 알지도 못하면서 신용하고 측근이라고 불렀다고.

게다가 레사의 죄도 한층 더 무거워진다. 교수형 정도가 아니라, 거열형에라도 처해지게 되겠지.

눈앞이 깜깜해지는 기분이었다.

'저 여자는 대체 뭘 믿고 저러는 거지?'

윈스턴은 자기 혼자서 이성을 유지하는 것 같아서 억울한 생각마저 들었다. 왜 자신이 생각 없는 여자의 문제까지 대신 걱정해 줘야 한단 말인가?

'설마 알고 계시는 건가?'

레사가 여자라는 걸 알고 있는 걸까?

퍼득 그 생각이 윈스턴의 머릿속에 스쳤다. 알고 있지만 자신처럼 비밀로 하고 있는 것일 수도 있다. 그 순간 윈스턴은 깨달았다.

'같은 루비.'

프레이스의 손가락. 거기에 루비 반지가 반짝이고 있었다. 그렇게 질 좋고 큰 루비는 흔하지 않다. 프레이스의 측근인 윈스턴은 기억력이 좋았고, 그래서 저 루비가 어디서 난 건지도 알았다. 레사가 하고 있는 귀걸이. 한 쌍 중에서 하나는 귀걸이로, 또하나는 반지로 만들었다는 이야기는—

'알고 계시다는 거군.'

갑자기 머릿속이 식었다.

혼자서 걱정하고 안절부절못했던 것이 바보처럼 느껴졌다. 게다가 자신이 신뢰를 얻지 못하는 것 같아서 더욱더 기분 나빴다.

불쾌감이 윈스턴의 전신을 감쌌다.

"마음대로 하십시오."

윈스턴의 말에 반박하던 프레이스는 느닷없이 말을 자르고 들어온 윈스턴의 말에 "어?" 하고 되물었다. 에릭 역시 놀라기는 마찬가지였다.

"어차피 제 의견 따위 듣지 않으실 거 아닙니까."

냉기가 풀풀 날리는 어조였다.

"신경 쓰지 않으면 묻지도 않았겠지."

프레이스의 목소리 역시 낮아졌다. 윈스턴이 비소를 머금었다.

"그렇습니까?"

"그래."

"그럼 전 싫습니다."

"윈스턴—"

"정당한 의견 교류를 원하신다면 환영입니다. 하지만, 레사 알반에게 방을 내려 주고 측근을 삼을 이유는 조금도 없어 보이는군요. 기각하겠습니다."

말하고 윈스턴은 자리에서 벌떡 일어났다.

"오늘 제 업무는 끝난 것 같군요. 황자님, 가끔 정무실도 찾아 주시지요."

윈스턴은 정리한 서류 다발을 프레이스의 책상에 내려놓고는 정중하게 인사하고 나갔다. 에릭이 "어어." 하고는 얼른 자리에서 일어났다.

"그, 내가 가 볼게."

프레이스는 대답 없이 고개를 끄덕였다. 윈스턴이 반대할 거라고는 생각했지만, 이렇게까지 강경하게 나올 거라고는 생각하지 못했다.

"방을 내려 주지 않으셔도 괜찮습니다. 전령으로 충분합니다."

레사가 뒤에서 말했다.

측근이 된다는 것의 무게를, 레사는 오늘에서야 알았다. 윈스턴이 저렇게 질색하는 것도 충분히 이해했다.

"싫어."

어린애처럼 말하는 프레이스를 보고 레사는 눈을 가늘게 떴다.

"전 그게 그렇게 대단한 의미라고 생각 못 했습니다. 황실 예법이며, 어투며— 윈스턴의 말이 맞습니다. 전 부족합니다."

"그게 중요한 게 아니야."

프레이스가 의자를 빙글 돌려서 레사를 보았다.

"내 곁에 있고 싶지 않아?"

직설적인 물음이었다.

프레이스는 원래부터 돌려 말하는, 귀족인 방식을 좋아하지 않았다.

"이미 곁에 있지 않습니까?"

"난 그걸 남들도 알았으면 좋겠어."

"굳이, 말인가요?"

"그래. 윈스턴이나 에릭처럼 같이 걸어갔으면 좋겠어."

레사는 침묵했다. 그녀는 눈을 가늘게 뜨고 프레이스를 보았다.

항상 생각한다.

이 사람은 어떻게 이렇게 눈부실까? 이 사람이 가는 길은 분명히 반짝반짝하겠지.

그리고 이제 그 길을 같이 걷자고 하고 있다. 자신은 그 붉은 카펫 위를 걷지 않아도 상관없건만 굳이 그 위로 같이 가자고 한다.

"예절부터 배워야겠군요."

레사의 한탄하는 듯한 말에 프레이스가 명랑하게 웃고 말했다.

"좋은 선생을 붙여 주지."

에릭은 허둥지둥 잰걸음으로 앞서가는 윈스턴을 따라갔다.

"윈스턴, 윈스턴, 야! 윈스턴 베렛!"

뒤도 돌아보지 않고 가는 그를 성큼성큼 따라잡아 에릭이 윈스턴의 어깨를 붙잡았다. 윈스턴이 이를 악물고 그의 손을 쳐냈다.

"윈스턴, 잠깐 이야기 좀 해."

"무슨 얘기?"

"왜 그렇게 화가 난 거야?"

"괜찮은 네가 둔한 거지. 너의 둔함에는 감탄을 표한다, 에릭 도프."

"너 진짜—"

에릭이 한걸음 앞서 윈스턴의 앞을 재빠르게 가로막았다. 윈스턴이 "아." 하고 눈썹을 추켜세웠다.

"말로 안 되니까 힘으로 하려고? 어디까지 내려가나 한번 볼까?"

"힘쓰지도 않았거든?!"

억울해서 에릭이 외치고 푹 한숨을 내쉬었다.

"그래, 네가 화난 건 알겠어. 알겠는데— 너도 알잖아, 레사가 와서 프레이스가 얼마나 변했는지 말이야. 그 자식 이제 검을 빼들고도 사람 안 죽인다고."

"……뭐?"

그 말에는 윈스턴이라도 놀랄 수밖에 없었다. 에릭이 머리를 북북 긁고 목소리를 낮췄다.

"어제 시험해 봤거든. 나와 대련했어."

윈스턴은 그 말에 입을 다물었다. 에릭이 복도를 힐끗 살펴보고 옆방 문을 눈짓했다.

"들어가서 이야기하자."

윈스턴은 말없이 몸을 틀었고 에릭은 안도했다. 아무리 그래도 황자의 가장 가까운 두 측근이 복도에서 싸우는 걸 보이고 싶지는 않았던 것이다.

방 안으로 들어가 문을 잠그자 윈스턴이 팔짱을 끼고 서서 물었다.

"자세히 말해 봐."

에릭이 어깨를 으쓱하고 다가갔다.

"자세히 말하고 말 것도 없어. 어제 프레이스가 갑자기 할 수 있을 것 같다고 하더라고."

"그래서?"

"그래서 대련을 한번 해 달라고 하길래 알겠다고 했지. 뭐 죽게 되면 레사가 중간에 달려들어서 중재할 테고―"

윈스턴은 기가 찼다.

"걔에겐 힐도 안 통하잖아."

"아, 맞다. 그렇구나."

그제야 깨달아 에릭은 손가락을 튕겼다. 그랬다가 고개를 저었다.

"아니, 괜찮았을 거야."

"왜?"

"프레이스가 레사라면 껌벅 죽잖아."

에릭의 말에 윈스턴의 눈이 가늘어졌다.

잠깐. 지금 설마, 에릭도 알고 있었던 사실을, 자신만 방금 깨달은 건가?

윈스턴은 슬그머니 그를 떠보기로 마음먹었다.

"내 지나친 의심일지도 모르겠지만, 황자님과 알반 경의 사이가……."

뒤를 흐리는 윈스턴의 말에 에릭이 "어―" 하고 말꼬리를 끌다가 뺨을 붉적이고 말했다.

"아마 네 생각이 맞을 거야."

프레이스가 레사를 좋아한다, 라는 걸 묻는 줄 알고 에릭은 슬그머니 인정했다. 윈스턴을 입을 벌렸다.

"맙소사."

그가 눈을 가렸다.

그러니까 지금 레사가 여자라는 걸, 프레이스도, 에릭도 알고 있다는 건가? 심지어 둘이 그렇고 그런 사이라는 걸 에릭은 이미 알고 있었고?

"어떻게 알게 된 거야?"

"내가 프레이스에게 떠봤더니 인정하던걸."

"왜 내게는 말 안 하고?"

윈스턴의 목소리가 날카로워졌다. 에릭이 어깨를 으쓱하며 말했다.

"그런 건 동네방네 떠들고 다닐 유의 것이 아니잖아."

그건 그렇다. 윈스턴은 낮게 신음 소리를 냈다.

"그랬단 말이지……."

갑자기 자신이 바보처럼 느껴져서 윈스턴은 눈을 문질렀다.

"그럼 방을 달라고 하는 건……."

에릭이 팔짱을 끼고 말했다.

"프레이스도 여러 가지로 곁에 두려고 노력하는 거지. 그래야 뭘 좀 할 거 아니냐."

"뭘 좀이라니……."

"프레이스가 한 번이라도 누굴 좋아해 본 적 있었냐? 우리가 좀 응원도 하고, 응? 그래야지."

"그게 될 것 같아?"

윈스턴은 어처구니가 없었다. 단순하게 둘의 신분 차만 생각해도 이건 이미 틀린 이야기다. 에릭이 그 말에 한숨을 내쉬었다.

"그야 나도 그렇게 생각은 하지만…… 그래도…… 프레이스가 좋은 방향으로 가고 있으니까, 조금이라도 밀고 싶은 거지."

둘은 전혀 다른 이야기를 하고 있었지만, 묘하게도 대화는 이어졌다. 윈스턴은 관자놀이를 문질렀다.

"하여간 난 반대야. 앞으로 일이 어떻게 될지도 모르는데."

"그러니까."

에릭의 말에 윈스턴이 눈을 들었다. 에릭이 이제는 애원하듯 말했다.

"그러니까 전령을 시키고 방을 주겠다는 것뿐이잖아."

그냥 곁에서 가까이 보고 싶은 것뿐이라고, '짝사랑하는 남자의 마음을 알아줘.' 하고 에릭은 마음속으로 호소했다.

'아.'

윈스턴은 그 순간 씁쓸하게 깨달았다.

'애첩의 지위도 주지 않는 거로군.'

어떻게 보면 지독하게 잔혹한 행위다. 남자 시중으로 곁에 두면서 전령으로 부리고, 밤에는 애인 노릇을 하게 시킨다는 건가? 아마 평생 전면에 나오는 일은 없겠지. 가까운 측근이니까 어느 정도 권력은 가지고 있게 될 것이다. 하지만 그래 봐야 전령.

잔혹하면서도 이기적이고, 계산적인 행위이다.

"알았어."

윈스턴은 고개를 끄덕였다. 에릭의 얼굴이 확 밝아졌다.

"진짜?"

"그래. 주군의 생각이 그렇다면, 돕는 게 낫겠지."

"역시 윈스턴 베렛이야!"

"그런 즉물적인 칭찬, 기분만 더러워져."

"넌 말을 해도 꼭."

에릭이 으르렁거렸다. 윈스턴은 픽 웃었다.

"하여간 곰에게 눈치가 있을 줄이야."

"이래 봬도 사랑놀이에는 나름 익숙하거든."

에릭이 턱을 치켜들며 거드름을 피웠다. 무가인 도프 가의 장남인 에릭에게는 어려서부터 여자가 많이 따랐다. 그 말에 윈스턴은 기분이 수직 하강하는 걸 느끼며 말했다.

"곰의 사랑놀음이라. 꿀통이라도 따는 건가."

"아, 꿀이라면 꿀이지~"

히죽히죽 웃는 에릭을 보며 윈스턴은 그의 수준에 맞춰서 경멸하는 어조로 차갑게 말했다.

"저질."

어차피 고상한 말로 비꼬아 봐야 곰 가죽에 들어가지 않는다. 그가 저 단어를 경멸스럽게 뱉으니 정말로 상대가 인간쓰레기 같았다. 윈스턴은 그렇게 말로 에릭을 푹 찌르고 방문을 열고 나섰다.

도로 복도를 거슬러 예고도 없이 집무실 문을 벌컥 연 윈스턴이 말했다.

"좋습니다."

"어?"

"원하시는 대로 하시지요."

"……윈스턴?"

"알반 경에게 전령의 직위를 내리시는 것도, 방을 하사하시는 것도 상관없습니다."

"어—"

"하지만 철저하게 교육을 끝낸 후여야 합니다. 전령 따위가 황자님의 직위에 먹칠하는 것은 못 참습니다."

"알았어."

프레이스가 고개를 열심히 끄덕였다. 윈스턴의 뒤에 선 에릭이 프레이스에게 엄지를 척 하고 치켜올려 보였다. 그게 보인 것처럼 윈스턴이 팔꿈치로 힘껏 에릭의 배를 때렸다. 에릭이 헉하고 배를 부여잡았다.

"너─"

제대로 명치에 맞았다. 에릭이 숨막혀 헐떡이는 걸 귓등으로
들으며 윈스턴이 말했다.

"그럼, 전 이만."

윈스턴이 뒤에서 아직도 캑캑거리는 에릭을 짜증 난다는 듯이
밀치고 방을 나갔다. 프레이스가 물었다.

"어떻게 설득한 거야?"

"우정으로?"

"그건 아니겠지."

프레이스가 잘라 말했다. 에릭이 어깨를 으쓱했다.

"뭐─ 상관없잖아."

"없지는 않지만……."

프레이스는 말끝을 흐렸다. 그리고 고개를 끄덕였다.

"좋아. 그러면, 선생을 찾아보자고."

6장

진실

프레이스가 찾은 예법 선생은 까탈스럽기로 소문이 나 있었다. 가느다란 회초리를 가지고 다니며 조금이라도 자세가 무너지면 사정없이 후려치는 것 역시. 그런 교육 방식을 반대하는 사람도, 찬성하는 사람도 있었지만, 확실한 건 그의 예법 수업이 매질만 빼면 흠잡을 곳 없다는 것이었다. 단기간에 예법을 배우기에 이만큼 적당한 사람은 없었다.

레사는 매질에도 익숙했고, 불편한 자세를 오래 유지하는 것에도 익숙했다. 그녀는 예법 선생이 감탄할 정도로—내색은 하지 않았지만— 빠르게 예법을 익혔다.

변장했을 때를 위해서 기본적인 소양은 갖추고 있었던 터라서 더 빨랐다.

예법 선생이 헛기침을 하고 말했다.

"알반 경은 배우는 속도가 빠르군요."

"감사합니다."

"자, 그럼 오늘은 다과회에서의 예절을 배우겠습니다. 일단 제가 레이디라고 할 경우—"

선생은 차를 따르는 위치, 방법을 전부 설명하며 말했다.

"차는 비싸고, 설탕도 비싸지요."

"그렇죠."

더해서 차에다가 넣는 흰 설탕은 그 무게가 은과 비례할 정도로 비쌌다. 나무 시럽 같은 것은 그나마 쉽게 구할 수 있지만, 흰 설탕은 귀한 식재였다.

얇게 구워내는 도자기와 은세공이 된 수저 같은 다기구들 역시 그랬다.

그런 귀한 것을 하인에게 다루게 할 수는 없고, 다과회에서 여주인이 모든 것을 관리했다. 그러니 차를 끓이는 솜씨 역시 여주인의 능력을 판가름하는 중요한 것이었다.

"물론 알반 경이 여성분들의 다과회에 초대될 일은 적지만, 남이 어떤 방식으로 예의를 차리는지 모르면, 거기에 대한 응수도할 수 없는 법입니다."

주름마저도 자로 재어 그은 것처럼 보이는 딱딱한 예법 선생의 말에 레사는 "네." 하고 짧게 대답했다.

그렇게 특훈으로 예법을 배우고 나면 춤을 배울 차례였다.

춤 선생은 나긋나긋한 중년의 여성이었다. 몸으로 익히는 건 자신이 있는 레사였기에, 그녀는 예법보다도 춤에 더 빨리 능숙해졌다. 게다가 레사는 눈도 좋았다. 그녀는 여자 쪽의 스텝도 금세 외웠다.

"훌륭하시군요!"

춤 선생이 화사하게 웃으며 대답했다. 그녀의 허리를 잡고 레사가 경쾌하게 스텝을 밟으며 눈을 내리깔았다.

"덕분입니다."

"아니에요, 알반 경은 춤에 천부적인 재능이 있으신 것 같아요."

"말씀 감사합니다."

"좀 더 부드럽게 말하시는 편이 레이디들에게 인기는 더 좋으실 것 같지만요."

중년 부인의 여유로운 충고에 레사는 작게 웃었다.

"그렇게 웃는 것도 좋지요."

"충고 감사합니다."

"아니에요. 이렇게 잘생긴 남자와 춤추는데 무슨 충고인들 나오지 않겠나요."

"무슨 말씀을, 이렇게 아리따운 여성과 춤추는 저 역시 즐거운 걸요."

"어머나, 무뚝뚝하신 분인 줄 알았는데, 이제 보니 달콤한 말도 잘하시는군요."

그녀는 호호 웃고 마지막 스텝을 디디며 손을 놓았다. 둘은 정중히 마주 인사를 하고 춤을 끝냈다.

똑똑—

가벼운 노크 소리에 레사는 고개를 돌렸다.

"들어와."

레사의 말에 조심스럽게 문이 열리고 시종이 들어와 고개를 숙였다.

"일 황자님이 와 계십니다."

놀란 레사는 눈을 동그랗게 떴다.

"일 황자님이?"

"네."

"지금?"

"네, 복도에서 기다리시는 중입니다."

"어머."

춤 선생이 놀라며 입을 가렸다. 응접실도 아니고 복도에서 기다리는 황자라니. 하지만 연습실에는 따로 로비나 응접실이 없었기 때문에 어쩔 수 없었다.

"어서 들어오시라 하세요."

선생이 허둥지둥 부채를 꺼내 들고 파닥거리며 하는 말에 시종은 고개를 숙이고 나갔다.

'애버릿이? 왜?'

당황하는데 문이 열리고 애버릿이 그의 호위인 이든과 함께 들어왔다.

"연습 중?"

인사도 없이 던지는 질문에 레사가 허리를 살짝 숙이며 대답
했다.

"끝났습니다."

"어머나, 이 늙은이는 보이시지도 않으시나 봅니다."

"그럴 리가, 마가렛."

그 말에 춤 선생이ー 마가렛이 웃으며 부채로 얼굴을 가리고
말했다.

"일 황자님도, 이 늙은이를 그렇게 부르시면 벌 받습니다."

"부인이라고 부르기에 마가렛은 너무 젊지."

잘생긴 황자의 속이 보이는 수작이지만 그것만으로도 즐겁
다. 마가렛은 웃고 부채를 접으며 물었다.

"제가 아니라 알반 경을 보러 오신 것 같으니, 전 이만 나가 보
겠습니다."

"고마워."

애버릿이 고개를 까닥하자 마가렛은 흠잡을 곳 없는 우아한
인사를 하고는 미끄러지듯 연습실을 나갔다. 그 모습을 보며 레
사는 속으로 감탄했다.

예법을 배우기 전에는 몰랐던 것들이, 배우고 나자 이게 감탄
으로 다가왔다.

"춤은 다 배웠나?"

"그럭저럭 따라갈 정도는 배웠습니다."

"한 달 만에 그 정도면 대단한데?"

"선생님이 훌륭하신 덕분이지요."

"정말로 잘 추나 볼까?"

"예?"

애버릿이 손을 내밀었다.

"한 곡 추지."

"네?"

"나 여자 쪽 스텝도 아주 잘 밟거든."

레사는 어떻게 하면 좋을지 몰라 그의 손을 바라보았다. 대체 일 황자가 무슨 일로 연습실까지 자신을 찾아온 걸까? 그리고 같이 춤을 추자고?

여기서 어떻게 해야 하는지에 대한 예법은 배우지 않았다. 레사는 잠시 망설이다가 손을 잡았다. 휙 하고 레사의 손을 잡아끌어 애버릿은 자신의 허리에 두르게 했다. 그는 스텝을 밟기 시작했고 레사는 거기에 맞췄다.

자신보다 키가 큰 남자가 여자 스텝을 하는 게 이상했지만, 장담한 대로 애버릿은 여자 쪽 스텝에도 능숙했다.

"아, 그렇군. 잘 추는데."

"황공합니다."

레사의 말에 애버릿의 녹색 눈이 싱긋 미소를 머금었다. 청명하기까지 한 미소다. 같은 녹색인데도, 프레이스와는 전혀 다른 눈이라고, 레사는 무의식적으로 비교했다.

"알반 경에게 방을 내릴 거라는 소문이 돌던데."

"소문이 빠르군요."

"원래 발 없는 것들이 빠른 거지."

"그런가요. 그래서 어쩐 일이십니까? 제 춤 솜씨를 확인하러 오신 건 아니겠죠."

"알반 경에게 흥미가 있어서. 아— 레사라고 불러도 되나?"

"원하신다면."

황자가 원하면 부르는 거지.

레사의 말에 말에 애버릿이 웃었다.

"그럼, 레사. 내 밑으로 오지 않겠어?"

"사양하겠습니다."

"왜?"

"전 프레이스 님과 계약했으니까요."

"계약 파기금을 내줄게."

"그래도 사양합니다."

"왜?"

"신뢰 문제니까요, 그리고—"

레사는 고개를 기울이며 말했다.

"절 필요로 하는 편이 더 좋습니다."

"그런 건가. 나도 네가 필요한데?"

"진심으로 원하시지는 않으시죠."

"그게 중요한가?"

"지금 저에게는요."

애버릿의 눈이 가늘어지며 레사의 얼굴을 살폈다. 애버릿도 개인적으로 그에 대해서 조사한 바가 있었다. 그래서 애버릿은 좀 거칠게 말했다.

"만약 내가 너에게 내 동생에게서 떠나라고 말한다면?"

"어째서입니까?"

"너 같은 게 측근이 되면, 황실의 권위가 떨어질 테니까."

"건전한 이유로군요."

납득하며 레사는 고개를 끄덕였다. 애버릿은 레사가 무슨 소리를 하는 건가 싶어서 눈을 찌푸렸다. 레사가 입을 열었다.

"전 '넌 방해가 된다.'거나 '죽고 싶지 않으면 사라져.' 같은 걸 기대했습니다."

그 말에 애버릿은 멍하니 레사를 보다가 웃음을 터트리며 손을 놓았다. 레사 역시 정중하게 한 걸음 물러섰다.

"아하하, 세상에. 너 진짜—"

애버릿이 웃음을 그쳤다.

"뻔뻔하구나. 내 앞에서 그따위로 지껄일 수 있다니."

"기분을 상하게 해드렸다면 죄송합니다."

레사가 가슴에 손을 대며 허리를 숙였다. 흠잡을 곳 없는 인사였다.

"반골 기질인 점이, 닮은 걸까?"

애버릿이 그렇게 중얼거리며 작게 한숨을 내쉬었다. 의외의 모습에 레사는 고개를 들었다.

"일 황자님."

"애버릿 님, 이라고 불러도 괜찮아."

"애버릿 님, 프레이스 님을, 동생으로 생각하고 계십니까?"

레사의 질문에 이든은 눈을 찌푸렸다. 애버릿이 가볍게 자신의 입술을 톡톡 두들겼다. 그 생각에 잠긴 모습은 어지간한 여자보다도 더 우아해서 레사는 뭔가가 잘못된 것 같았다.

'프레이스보다는 이 사람이 더 마성에 가까울 것 같은데?'

"귀엽지 않지만, 동생은 동생이지."

애버릿의 대답에 레사는 고개를 숙였다. 어찌 되었건 그가 프레이스를 적으로 생각하고 있는 게 아니라는 것은 알았다.

"그러고 보니 레사에게도 누나가 있다지?"

"네? 아, 네."

레사는 얼른 자신의 가짜 누나에 대해 기억해 냈다. 애버릿이 묘한 얼굴로 물었다.

"그게 말이야, 어디에서도 흔적이 보이지 않아서 말이지."

"테사는 마음 내키는 대로 돌아다니니까요."

"그래?"

"네."

레사는 눈이 마주치지 않게 고개를 숙인 채로 대답했다. 애버릿이 "아." 하고 명랑하게 말했다.

"미나 리스키라고 했던가? 귀여운 여자애는 애인이라고 했나?"

레사는 천천히 고개를 들었다. 똑바로 애버릿의 눈을 마주 보며 레사가 말했다.

"제 가족같이 소중한 아이입니다."

"소중한 건 손 안에 둬야 하는 법이지."

"애버릿 님."

"응?"

"저도 당신을 적이라고 생각하지 않습니다."

그 말에 이든이 앞으로 나섰다.

"방자하다!"

그의 외침에도 레사는 눈 하나 깜짝하지 않았다. 애버릿은 이 시건방진 말을 자꾸 던지는 기사가 우습게 느껴지기도 했고, 흥미롭기도 했다.

레사는 도로 얌전히 눈을 깔며 이어 말했다.

"앞으로도 그러기를 바랍니다."

"만약 적이 되면 어떻게 되는데?"

"전장에서 만나게 되겠지요."

"네놈."

이든이 검 손잡이에 손을 얹었다. 더 이상 협잡 같은 소리를 들어줄 필요가 없었다. 애버릿이 그런 이든에게 손을 들어 저지시키고 말했다.

"소중한 것은 약점이 되기 마련이란다."

가르침이라도 주는 듯한 조곤조곤한 목소리.

"소중한 것이 있기에 살아갈 수 있는 겁니다."

레사의 목소리 역시 담담했다. 애버릿이 한마디도 지지 않는 레사를 보며 말했다.

"계약은?"

"네?"

"프레이스와 계약은 얼마나 남았지?"

"삼 년 계약입니다."

"그래? 그러면 계약이 끝난 뒤 나와 계약하지 않을래?"

"남의 측근을 꼬시는 건 그만두지 않으시겠습니까, 형님."

말을 끊으며 프레이스가 연습실 안으로 성큼 걸어 들어왔다. 한눈에도 불쾌감이 가득한 얼굴이라 애버릿이 웃으며 대꾸했다.

"너와 계약이 끝나면 나와 계약을 하자는 것뿐인걸."

"단순한 계약 관계가 아닙니다."

"그래? 그건 아쉽네."

'저런 시건방진 시종은 구하기도 어려운데, 어디서 꼭 자기 같은 걸 구했을까.' 하고 생각한 애버릿은 프레이스에게서 시선을 돌리며 말했다.

"그럼 난 충고했네, 알반 경."

"저 역시도요."

"한마디도 안 지는군."

결국 웃음 섞인 목소리로 말하고 애버릿은 연습실을 나섰다. 이든은 불만 가득한 눈으로 레사를 노려보았다가 프레이스에게 깊이 허리를 숙여 보이고 애버릿을 따라 나갔다.

"무슨 이야기했어?"

문이 닫히자마다 프레이스가 돌아서며 추궁했다.

"별 이야기 안 했습니다."

"그 별 이야기 아닌 이야기가 뭔지 내게 말해 봐. 처음부터, 전부, 세세하게."

프레이스가 딱딱거리며 말했다. 그는 지금 분노와 짜증으로 눈앞이 어지러울 정도였다. 마가렛에게 일 황자가 찾아왔다는 말을 듣고 급히 내려와서 문을 열었더니 처음으로 들렸던 말이 바로 저것이었다.

'그래? 그러면 계약이 끝나면 나와 계약하지 않을래?'

그 말을 듣는 순간 확 하고 머리에 열이 오르는 기분이었다. 그래서 앞뒤 가릴 것 없이 튀어나왔는데, 자신이 단호하게 애버릿을 끊어내고 나자 이제 레사를 향한 의심이 고개를 들었다.

저런 말을 할 여지를 레사가 준 게 아닐까? 그렇지 않으면 왜 '그러면'이라고 했겠는가? 자신과 계약이 끝나면, 정말로 애버릿과 계약할 생각인 것인가?

그런 생각들이 솟아나서, 프레이스는 전부 듣지 않으면 직성이 풀리지 않을 것 같았다. 레사는 갸웃하고 처음부터 이야기를 시작했다.

"그리고 춤을 추자고 하셔서—"

"추움?"

"네, 여자 파트를 잘 추신다고. 그래서 같이 춤을 추기 시작했습니다."

"애버릿이랑?"

"네."

"너랑 춤을 췄다고."

"네."

프레이스의 목소리가 음산해졌다. 그가 팔짱을 끼며 비딱하게 섰다.

"그리고?"

레사는 테사와 미나에 대한 이야기를 꺼내야 할까 말까 망설였지만 솔직하게 이야기하기로 마음먹었다. 두 사람에 대한 이야기를 레사가 이어서 하자, 프레이스가 팔짱을 풀고 물었다.

"호위를 붙이는 편이 좋지 않을까?"

"네?"

"테사 말이야."

말하고 나자 프레이스는 위화감을 느꼈다.

'레사의 이야기로, 레사는 고아라고 했잖아? 바로 블랙캣에 들

어간 거고, 그러면 쌍둥이인 테사도 같이 들어갔다는 이야기인
가? 그러면 레사가 그곳을 불태울 때, 테사도 협력한 건가?

게다가 레사는 분명히 그 문신이 남아 있는, 블랙캣의 유일한
생존자는 자신뿐이라고 이야기했다. 하지만 테사도 블랙캣 출
신이라면, 그 문신이 남아 있어야 하는 거 아닌가.

"레사."

"네."

"테사도 블랙캣 출신이야?"

프레이스의 질문에 레사는 숨을 삼켰다. 아차, 하는 생각에 표
정이 흔들렸다. 그 고백을 할 때는 전부, 진실이었다. 숨김 따위
는 없었다.

그러니 쌍둥이인 테사의 설정 따위 들어갈 자리도 없었던 것
이다. 그걸 생각할 만한 정신 상태도 아니었고.

"레사?"

그 흔들림을 프레이스는 놓치지 않았다.

"테사는……."

레사는 어떻게 해야 하나 고민했다. 테사는 거짓말이다. 그녀
는 존재하지 않는다. 하지만 이미 입술이 움직이고 말았다.

"테사도 같은 조직 출신입니다."

털어놓는 혀가 무겁게 느껴졌다.

"그래?"

"네, 하지만 그녀는 저만큼 훌륭하지 않았고 그래서 다른 곳

으로 팔려갔습니다. 나중에 제가 찾게 되어서 만났지만, 음— 그녀는 한곳에 머무르는 걸 좋아하지 않아서 전 대륙을 돌아다닙니다."

씁쓸하게 웃으며 레사는 뒷말을 마무리했다. 거짓말 위에 거짓말. 프레이스가 이걸 믿을까?

"아, 그래서 유산은 미나에게 남기는 거였군."

프레이스는 납득해 고개를 끄덕였다.

여성이 암살조직에서 훈련받다가 팔려 나갔다면 결코 좋은 꼴을 보지는 못했을 거다. 프레이스는 레사가 했던 몸이 약하다는 이야기나 정착하지 못한다는 이야기도 수긍은 할 수 있었다.

동시에 테사에게 자신의 도움은 필요 없을 거라는 레사의 말도.

프레이스가 쉽게 자신의 말을 믿자 레사의 가책은 더해졌다. 속이는 건 이게 마지막이라고 레사는 애써 위로했다.

프레이스가 손을 내밀었다. 개에게 앞발이라도 요구하는 듯한 동작이었다.

"……?"

레사가 의아해하며 프레이스의 손 위에 자신의 손을 겹쳤다. 프레이스가 그녀의 허리에 손을 두르며 말했다.

"나랑도 춰."

"네?"

"춤 말이야. 애버릿이랑만 췄잖아."

"하지만—"

"얼른."

프레이스는 레사를 휘두르듯 리드하기 시작했다. 반쯤 질질 끌려 시작했던 춤은 곧 엉키지 않고 이어졌다. 프레이스가 웃으며 놀렸다.

"여자 스텝도 능숙하네?"

"본 게 있으니까요."

"그런가?"

하나, 둘, 셋—

왈츠는 경박하다고 하지만, 서로의 신체에 접촉하는 시간이 긴 이 춤은 요즘 인기 만점이었다. 레사의 등허리가 손에 쏙 들어와 프레이스는 침을 삼켰다.

"아."

"죄송합니다."

"아냐, 계속해."

결국 발을 밟고만 레사였다. 빙글 돌다 보니 스텝을 밟은 것이다. 이러니저러니 해도 발끝이 거의 스칠 정도로 가까운 스텝이 앞뒤로 엉켜서 여러 번 이어진다. 게다가 여성 파트는 처음이니 더더욱 그랬다. 레사는 저도 모르게 계속 발을 내려다보았고 프레이스가 그런 레사의 등을 찰싹 쳤다.

"날 봐야지."

"발이 멀쩡하지 않으실 것 같은데요."

"상관없어."

레사가 불만스럽게 자신이 손을 얹고 있는 프레이스의 어깨를 두들기며 말했다.

"그리고 애버릿 님과는 여기까지만 췄습니다."

"그러면 나랑은 끝까지 춰야지."

'이 사람이?'

상체는 뒤로 젖혀서 사이를 벌리지만, 하체는 스치듯 가까이 붙는다. 레사는 한숨을 내쉬며 프레이스가 자신을 번쩍 들어서 돌리고, 내려놓고, 빙글 돌리고, 서로 떨어졌다가 다시 손을 잡는, 그 모든 스텝을 밟았다.

춤이 끝나자 프레이스는 정중하게 허리를 숙였고, 레사 역시 마주 고개를 숙이고 불만스러운 얼굴을 들었다.

"여자 파트를 춰 봐야 연습도 되지 않는데 말입니다."

"그쪽도 춰 봐야 맞출 때도 잘하지."

프레이스가 변명하며 눈을 굴렸다.

'그런가?'

또 그 말을 들으니 그것도 그럴듯해서 레사는 고개를 끄덕였다. 프레이스가 얼른 말을 돌렸다.

"그러면 테사에게는 호위를 안 붙여도 되는 건가?"

"네? 아, 네."

레사는 깊게 고개를 끄덕였다. 프레이스는 미나에 대해서도 물어야 한다는 걸 알고 있었다. 하지만—

그녀가 없어졌으면 좋겠다고, 생각하는 자신이 있었다.

'추하다, 프레이스 이든 루 왈라키아.'

프레이스는 고개를 흔들고 말했다.

"미나에게도 호위를 붙일까?"

"미나에게……."

레사는 고민했다. 미나에게 괜한 불안감을 주고 싶지 않았다. 게다가 그녀는 아카데미 안에서 생활하고 있지 않은가? 주변에 위화감도 줄 것이다.

망설이다가 레사는 고개를 흔들었다.

"아뇨, 일단은 지켜보겠습니다."

"그래."

프레이스는 고개를 끄덕였다.

"그럼 집무실로 돌아가지요."

레사의 말에 프레이스는 말없이 앞장섰다. 딱 하나. 질문이 목구멍에 걸려서 나오지 않는 걸 그는 삼켰다.

'그대로 내가 안 들어왔으면, 어떤 대답을 할 거였어?'

하지만 물을 수가 없었다.

'겁쟁이네.'

자신이 정말로 겁쟁이라는 걸, 프레이스는 처음으로 깨달았다.

*　　*　　*

코코는 잠에서 깨어났다.

웅웅웅—

지팡이가 끊임없이 울고 있었다. 침대에서 손을 뻗자, 기다렸다는 듯이 지팡이가 날아와 그녀의 손에 착 들어왔다.

—은나무가시.

부르는 소리에 코코는 잠에 찬 목소리로 대답했다.

"뭐야? 한밤인데."

—드래곤 슬레이어가 나타났다.

그 말에 코코의 잠이 확 달아났다.

"뭐? 드래곤 슬레이어가? 어디서?"

그녀가 허둥지둥 침대에서 내려왔다. 그러자 그녀의 발이 닿은 곳부터 어둠이 번져, 온 방 안이 새까맣게 물들었다. 그리고 방 가운에게 희미하게 빛나는 인형이 나타났다. 자신의 몸에 비해 너무나도 긴 로브를 입고, 한쪽 다리만 접고 앉아 있는 소년이었다.

—떨어지는 새벽별이 가지고 있어.

"새벽별이……."

코코는 살짝 입술을 깨물었다. 드래곤 슬레이어는 마법사들에게도 유구한 물건이었다. 고대 왕국, 자신들의 아름다운 왕국을 멸절시킨 마룡을 벤 검.

그걸 인간에게 맡겨 둔 이유는, 마법사는 그 검을 다룰 수가 없기 때문이었다. 마룡의 피가 깃든 그 검을 다룰 수 있는 사람은 현재 남아 있지 않았다.

'수호대면 모를까.'

한 마을에서 마주칠 거라고는 상상도 못 했던 기분 나쁜 남자를 떠올리며 코코는 입술을 비죽거렸다.

그들 역시 사라진 드래곤 슬레이어를 찾고 있다. 마법사인 떨어지는 새벽별이 검을 가지고 있다는 사실이 알려지면, 안 그래도 안 좋은 둘 사이의 관계가 더 악화될 것이다.

"설마 봉인을 풀 생각은 아니겠지."

코코의 말에, 소년─ 정화하는 독은 눈을 느리게 깜박였다.

─글쎄. 그럴 생각이 아니면 왜 검을 가져갔겠어?

"왜 우리가 그동안 그 사실을 몰랐지? 그가 황후와 거래를 했다는 건 알고 있었는데!"

코코가 발을 동동 굴렀다. 정화하는 독이 턱을 괴며 말했다.

─그야 황후가 국보를 마법사에게 넘길 거라고 누가 생각했겠어?

"진짜로 황후가 그런 걸까?"

─모르지. 하지만 드래곤 슬레이어가 그의 손에 들어가 있는 건 사실이야.

"그럼 다른 하나를 보호해야 하지 않아?"

─황궁의 보물전은 우리도 들어가기 힘들어. 알잖아?

그걸 설계한 것이 마법사다. 그리고 마법사는 마법사를 가장 경계했다.

"대체 거길 어떻게 들어가서 그걸 훔친 거람?"

—다른 사람을 시킨 걸 수도 있고. 하여간 떨어지는 새벽별을 붙잡아야 해.

"연대에는 알렸어?"

—너에게 처음으로 말하는 거야.

"그럼 알려야겠네."

—이제 우리는 얼마 남지 않았어. 그리고 아주 천천히 쇠락해 가겠지. 그 녀석은 젊은 축이니까, 그걸 견디지 못했을 수도 있어.

"……뭐든지 끝이 있는 법이야."

은나무가시가— 코코가 작게 중얼거렸다.

삼백 년—

길면 길고, 짧다면 짧은 인생이었다. 그리고 앞으로 자신은 최소 백 년은 더 살 것이다. 인간이 보기에는 터무니없이 긴 수명이지만, 떨어지는 새벽별에게는 부족하게 느껴졌을 것이다.

"오랜만에 마법사 회의가 열리겠군."

—고작 다섯이지만.

정화하는 독이 그렇게 말하고, 소년답지 않은 웃음을 지었다. 코코가 손을 저었다.

"먼저 알려줘서 고마워."

—아냐. 너에게는 조카 같은 아이니.

코코는 낮게 웃었다. 곧 정화하는 독의 모습이 사라졌고, 사방은 도로 평범한 침실로 돌아왔다. 코코는 지팡이에 몸을 기댔다.

오십여 년 전에 죽은 사매가 있었다. 그녀의 제자가 바로 떨어지는 새벽별이었다. 사질이라고 해야 할까?

코코는 한숨을 내쉬었다.

'수호자에게도 알려야 하나.'

그러나 곧 고개를 저었다. 마법사의 일이니 마법사가 알아서 처리할 것이다. 수호자에게까지 알리고 싶지 않았다. 코코는 지팡이를 놓으며 말했다.

"땅에 떨어진 새벽별을 찾아라."

지팡이가 부르르 떨었다. 중력을 거슬러 꼿꼿하게 세워진 채로, 지팡이가 축을 중심으로 크게 원을 그리며 회전하기 시작했다. 옆에서 보면 원뿔을 이루는 모양새였다. 코코는 침대로 몸을 다시 던졌다.

'전에 왔을 때 확실히 잡을 걸 그랬지.'

작은 후회를 하며 코코는 눈을 감았다.

마법을 쓸 수 있게 하는 것은 마력이다. 하지만 '그날' 이후, 이 세계의 마력은 몹시 희귀해졌다. 마법을 쓸 수 없을 정도로.

그러니 마법사가 마법을 쓰려면, 지금껏 몸 안에 쌓아 둔 마력을 야금야금 사용하는 수밖에 없었다. 하지만 그것도 한계가 올 것이다. 마력이 없으니 마법도 없다. 그야말로 필연적으로 사라질 수밖에 없는 직업인 것이다.

'직업.'

깃털 베개에 얼굴을 누르며 코코는 한숨을 삼켰다. 단순한 직업이라면 좋겠다. 그렇다면 이런 직업 그만두고 다른 일을 찾을 테니까.

그러나 마법사는 단순한 직업이 아니며 삶의 방식이다. 몸에 쌓인 막대한 마력이 노화를 막아 주어, 보통 인간의 몇 배로 수명을 늘려 주었다. 그렇게 얻은 긴 세월 동안 마법사들은 마법을 쌓고, 쌓고 또 쌓아 올린다.

그러나 이젠 그것도 끝. 늘어난 수명으로 할 수 있는 일은 없다. 아름답던 상아탑은 사라지고, 마력이 없으니 지금껏 쌓아 온 모든 지식은 이제 쓰레기다.

지독한 300년이었다.

'어쩌면 벌인지도 모르지.'

은나무가시는 그렇게 생각했다. 아마 다른 마법사들도 비슷한 생각이겠지. 왕국을 멸망시킨 벌을 받고 있는 거라고.

타인의 죄를 짊어지는 건 취향이 아니지만, 같은 마법사의 죄니까.

'황혼의 혈족.'

테레사 알반을 떠올리며 코코는 한숨을 푹 내쉬었다.

운명을 믿지 않으나, 이 상황에서 그녀를 만난 것을 운명이 아니라고 할 수는 없었다.

'그리고 테레사가 황자와 얽힌 것도.'

그 수호자 놈의 농간인가 싶기도 했다.

'몰라, 일단 자자.'

코코는 눈을 꾹 감았다. 그러나 쉬이 잠들지 못할 것 같았다.

*　　　*　　　*

오랜 훈련(?)이 끝나고 레사는 방을 받았다.

동쪽 궁, 프레이스의 바로 옆방이었다. 게다가 방을 배정받았으니, 그에 따른 시종과 시녀 역시 배정받았다.

'시종과 시녀라니.'

이상한 기분이었다.

'방을 정리해 주시는 고마운 분이라고 해 둘까.'

레사는 자신의 방을 둘러보았다. 프레이스의 방에 비해서는 작은 편이었지만, 크기만 작을 뿐 모든 것이 비슷했다. 작은 응접실, 작은 침실, 작은 서재, 작은 욕실.

아니, 이것도 프레이스와 비교해서 작은 거지, 레사는 이곳 침실의 사분의 일 크기인 집에서 살고 있었다.

'방을 준다고 해서 침실을 내주는 건가 했더니.'

그게 아니었던 것이다.

게다가 윈스턴의 이야기를 들어 보니, 프레이스의 방과 가깝다는 것은 그만큼 신뢰를 하고 있다는 증거라고 한다. 기쁘기도 했지만, 한편으로는 두려움도 없잖아 있었다.

'괜찮은 건가.'

프레이스의 평판이 나빠지는 건 아닐까?

레사는 작위에도, 권력에도 관심이 없지만, 프레이스가 황제가 되고 싶다고 하면 이루어 주고 싶었다.

프레이스의 목표가 그것이니까, 적극적으로 협력할 생각이다.

'어떻게 해야 황제가 될 수 있는지는 모르겠지만.'

스스로의 생각이 바보 같아 레사는 씁쓸하게 웃었다.

'황제라니.'

도대체 자신의 인생에서 얼마나 먼 소리란 말인가? 만약 누군가가 '넌 황궁과 얽히고, 황자를 황제로 만들려고 고민하게 될 거야.'라고 했다면 어디 아프냐고 물었을 것이다.

그녀는 소파에 조심스럽게 앉았다.

도저히 여기가 자신의 방이라는 것이 실감이 나지 않았다. 앞으로도 딱히 실감이 나지는 않을 것 같았다. 자신의 방이라기보다는 '잠시 빌렸다.' 라는 느낌이 더 강하니까.

'황궁을 제집이라고 느끼면서 사는 건 어떤 걸까?'

잠시 생각에 잠겨보았지만, 도저히 어떤 느낌인지 알 수가 없었다. 레사는 자리에서 일어나 침실로 들어갔다. 침실에는 옷 방이 딸려 있었는데, 현재 거기에는 자신의 제복 두세 벌이 나란히 걸려 있을 뿐, 텅 비어 있었다.

레사는 옷을 갈아입었다.

전령의 일을 맡게 되면서 옷 역시도 바뀌었다. 목까지 오는 카라를 따라서 붉은색 선이 주욱 이어지고, 금 단추의 문양도 바뀌었다. 무엇보다도 가장 많이 바뀐 것은 망토인데, 예전에는 단색이었던 망토에 화려하게 수가 놓였다. 이 황자의 문양이라고 시녀가 설명했다.

거기에 전령임을 뜻하는 작은 금 나팔까지 허리에 차고─실제로는 쓸 일이 없겠지만─ 레사는 거울 속의 자신을 들여다보았다.

'나쁘지는 않군.'

결론을 내리고 레사는 팔목 중간까지 오는 장갑을 꼈다. 원래는 손가락이 다 있는 장갑인데, 암기와 와이어를 다루는 레사에게는 손끝 감각이 중요해서 손가락 부분을 다 잘라 버렸다. 시녀가 그걸 보고 기겁해서는 그 장갑을 강경하게 가지고 가서 깔끔하게 마무리해 주었다.

'고마워라.'

그냥 자른 것과 가죽 장인이 마무리한 것은 천지 차이였다.

마지막으로 레사는 딱 하나 있는 액세서리를 오른쪽 귀에다가 착용했다. 시녀들이 저도 모르게 돌아볼 정도로 멋진 미청년이 거울 속에 서 있었다. 정작 레사는, 당연하지만, 시녀들에게 별 관심 없었지만 말이다.

자신의 방을 나와 레사는 옆방으로 이동했다. 프레이스와 자신의 침실 사이에 비밀 문이 있기는 했지만, 아직까지는 굳이 그걸 이용할 필요는 느끼지 못했다.

"안녕, 좋은 아침."

"좋은 아침입니다."

아침에 흔들어 깨울 필요 없는 좋은 고용주인 프레이스는 이미 옷을 갈아입고 나와 있었다. 수면 향을 쓰지 않게 되면서 프레이스는 일정한 시간에 눈을 딱 뜨고는 했다. 불면증이 나았다는 것만으로도 프레이스는 레사에게 상을 주고 싶었다.

"잘 어울리네."

프레이스가 레사의 옷을 보며 말했다. 레사가 "그런가요?" 하고 목깃에 손가락을 넣어 잡아당겼다.

"불편해?"

"아뇨, 어색할 뿐입니다."

게다가 오른쪽 어깨에 메는 망토 길이도 예전보다 길어졌다. 호위일 때는 허리쯤까지 오던 것이 이제는 가장 긴 부분이 엉덩이 아래까지 내려온다.

"오늘은 중요하게 갈 곳이 있어."

"어디입니까?"

"클리프랜드 공작 저택."

"클리프랜드로 내려갈 겁니까?"

"아니, 설마. 숙부님께서 모처럼 수도에 올라와 계시거든."

"그렇군요."

귀족들의 저택이 둘이라는 건 레사도 이미 알고 있는 사실이었다. 영지에 하나, 수도에 하나.

"숙부님은 내 훌륭한 아군이지만, 동시에 적이야."

"어째서입니까?"

레사는 '알겠다.'라고만 대답하는 대신 질문을 던졌다. 이제 그녀는 프레이스와 같은 길을 가야 하는 '동료'였다. 단순히 명령을 받는 걸로는 전체 이야기를 파악할 수가 없다. 레사의 말에 프레이스는 기꺼운 표정으로 설명을 시작했다.

"내 어머니가 황후라는 건 알고 있지?"

설마하니 이것도 모르는 건 아니겠지, 하고 프레이스는 레사를 살폈다. 레사는 고개를 끄덕였다.

"기본 상식이라면 저도 어느 정도 알고 있습니다."

"좋아. 그렇다면 현재 황제 폐하가 즉위하는 데 클리프랜드 공작가가 크게 힘을 보탰다는 건?"

"그건 모르는 일입니다만."

대답을 한 레사가 힐끗 문 쪽을 보며 말했다.

"아침이 온 것 같군요."

"그러면 먹으면서 이야기하지. 좀 긴 이야기가 될 테니까."

레사는 고개를 끄덕이고 문을 열었다. 시녀가 레사에게 트레이를 넘기고 응접실로 물러났다. 레사는 서재에 아침상을 차리기 시작했다.

바삭하게 구워진 토스트와 세 종류의 잼과 버터. 윤기가 흐르는 오믈렛과 바삭하게 익힌 베이컨, 그리고 뜨거운 차가 찻주전자 가득히 들어 있었고, 데워진 우유 역시 나란히 놓여 있었다.

나란히 앉아 식사를 하며 프레이스가 말했다.

"아버지는 장남이 아니었어, 게다가 황후 소생도 아니었지. 입지가 약한 인물이었어. 당시의 약혼녀가 릴리안 잉그버렛 자작 영애였으니까. 잉그버렛 자작의 영지는 루안이라는 시골 영지거든."

레사는 고개를 끄덕였다. 혼약은 중요한 계산이다. 그런데 그렇게 힘없는 영지의 영애를 택했다면, 황위에 크게 구애받지 않았다는 이야기였겠지.

'그러고 보니.'

레사는 힐끗 프레이스를 보았다.

'도프 백작 영애와 약혼 관계인 건가?'

전에 지나가듯 그녀를 에스코트해야 한다고 했던 말이 떠올랐다. 그 에릭의 누이니까 분명히 좋은 사람이겠지.

그런 아름답고 혈통 좋은 귀족 영애가 프레이스와 어울릴 것이다. 빤히 그를 바라보자 프레이스가 "왜?" 하고 물어 왔다.

"아뇨, 아닙니다. 이야기를 계속해 주세요."

"응, 듣다가 뭔가 이해가 안 되는 게 있으면 바로 물어봐."

"네."

프레이스가 아직 뜨거운 토스트 위에 버터를 발랐다. 갓 만든 부드러운 버터가 사르르 녹으며 토스트에 스며들었다. 그 위에 다시 사과잼을 얹으며 그가 설명을 계속했다.

"클리프랜드 공작가는, 제국에서 가장 크고 오래된 가문이야. 당장 공국으로 독립한다고 해도 이상하지 않을 정도지. 제국의 처음부터 함께해 왔으니 그만큼 봉신 가문들의 충성심도 깊어."

"그럼 왜 독립하지 않는 거죠?"

"이미 제국의 왕이나 다름없는걸. 고개를 숙일 사람이 황제 한 명뿐이니까. 하지만 내 숙부는 썩 만족하지 못하시는 모양이야. 날 통해서 제국을 다스리고 싶어 하시거든."

"일거리를 늘리고 싶어 하시는 분이군요."

레사의 중얼거림에 프레이스는 웃었다.

"그것도 그렇고. 그리고—"

프레이스는 묘한 얼굴을 하며 말했다.

"지금의 황제를 싫어하고 있거든."

"자신의 매제를 말입니까?"

"내 어머니가 결혼하셨을 때는 고작 열여섯이었어. 날 낳은 건 열아홉이었고, 돌아가신 건 스물여섯 때였지."

프레이스는 바삭한 토스트를 입 안에 넣었다. 레사가 찻주전자를 들어 그의 찻잔을 반쯤 채우고서 물었다.

"우유를 넣어 드릴까요?"

프레이스는 고개를 저었고 레사는 마저 찻잔을 채웠다. 그러고 나서 자신의 찻잔을 반쯤 채우고, 우유를 넣고, 흰 설탕을 넣었다.

'내 설탕이 아니니까.'

이럴 때 아니면 언제 마음껏 설탕을 넣어 보겠는가?

프레이스가 차를 마시고 말했다.

"어머니가 돌아가신 게 황제와 릴리안의 협잡이라고 숙부님은 생각하고 있어."

그 말에 레사는 저도 모르게 프레이스를 보았다. 그가 어머니를 싫어하지 않는다는 건 그의 어조에서 충분히 읽을 수 있었다.

'자신의 아내를 살해하는 독부라니.'

그것도 단순한 지어미가 아니라 한 나라의 황후다. 그걸 후궁과 손잡고 시행했다고?

"그렇게까지 해야 할 이유가 있었을까요?"

레사는 물었다. 만약에 그 뒤로 릴리안이 황후가 되었다면야 이해하겠지만, 그녀는 여전히 후궁의 자리에 머무르고 있다. 황후를 죽여서 얻는 것이 무엇이란 말인가?

"그럼 황후 소생은 나 하나만 남지."

그의 말에 레사는 아, 하고 고개를 끄덕였다.

'과연…… 프레이스만 해치우면 된다는 건가? 굳이 무리해서 후궁을 황후 자리에 올리지 않아도? 그러고 보니 바로 프레이스를 수도원에 넣었다고 했잖아?'

레사가 눈을 찌푸렸다.

"그러면 황제 역시 적입니까?"

레사의 물음에 프레이스는 잠시 침묵했다. 그가 느리게 말했다.

"내 모후는 말이야⋯⋯."

그는 어렸을 때의 기억을 생생하게 회상할 수 있었다. 수도원에서 수십, 수백 번 반복했던 회상이니까 말이다. 아마 상당히 미화되었겠지만, 그래도 알 수 있는 건 있다.

"필사적으로 폐하의 사랑을 얻으려고 애썼어."

"사랑이요?"

"그래, 정략결혼에 무슨 사랑이 있겠어. 하지만 모후는 폐하를 열렬하게 사랑했지. 그 사랑을 얻기 위해 날 낳았어. 그녀는 억지로 내 등을 떠밀어서 황제궁에 날 홀로 보내고는 했지. 황후전에 들라고 청하게 하기 위해서 말이야. 몇 번이나, 몇 번이나."

어렸던 그도, 황제궁에서 서서 기다릴 때의 그 창피함은 기억하고 있었다.

그리고 어머니를 만나러 오시라고 말할 때의 그 수치심과 부친의 경멸을 담은 눈빛.

거절할 때가 더 많았다. 거절당하고 나서 어머니에게 돌아가면, 또 어머니의 원망과 눈물을 보아야 했다.

프레이스가 어깨를 으쓱했다.

"어린애에게는 꽤 끔찍한 일이지."

레사는 고개를 끄덕였다. 프레이스가 "아." 하고 멋쩍게 말했다.

"물론 레사가 겪은 일에 비하면야 별거 아니지만."

"그런 문제의 경중을 비교하는 것도 이상한 일이죠."

레사의 말에 "그런가." 하고 프레이스가 한숨을 짧게 내쉬었다.

"하여간, 음. 그리고 모후께서는 아프기 시작하셨고, 나중에는 광증까지 나타났어. 광기에 번득이는 눈을 하고 몇 번이나 폐하를 찾으면서 언제 오시냐고 말하는 그녀의 눈에는 나도 비치지 않더군. 그때 클리프랜드 공작을 처음 봤어. 숙부는 분노하시고, 오열하셨지."

클리프랜드 공작을 본 어머니는 곧 열여섯 소녀가 된 듯이 말했다.

"오라버니, 자이안 님이 오셨나요? 언제 오실까요? 곧 그분과 결혼한다는 게 믿어지지 않아요."

재잘거리는 그 모습을 보고 숙부는 어머니를 안고서 오열했다.

적어도 그가 자신의 어린 여동생을 지극히 사랑한다는 것은 알 수 있었다. 자신에게 돌아온 것은 적의에 찬 시선이었지만 말이다.

그래도 숙부에게 편지를 쓸 수 있었던 것은 그때 그 모습을 보았기 때문이었다.

"하지만 폐하는 한 번도 황후궁에 오지 않았고, 어머니는 마지막까지 폐하를 찾다가 복도에서 쓰러져 돌아가셨지. 아마 직접 찾으러 가시려던 게 아닐까."

프레이스는 식어서 미지근해진 차를 단숨에 비웠다.

"그러니까 나에게 황제는— 폐하는, 아버지는…… 글쎄. 그에게 인정받고 싶은 것 같군. 동시에 복수하고 싶기도 해. 그래서 난 황제가 되고 싶은 거야."

동시에 그에게서 사랑을 받고 싶었다.

정말로 모순적인 감정이지만, 그 두 가지는 동시에 존재했다.

몇 번이나 보았던 애버릿과의 다정한 모습은 지금도 선명했다. 자신도 그런 것을 꿈꿨다. 이제는 그게 이루어지지 않을 꿈이라는 걸 알면서도, 그걸 바라는 자신이 우습지만…….

"알겠습니다."

레사는 고개를 끄덕였다. 프레이스가 씩 웃고 말했다.

"그러면 다시, 공작가 이야기로 돌아가서. 하여간 그런 입지가 약한 상태였지만, 클리프랜드 공작은 폐하를 지지하며 나섰지. 단, 자신의 여동생을 황후로 해야 한다는 조건과 함께 말이야."

"아."

과연, 나쁘지 않은 조건이었다. 그렇게 되면 황후를—자신을 밀어준 클리프랜드 공작가를 결코 무시할 수 없을 테니까 말이다.

"아버지는 받아들였고, 싸움 끝에 황제가 되었어. 황후의 자리는 클리프랜드 공작 영애에게 넘어갔고."

"이해했습니다."

레사는 고개를 끄덕였다.

"외숙부가 섭정이든 뭐든, 지금보다 더 강한 권력을 가지고 싶다면 내가 남은 유일한 패야. 아니면 뭐, 공국으로 독립하든가."

"하지만 그러지는 않을 거라는 말이군요."

"응. 덧붙여서 지금의 황제를 미워하고 있으니까."

"하지만―"

레사가 고개를 기울이며 그를 보자 프레이스가 고개를 끄덕였다.

"하지만 내가 황위에 오른 후에는 어찌 될지 모르는 거지."

"적을 해치울 때까지는 믿을 수 있는 아군이라는 말이군요."

"어."

적이 넘어지고 나서는 어찌 될지 모르지만.

레사는 이해했다. 저런 관계라면 뒷골목에 무수히 많다. 원래 악당들이란 이득을 위해서 움직이는 법이고, 이해를 따라서 집합했다가 산개하는 것이다.

"알겠습니다."

그렇다면 절대로 약점은 보이지 않는 편이 낫다. 아니면, 적당한 약점을 보여주든가. 상대방이 언제든 이쪽을 잡을 수 있다고 생각할 때가 반대로 잡을 때인 것이다.

"그럼 오늘 만나러 가시는 건……?"

"아, 레사에게는 이야기를 안 했구나. 먹고 이야기할게."

"네."

레사는 따끈따끈한 아침을 두둑하게 먹었다. 설탕이 들어간 달달한 밀크티도 각별했다. 식사를 끝내고 트레이를 정리하고 나서, 프레이스는 레사를 데리고 방으로 들어갔다.

이번에는 자기 출생의 비밀까지 포함한 전부를 레사에게 이야기했다.

"프레이스의 아버지가 황제가 아니라고요?"

"그렇게 말하던데."

"하지만 프레이스가 본 어머니는 그런 사람이 아니고요."

"죽을 때까지 폐하를 찾았던 사람이야. 바람이라니 있을 수 없지."

"하지만 드래곤 슬레이어가 사라진 것 역시 사실이고 말입니다."

"그래."

"그리고 그 이야기를 황제가 직접 했을 가능성이 크다는 거면, 적이네요."

간단하게 결론을 내리는 레사였다.

제국의 황제를 적이라고 아무렇지도 않게 말하는 뻔뻔함과 대담함을 가진 사람은 아마 몇 없을 것이다. 그중에서 '신분이 낮으면서'를 앞에 붙이면 레사밖에 남지 않겠지.

프레이스는 그렇게 생각하며 웃었다.

"만약에 내가 폐하의 아들이 아니라면……."

"그런 일은 없을 것 같습니다."

"그래?"

레사의 확신에 프레이스가 의아해져서 묻자 레사가 고개를 끄덕였다.

"애버릿 님과 닮았거든요."

"아."

그 말에 프레이스는 뭐라고 해야 할지 알 수 없는 기분에 사로잡혔다. 짜증이 나면서도 약간 안도도 되는 기묘한 기분이었다.

"닮았어?"

프레이스는 애버릿의 얼굴을 떠올려 보았다. 그 계집애처럼 생긴 놈이랑 자신이 닮았단 말이지. 그나마 비슷한 건 눈동자 색이지만, 그것도 자신은 짙은 녹색이고 저쪽은 밝은 녹색이다. 말만 같은 녹색이지 완전히 다른 색이었다.

"네, 닮았습니다."

레사는 고개를 끄덕였다. 그야 단순히 분위기만 본다면 프레이스와 애버릿은 겨울과 봄 같은 느낌이다. 프레이스가 입을 딱 다물고 있으면 그에게서는 칼날같이 날카로운 느낌이 난다. 차갑고 매서운 겨울. 북쪽 나라에 눈의 기사, 라는 직위가 있다면 프레이스의 것일 거라고 레사는 생각했다.

반대로 애버릿은 서 있기만 해도 나긋한 분위기가 풍긴다. 따뜻하고 부드럽고, 아니 볼 때마다 생글생글 웃고 있는 것 같은 그런 느낌.

두 계절은 정반대에 있지만 동시에 나란히 존재한다.

이 이복형제 역시 닮지 않은 것 같지만, 같은 피가 흐르는 만큼 닮아 있었다. 그걸 어디가 닮았느냐고 꼬치꼬치 캐묻는다면 정확히 대답할 방법은 없지만 말이다.

"물론 애버릿 님도 폐하의 아이가 아니라면 이야기가 달라지겠습니다만."

그 발언에 프레이스는 기가 찼다.

"레사."

"네."

"밖에서 그런 얘기 하면 바로 목이 잘릴걸."

"그러니까 안에서만 합니다만."

레사가 눈을 깜박였다. 프레이스가 가볍게 웃고 다시 노커를 돌려 마법을 풀고 말했다.

"그래서, 숙부님에게 오늘 대답을 들으러 가려고."

"알겠습니다."

레사가 고개를 숙였다.

"아, 하지만 그 전에."

프레이스가 문을 열며 눈을 찌푸렸다.

"오늘 아침 업무는 끝내고 가야겠지."

윈스턴이 마지막 서류를 레사에게 건네며 말했다.

"길을 잃는 건 아니겠지."

"길눈은 밝습니다."

"좋아."

윈스턴이 고개를 끄덕였고 레사는 서류를 들고 집무실을 나섰다. 그 뒷모습을 보며 에릭이 말했다.

"내가 따라가 줘야 하는 거 아냐?"

"뭐하러?"

"'뭐하러'라니, 정무관 가면 눈초리가 장난 아닐 텐데."

"옆에 선다는 게 어떤 의미인지, 저 녀석도 알아야 해."

프레이스가 서류를 보다가 한숨을 내쉬고 말했다.

"지금 둘 다 나 들으라고 하는 소리야?"

"정무관에 얼굴을 좀 비추라는 말이죠."

"나에게 반하는 신료들이 줄줄이 생기는 건 싫은데."

"고개 들라고 말하지 않으면 되잖아?"

에릭이 거들었다. 프레이스는 픽 웃고 말했다.

"그래, 알았어. 나중에."

"서류만으로는 알 수 없는 것도 있는 겁니다."

"그러니까 너희랑 레사가 있는 거잖아."

"그거야 그렇지만."

에릭이 턱을 괴었다.

당연히 자신들 둘만이 서류를 처리하지는 않는다.

제국의 절반.

말이 쉽지 결코 간단하지 않은 문제였다. 그리고 애버릿도, 프레이스도, 각기 영지를 관리하는 신하들이 있었다. 그들은 정무

진실 341

관에 모여서 의견과 정보를 교환하고, 취합하며 보고를 한다. 그렇게 해서 만들어진 보고서들을 에릭과 윈스턴이 살피고, 그중에서도 골라낸 문제가 프레이스에게 올라가는 것이었다.

그렇게만 해도 프레이스가 봐야 하는 문서의 수는 어마어마했다. 게다가 단편적인 것뿐만이 아니라, 전체를 개괄하는 눈이 프레이스에게는 필요했다.

서류만으로도 알 수가 없다. 그러니 무도회를 나가고, 귀족들과 이야기를 나누고, 직접 현지로 밀정들을 파견한다. 그렇게 만들어진 직속 정보기관으로부터 또다시 서류를 받아, 그것 역시 정리해서 보고 받는 것이다.

그러니 황제에게 무엇보다도 중요한 것은, 유능한 신하를 가지는 것이었다. 각 부서로 나누어진 정무관은 오십여 명의 관료가 일하고 있다. 이들은 프레이스가 다스리는 제국 절반의 핵심이라고도 할 수 있었다.

'처음에 나눌 때에도 좀 고생했었지.'

아예 처음부터 짜 올린 것은 아니고, 기존에 있던 관리직을 나눈 것이었다. 그러니 황제가 제국을 반으로 나눈다고 선언했을 때, 내무대신이 완전히 뒤로 넘어갔던 것을 이해할 수 있을 것이다. 신료들이 다 반대했지만 황제는 강경했다.

클리프랜드 공작가가 황제의 말에 찬성하자, 결국 어설프게 관리들이 둘로 나뉘게 된 것이다. 관리로서 오래된 잔뼈가 굵은 사람도 있었고, 새로운 사람도 있었다. 하여간 거기에 프레이스가 가장 꼭대기로 윈스턴과 에릭을 앉힌 것이다.

'처음에 고생했지.'

에릭은 한숨을 내쉬었다. 프레이스가 정무관에 자주 나타나는 것도 아니고, 에릭과 윈스턴을 통해서 일을 처리하니 당연히 불만이 쌓였다.

갑자기 나타난 새파랗게 어린 것들이 머리 위에 앉은 것도 짜증 나는데, 그 둘을 꼭 통해야 한다는 것 자체가 관리들의 마음에 들지 않았다. 그들 역시 귀족이며, 그들 역시 파벌이 있었으니 더 했다.

윈스턴은 펜을 잉크에 적셨다.

'그런데 어디서 갑자기 나타난, 평민이었던 놈팽이가 자신들 머리에 앉는다? 황자의 측근이라고 한다?'

당연히 보는 눈이 곱지 않을 수밖에 없었다.

윈스턴과 에릭이 예상했던 사태를 레사는 고스란히 겪고 있었다. 정무관에는 문이 없었다. 언제나 소통을 위해서 들어올 수 있다는 표시였다.

높고 굵은 기둥으로 만들어진 문틀을 지나서 들어서자마자, 레사는 자신에게 바늘 같은 시선이 꽂히는 걸 느낄 수 있었다. 방금까지 소란스러웠던 공간이 순식간에 조용해지면서, 다들 동작을 멈추고 레사를 보았다. 그러나 그들은 곧 언제 그랬냐는 듯 다시 자신의 일로 돌아갔다.

아주 찰나였지만, 그래도 분위기를 파악하기에는 충분했다.

이건 호의적이라고는 볼 수 없겠지.

"안녕하십니까, 오늘부터 제 이 황자님의 전령으로 일하게 된 레사 알반이라고 합니다."

인사는 허무하게 허공으로 흩어졌다. 하지만 레사는 굴하지 않았다. 텃세라면 뒷골목에서도 얼마든지 겪어 봤다.

'그럼 이 서류를 사람들에게 배달해야 하는데.'

물어봐야 알려 줄 것 같지가 않았다. 그래서 레사는 한 명씩 잡고 질문을 던지기 시작했다.

"혹시 베룬 님이십니까?"

"……."

"대답하지 않으시면, 베룬 님이라고 생각하겠습니다. 이 서류를 전해 달라고 부탁을—"

"아냐."

남자는 그제야 짧게 대답했다. 레사는 그렇게 서류를 전부 전달했다. 근성이라면 대단한 근성이었다. 그러고 나서 레사는 다시 힘주어 말했다.

"혹시 이 황자님께 전할 서류를 가지고 계신 분 있으십니까? 제가 돌아가는 길에 전해드리겠습니다."

"여기."

한 남자가 손을 들었다. 레사가 그에게 다가가자 그가 노란색 서류를 건네며 말했다.

"저번에 보내 주신 4차 보고서 29페이지를 다시 살펴봐 달라고 전해 드려. 게르가에 수차를 설치하는 건 좋지만, 그쪽은 너무 투흘랏 족과 영역이 가까워 기술이 유출될 수도 있다고 생각되는군. 물론 그 점에 대해서는 영주인 마난트 자작과도 이야기를 나눠 보기는 해야겠지만, 일단은 의견을 듣고 나서 다시 이야기하고 싶다고."

레사는 "알겠습니다." 하고 고개를 끄덕였다.

"여기도. 전할 말이 있다."

레사는 그런 식으로 서너 명에게 서류와 함께 길고 긴 전언을 들은 후 다시 프레이스에게로 돌아왔다.

"잘 다녀왔어?"

프레이스의 물음에 레사는 고개를 끄덕이고 윈스턴 앞에 서류를 내려놓으며 말했다.

"이 서류를 주시면서—"

레사는 토씨 하나 틀리지 않고 들었던 내용들을 전부 전달했다. 듣고 있던 에릭이 혀를 내둘렀다.

"그거 다 외운 거야?"

"한 번 들은 건 대부분 기억합니다."

"최고의 전령이네."

에릭의 말에 레사가 싱긋 웃었다.

"괴롭히지는 않든?"

윈스턴의 물음에 레사가 고개를 저었다.

"아뇨, 약간 심술을 부리시기는 했지만 괜찮았습니다."

그리고 자신의 처신을 보고, 프레이스를 판단한다는 말을 절절히 이해했다. 자신을 선택했기에 그가 손해 보는 일은 절대 없게 하고 싶었다.

"가능하면, 정무관에서 일하시는 분들의 성함을 알 수 있을까요?"

"그런 거라면 알아봐 줄 수 있어."

윈스턴이 고개를 끄덕였다. 잠시 후, 가져온 서류를 마무리한 두 사람은 자리에서 일어났다. 이걸로 오전 업무는 끝이었다.

윈스턴과 에릭이 집무실을 떠나자 프레이스가 쭈욱 기지개를 켰다.

"레사."

"네."

"이리와."

그가 손짓해서 레사는 프레이스에게 가까이 다가갔다. 프레이스는 잠시 레사의 얼굴을 올려다보았다. 프레이스가 손을 뻗어 그녀의 손을 잡았다.

"레사."

"네."

"힘든 일이 있으면 말해."

"프레이스도…… 프레이스도 힘든 일이 있으면 말씀해 주세요."

프레이스가 그 말에 웃고 고개를 끄덕였다. 그리고 작고 서늘한 레사의 손을 만지다가 말했다.

"여전히 손 차갑네."

"딱히 건강에 문제는 없습니다."

"체질인 건가?"

"네."

"겨울에는 멀리해야겠는걸."

프레이스가 장난스럽게 말했다.

"미나도 그렇게 말하죠."

레사가 미소 지으며 한 말에 프레이스가 멈칫했다. 잠시 말없이 레사의 손을 잡고 있다가 프레이스가 작게 물었다.

"레사는…… 동성애에 대해서 어떻게 생각해?"

"당사자들끼리 좋다면 상관없지 않을까요?"

아무렇지도 않은 대답에 프레이스가 고개를 들어 그를 보았다.

"남자가 남자를 좋아한다는 게 이상하지 않나?"

"그럴 수도 있다고 생각합니다. 마음대로 된다면 사랑이 아니겠죠."

'왜 이런 질문을 하는 걸까?' 하면서도 레사는 충실하게 대답했다. 그러다가 문득 이 문답을 어디서 한 적 있다는 생각이 들었다.

'에릭이랑.'

에릭이 프레이스를 좋아하지.

갑자기 불쑥 치민 생각에 레사는 저도 모르게 물었다.

"프레이스."

"응?"

"프레이스를 좋아하는 남자가 있다고 하면……."

프레이스는 갑자기 숨이 턱 막히는 것 같았다.

'어? 왜 이런 질문을 하는 거지? 설마? 어?'

손이 떨려오는 것 같아서 얼른 프레이스는 레사의 손을 놓으며 자리에서 벌떡 일어섰다. 레사가 거리를 띄우며 두 걸음 물러섰다. 프레이스가 주머니에 손을 꽂아 넣고 창가로 다가갔다.

"왜 그런 걸 묻는 거야?"

목소리가 딱딱하게 나왔다. 아냐, 아냐, 이게 아니라, 좀 더 부드럽게. 프레이스는 헛기침을 몇 번 했다.

"그냥, 궁금해서……."

레사는 말끝을 흐렸다. 에릭의 일을 멋대로 자신이 말을 할 수는 없었다. 프레이스는 초조하게 입술을 훑고 말했다.

"내가 좋아하는 사람이라면, 괜찮을 것 같은데."

창밖에 늦여름의 햇살이 반짝거렸다. 마지막 힘을 내는 듯한 정원의 녹색은 아름다웠지만, 프레이스의 눈에는 들어오지 않았다. 모두가 나간 집무실은 조용했고, 프레이스는 뒤에 서 있는 레사의 반응에 온 신경이 집중되었다. 핀 하나 떨어트리는 소리도 들릴 것 같았다.

'고백하려면 지금인가? 지금 떠보고 있는 걸까?'

어떻게 하지?

프레이스는 심장이 마구 뛰는 걸 느꼈다. 고백을 해본 적이 있을 리가 없었다. 누군가를 좋아하게 될 거라고는 생각도 못 했다.

이게 일생일대의 행운이라는 것을 프레이스는 알았다. 그래서 괜히 고백했다가 레사와의 관계가 완전히 망가지면 어쩌나 고민이 되었다. 아니, 고민이 아니라 깊은 고뇌였다.

"알겠습니다."

돌아온 산뜻한 대답에 프레이스는 휙 뒤를 돌아보았다. 레사가 열중쉬어를 하고 서 있다가 프레이스의 갑작스러운 움직임에 고개를 갸웃했다.

"프레이스?"

왜인지 잔뜩 경악한 듯한, 놀란 듯한 얼굴을 하고 있는 그를 보고 레사는 휙 뒤를 돌아보았다. 하지만 아무것도 없었다. 자신이 느끼지 못한 기적 같은 게 있을 리도 없고.

"무슨 일이십니까?"

다시 프레이스를 돌아보자 프레이스는 얼굴을 살짝 일그러트렸다가 고개를 저었다.

"아니, 아무것도 아냐. 그러는 너는?"

"네?"

"남자가 널 좋아한다면 어쩔 거야?"

"글쎄요."

레사는 갸웃했다가 에둘러 말했다.

"전 동성애자는 아니니까요."

물론 자신은 여자니까 남자가 고백해 온다고 해도 상관은 없다. 하지만 남자로 알려져 있는 상황에서 남자에게 고백을 받는 건 또 다른 문제니까.

"······그래······ 그렇구나······."

프레이스는 느리게 대답하고 잠시 발끝을 내려다보다가 말했다.

"가자."

"아, 네."

갑자기 그가 기운이 없어져서 레사는 당혹했으나 순순히 대답했다.

프레이스는 마차를 타고, 클리프랜드 공작저로 가는 동안 한마디도 하지 않았다. 마차 안에서도 턱을 괴고, 마차 창 바깥만을 바라보고 있었다.

'어째서 갑자기 기운이 없어진 걸까?'

프레이스는 레사가 자신을 바라보고 있다는 건 알았다. 하지만 말을 걸지 않는 게 고마웠다.

'나도 동성애자는 아냐.'

프레이스는 짜증을 느꼈다. 계속 안아왔던 건 여자였다. 한 번도 남자를 향해서 성욕이 일어난 적은 없었다. 아니, 굳이 말한다면 인간 자체에게서 성욕을 느꼈던 적은 없었지.

'게다가 남자 상대로는 서지도 않아.'

프레이스는 머릿속에서 몇 번이나 강조했다. 지금도 레사를 제외하고 여자나 남자 중에 고르라고 하면 당연히 여자다.

'동성애자는 아닙니다, 라니.'

그게 말하고 있는 바는 뻔했다. 남자를 연애 대상으로 보지 않는다는 말인 거지.

'이건 돌려서 차인 건가?'

프레이스는 힐끗 레사를 보았다. 레사는 빤히 그를 보고 있었다.

'아니, 그건 아닌 것 같은데.'

레사의 모습은 프레이스가 생각하는 '찬 사람'의 모습은 아니었다. 물론 차 본 적은 있어도 차인 적은 없는 자신의 상상에는 한계가 있겠지만. 그리고 레사는 평균적인 사람이 아니니 반응이 좀 다를 수도 있지만.

멋대로 부정적이 생각이 뻗어 나간다.

"레사."

결국 프레이스는 입을 열었다.

"네."

"사람 차 본 적 있어?"

"걷어차 본 적이라면 여러 번 있습니다."

"아니, 아니. 고백을 거절해 본 적."

"아뇨, 없습니다."

"한 번도?"

프레이스의 물음에 레사가 잠시 고민하다가 말했다.

"제 엉덩이를 만지면서 자신의 창관에 들어오라고 말하는 권유는 있었지만, 그건 고백은 아니겠죠."

"뭐?"

순간 머리가 텅 비는 것 같았다. 프레이스는 잠시 레사를 보았다. 그 빨간 눈이 깜박이는 걸 몇 번인가 보고서야 프레이스는 정신이 돌아왔다.

"그 새끼 누구야?"

"이반입니다."

"그건 또 누구야? 또 다른 말은 안 했어? 네 엉덩이를 만져? 그래서 어떻게 했어?"

"무시했지요."

"그걸로 끝? 죽이거나 부상을 입힌 게 아니라?"

"원래 그런 놈이니 일일이 반응해 봐야 지치지요. 말로 떠드는 것 외에 딱히 해를 끼치지는 않습니다."

"……."

하지만, 이라는 말이 목구멍까지 올라오는 걸 프레이스는 눌렀다. 이 이상의 반응은 정상이 아니다.

'이반? 이반이라고?'

반드시 찾아내서 없애주겠다고 결심한 후에 프레이스는 힐끗 레사를 보았다.

'고백을 거절한 적이 없다고 했으니까, 날 돌려서 찼다는 건 아니겠지.'

생각하며 프레이스는 안도해 싱긋 웃었다. 그제야 마차 밖의 경치가 제대로 눈에 들어왔다. 황가의 문장이 박힌 마차 앞에서 모두가 공손하게 길을 비켰다. 바퀴가 돌바닥 위를 굴러가는 소리도 경쾌하게 들렸다.

얼마 더 가지 않아 공작저 앞에 도착했는지 잠시 멈춰 섰다가 대문이 열리고 마차는 다시 출발했다. 레사는 창밖의 넓은 정원을 바라보았다. 마차를 타고 오 분여 정도 더 들어가서 마차는 멈춰 섰다.

문이 열리고 공작가의 정복을 입은 시종이 얼른 디딤대를 놓아주어 레사가 내리고, 프레이스가 이어 내렸다.

"어서 오십시오, 황자님."

정중하게 인사한 집사가 안으로 둘을 안내했다. 레사는 눈으로 주변을 훑었다.

'굉장하군.'

황궁 못지않은 화려함이었다. 에릭의 집에도 갔었지만, 이 정도는 아니었다. 아니, 어떤 것들은 황궁보다도 더 정교하게 만들어 둔 것 같았다.

저택의 넓이 역시 어마어마했다. 레사는 황궁을 제외하면, 수도에서 두 번째로 큰 저택이 바로 여기일 거라고 확신했다.

"공작님께 알리겠습니다. 잠시만 기다려 주십시오. 마실 건 어떤 걸로 드릴까요?"

"아무거나, 차갑고 단 걸로."

붉은 벨벳으로 덮인 소파에 프레이스가 앉으며 대답했다. 백단목으로 만들어진 소파는 상아로 만들어진 것처럼 반짝였다. 소파 테이블 역시, 거대한 수정을 깎아서 만든 것이었다.

'여전하군.'

프레이스는 픽 웃었다. 이 테이블 전에는 커다란 청금석으로 만든 테이블이 놓여 있었다. 그 테이블은 어디로 갔을까?

자신의 위세를 과시하는 걸 좋아하는 건 어디의 권력자나 마찬가지일 것이다. 잠시 후 제복을 입은 시녀가 들어와 유리컵을 내려놓았다.

"차가운 쇼콜라입니다. 마음에 안 드시면, 차가운 과일 음료나 차도 준비되어 있습니다."

"괜찮아."

프레이스가 짧게 말하자 시녀는 인사하고 물러났다.

'차가운 쇼콜라?'

레사의 귀가 쫑긋했다.

초콜릿을 그렇게 부른다는 건 알고 있었다. 그리고 얼마 전에 처음 먹었던 초콜릿은 정말로 맛있었다. 가격도 어마어마했다.

하지만 마시는 초콜릿은 처음 보는 것이었다. 프레이스가 잔을 들어 뒤에 서 있는 레사에게 내밀었다.

"마셔."

"네?"

"너 마시라고."

프레이스의 말에 레사는 '기미를 보라는 것인가.' 하고 잔을 들어 조심스럽게 한 모금 맛을 보았다.

'맛있어!'

차갑고, 달콤하고, 짙은 초콜릿의 풍미가 있었다. 거기에 약간의 코냑 향기가 느껴졌다.

"괜찮은 것 같습니다."

혀가 화끈거리거나 마비되거나, 따갑지 않다. 목구멍도, 입술도 멀쩡하다. 레사가 잔을 도로 내밀자 프레이스가 웃고 말했다.

"너 다 먹으라고 준거야."

"괜찮으십니까?"

"그래."

"이거 맛있습니다만?"

레사의 말에 프레이스는 다시 웃고 말했다.

"좋아할 것 같아서. 여기 쇼콜라티에 솜씨가 좋아."

"그렇군요."

대답하고 레사는 잔을 내려다보았다.

날 위해서 주문해준 쇼콜라.

어쩐지 간질간질한 기분이었다. 왜인지 웃음이 흘러나와 레사는 웃음을 숨기려 얼른 잔을 입에 댔다.

그녀가 잔을 다 비웠을 때쯤,

공작이 이 이상 황자를 기다리게 한다는 건 무례가 아닌가, 하는 시간이 지났을 때 집사가 나타나 말했다.

"죄송하지만, 안쪽의 방으로 와 주시면 감사하겠습니다. 공작님께서 아직 끝내지 못한 일이 있으셔서."

"알았네."

무례하다고 화낼 수도 있는 상황이었지만 프레이스는 화내지 않았다. 여기서 화를 내봐야 상대의 페이스에 말려드는 것뿐이다. 게다가 지금부터 자신이 할 이야기는 오픈되지 않은 공간에서 하는 게 더 좋았으니 상관없었다. 집사는 태연한 프레이스와 레사를 한 번 힐끗 보고 안내를 시작했다.

눈처럼 새하얀 대리석으로 만들어진 계단을 올라, 금 촛대가 걸린 복도를 지나, 둘은 내실로 안내되었다.

여기도 화려하기는 마찬가지였다. 손님에게 보이는 외부뿐 아니라, 생활하는 내부 역시 사치스러움이 가득해서 공작가의 능력을 알 수 있었다.

"오셨습니까, 황자님. 여기까지 올라오시게 해서 죄송합니다."

"아닙니다. 노령이시니 제가 직접 와야지요, 숙부님."

프레이스가 싱긋 웃으며 대답했다.

"너 늙어서 갈 날 얼마 안 남았어." 하는 말이었지만 클리프랜드 공작은 허허 웃으며 "염려해 주시니 감사합니다." 하고 답했을 뿐이었다.

오십 대 중반의 공작은 아직 정정해서, 노령이라는 말이 도무지 어울리지 않는 사람이었다. 공작이 자리를 권해 프레이스는 상석에 앉았다.

공작이 설렁줄을 당겨 사람을 불러 차를 가져오게 한 후에 자리에 앉으며 물었다.

"어쩐 일로 저를 찾으셨습니까?"

"제가 재미있는 이야기를 들어서 말입니다."

"어떤 이야기인가요?"

"제 출생의 비밀에 대한 이야기입니다."

"흥미롭군요."

클리프랜드 공작은 눈썹 하나 까닥하지 않고 말했다. 프레이스가 다리를 꼬고 소파에 몸을 묻으며 말했다.

"얼마 전에 제가 마약 잔당을 붙잡은 것은 아실 겁니다."

"알다마다요, 거리마다 황자님의 이름이 울려 퍼졌는 것을요."

"그때 라발렌도 백작이 저에게 그런 말을 하더군요. 넌 황제의 아들이 아니라고 말입니다."

꿈틀—

클리프랜드 공작의 눈썹이 움직였다. 그의 얼굴이 굳었다.

"제 어머니께서 통정하여 낳은 자식이 저고, 그 증거로 내연남에게 드래곤 슬레이어를 건네주었다고 말입니다."

"그 역도의 말을 믿으시는 겁니까?"

"물론 그런 것은 아닙니다만, 라발렌도 백작이 그런 이야기를 어디에서 들었을까 생각해 보니……."

으드득―

클리프랜드 공작이 이를 갈았다. 라발렌도 백작은 알려진 황제의 충신이다. 그 이야기가 어디서 나왔을지는 뻔했다. 뻔하고 너무 뻔해서, 클리프랜드 공작은 가슴속에 열이 치받았다.

"제 여동생은― 당신의 어머니는 순진하고 아름다운 소녀였습니다. 눈과 가슴에 오로지 폐하 한 분만을 담고 있었죠."

그리고 그것이 독이 되었다.

"클리프랜드 공작가의 사람들은, 항상 정이 너무 깊지요."

한탄하듯 말하고 공작은 잠시 말을 멈추었다가 프레이스를 바라보았다. 그의 눈에서 시퍼런 안광이 쏟아지는 것 같아 레사는 저도 모르게 손을 꿈틀했다.

"감히 그가 그런 말을 했다면, 혀를 뽑아내고 목구멍을 불로 지져야 마땅할 겁니다. 당신을 위해서 목숨을 건, 제 여동생을 그렇게 말한다면―!"

감정이 울컥거려 클리프랜드 공작의 말이 끊어졌다. 그는 자신의 관자놀이를 문질렀다.

"루아는―"

여동생의 이름을 말할 때, 그의 목소리가 지극히 다정하고 부드러워진다는 건 누구나 알 수 있었다.

"루아는 당신의 아버지를 지극히 사모했습니다. 그래서 아이를 가지기를 원했지요. 하지만 그는 루아에게 아이를 주지 않았습니다."

그 말에 프레이스는 꼰 다리를 풀었다. 이건 처음 듣는 이야기였다.

"그 아이는 애원했습니다. 마치 창녀처럼 자존심도 버리고, 아이를 달라고 말입니다. 하지만 그는 결코 청을 들어주지 않았습니다."

공작의 눈이 증오로 물들었다. 프레이스는 그가 자신의 여동생을 사랑했다는 걸 다시금 깨달았다. 다른 사람은 눈에 들어오지 않을 정도로. 그리고 그건 아마 지금도 마찬가지겠지.

그의 여동생도─ 자신의 어머니도 마찬가지로 황제를 사랑한 것이다. 다른 것이 눈에 들어오지 않을 정도로 말이다.

'어떤 의미에서는 말마따나 정이 깊은 가문이군.'

그 광기와 같은 애정을 '정'이라고 표현하는 것에는 의구심이 들지만 말이다. 그때 가볍게 종이 울리고 시종들이 손에 은쟁반을 들고 들어왔다. 쟁반에는 찻잔이며 다과 같은 것들이 놓여 있었다. 시종들이 그것을 내려놓는 동안 방 안에서는 침묵이 흘렀다.

전부 내려놓고 시종은 깊이 고개를 숙여 보이고 물러났다.

클리프랜드 공작이 찻주전자를 들어 잔을 채웠다.

"입맛에 맞으시면 좋겠습니다."

"숙부님의 안목이야 탁월하지요."

프레이스는 그렇게 말하고 찻잔을 들었다. 붉은 찻물이 가볍게 출렁였다. 공작 역시 찻잔을 채운 후에 목을 축이고 말을 이었다.

"게다가 황후에게서 후사가 나오지 않는다는 것은 커다란 문제이기도 했습니다. 그래서, 그 아이는 어떻게 한 건지 마법사를 찾았더군요."

"마법사를?"

생각지도 못한 단어에 프레이스는 놀라 물었다. 공작은 고개를 끄덕였다.

"전 사기꾼이나 협잡꾼이라고 생각해 그를 은밀히 끌어내리고 했습니다."

'죽이려고 했다는 이야기겠지.'

프레이스는 공작가의 '은밀'에 대해서 생각했다.

"하지만 그는 가짜가 아니라 진짜 마법사였습니다."

"마법사들은 삼백 년 전에 다 사라진 걸로 알고 있는데."

"저도 그렇게 알았죠. 하지만 그의 말에 따르면 아직 살아남은 몇몇이 있다고 하더군요. 그리고 그가 보여 준 마법은 진짜였습니다."

프레이스는 고개를 끄덕였다.

공작이 확언한다면 그것은 진짜이다.

"마법사는 루아와 거래를 했습니다. 전 그 거래의 내용을 당시에는 몰랐습니다. 루아는 마법사에게서 약을 받았는데, 그 약을 마시면 어떤 사람이든지 유혹할 수 있다는 약이었습니다."

'설마……?'

프레이스의 손에서 찻잔이 흔들렸다. 그가 찻잔을 내려놓으며 이야기를 재촉하듯 공작을 바라보았다. 공작이 찻물을 들이켜며 느리게 말했다.

"어쩔 수 없는 선택이었습니다. 루아는, 루아의 바람은 단 하나였습니다. 사랑하는 사람이 자신을 돌아봐 주는 것. 그 약을 먹고 있을 때면, 황제는 루아를 사랑해 주었지요."

거짓임이 가득한 사랑이지만, 사랑해 주었다.

아니.

공작은 입꼬리를 뒤틀어 웃었다. 그건 사랑이 아니라 단순한 욕망이다. 최음제를 상대에게 마시게 한 것과 마찬가지였다. 그럼에도 불구하고 루아는 기뻐서 울었다. 황제는 거칠었고, 루아를 배려하지 않았다. 그녀의 몸은 멍과 상처투성이였지만, 그래도 루아는 기뻐했다.

"루아의 첫날밤이 결혼한 지 2년 후에 치러진 것이라고 하면 믿으시겠습니까? 그리고 그건 동시에 계약 위반이나 마찬가지인 것이죠."

클리프랜드 공작가가 자이안 황자를 민 것은, 루아를 황후로 맞이하겠다고 약속받았기 때문이다. 루아가 바라기도 했지만 그것만으로 가문은 움직이지 않는다.

클리프랜드 공작가의 피가 섞인 아이를 낳는다. 공작가에서 원하는 것은 그 아이가 다음 대 황제가 되는 것이었다. 그걸 위해 공작가는 피를 흘려 자이안을 지지한 것이다.

공작이 짧게 한숨을 내쉬고 말했다.

"그리고 루아는 아이를 가졌습니다. 아이를 가졌으나, 약을 복용하는 것을 멈추지 않았지요. 아마 황자님의 체질은 거기서 비롯된 것이 아닐까 싶습니다. 당신의 아버지가, 단 한 번이라도 루아를 돌아보았다면, 그런 일은 없었겠지요."

프레이스는 온몸에 힘이 쭉 빠지는 것 같았고, 동시에 분노가 차올랐다. 자신이 그렇게나 고생하고, 괴로워하는 걸 봤으면서 지금까지 입을 다물고 있었던 공작에 대한 분노였다.

"어째서 진즉 말해 주지 않았습니까?"

"황후마마의 치부라 말하고 싶지 않았습니다."

"내가 그렇게 원인을 찾으려 애쓰는 것을 보았으면서—!"

"원인을 안다 해도, 고칠 방법이 없는 것은 마찬가지니까요."

"당신—!"

프레이스는 울컥하고 치솟아 오르는 걸 눌러 참았다. 대신 그는 소파 팔걸이를 으스러져라 움켜쥐었다.

"그럼 지금은 왜 말하는 거지?"

단숨에 어투가 바뀌었다. 더 이상 그에게 존대할 가치를 느끼지 못했다. 하지만 공작은 눈썹 하나 까닥하지 않고 대꾸했다.

"모후에 대한 오해가 있기에, 그걸 풀려는 것뿐입니다."

기가 찼다.

그렇다면, 어머니의 명예가 걸린 문제가 아니었다면, 그는 결코 이 일을 입 밖에 내지 않았을 거라는 이야기다.

프레이스는 구역질이 날 것 같았다.

자신을 어떻게 가졌는지에 대해서, 가지고 나서도 그 약을 계속 복용했다는 것에 대해서, 그리고 절대로 어머니를 돌아보지 않았던 아버지에 대해서도.

'단 한 번도 날 사랑하지 않았던 거로군.'

친모니까 자신을 사랑해 줬던 거라고 생각하고 싶었다. 분명히 애정이 있었을 거라고. 하지만 지금 이 이야기로 확실해졌다.

'어머니가 날 사랑한 적은 없었어.'

단지 아버지의 사랑을 얻기 위한 도구로써 자신을 낳았을 뿐.

그렇게 생각하니 스스로가 꽤나 비참해졌다. 일그러지는 얼굴을 애써 숨기며 프레이스가 말했다.

"그래서? 그다음은?"

"루아는…… 그 마법약을 얻는 대신에, 드래곤 슬레이어를 그 자에게 넘겨주기로 했던 겁니다."

이제 더 놀랄 것도 남아 있지 않았다.

"보물전에 들어가기 위해 당신의 피를 가져갔지요. 보물전까지는 루아가 안내를 했다고 들었습니다. 그리고 마법사는 검을 가지고 사라졌습니다."

"그녀가 국보를 훔쳐 낸 건 사실이라는 말이군."

이제 '어머니'라고 부르기에도 아까웠다.

"네."

"하—"

만약 이 사실이 알려진다면, 자신의 반역자의 아들이 될 것이다.

"검은 찾았나?"

"찾고 있습니다만, 진짜 마법사란 동에 번쩍 서에 번쩍한 존재라…… 찾는 것이 어렵더군요. 너무 걱정하지 마십시오. 만약 증거가 있었다면, 그가 들고 나왔겠지요."

'그'라는 것이 황제를 지칭하는 것임을 쉽게 알 수 있었다. 프레이스는 궁금한 점을 한 가지 물었다.

"그럼 마법약에 대해서는 끝까지 눈치를 못 채셨나?"

"그 정도로 바보는 아니지요. 그 사실을 알고, 그는 반성하기는커녕 루아를 더욱더 밀어내기 시작했습니다."

'아니, 보통 그렇겠지.'

생각했다가 프레이스는 속으로 고개를 저었다.

아니, 보통 그렇지 않은가? 대체 무슨 배짱으로 자신을 밀어준 공작가의 영애를 그렇게 대한 것일까? 그리고 지금 또 왜 이런 수작질을 하고 있는 걸까. 나와 애버릿을 경쟁시키는 이 수작질을.

"그러니 황자님."

클리프랜드 공작이 온화하게 웃었다.

"당신은 꼭 황위에 오르셔야 합니다. 절대로. 제가 반드시 올

러드리겠습니다."

그 지저분한 쥐새끼 같은 릴리안과 애버릿이 황위를 차지하게 두지 않을 것이다. 결코 그 개자식이 원하는 대로 가게 두지 않을 것이다.

굳게 다짐하며 공작은 마저 찻잔을 비웠다. 그리고 그제야 발견한 듯이 레사를 바라보며 말했다.

"새로 황자님의 전령이 되었다면서?"

"네, 그렇습니다."

레사가 가볍게 고개를 숙여 보였다.

"자네처럼 오래 버티는 사람은 처음 보는군."

"운이 좋은 덕분이지요."

"아닐세, 좋은 사람을 만나는 것도 능력이지. 뭔가 불편한 점이 있다면 얼마든지 나에게 이야기하게나. 프레이스는 내가 가장 아끼는 조카이니 말이야."

"감사합니다."

대답하는 레사의 오른쪽 귀에 달린 귀걸이가 공작의 시야에 들어왔다.

'저런 비싼 루비는 한번 보면 잊을 수 없지.'

귀걸이를, 장신구를 포상으로 내리는 건 지극한 친밀감의 표시이다. 레사의 단정한 얼굴을 보며 공작은 속으로 비웃음을 삼켰다.

'그래도 남자를 고른 것은 제 아비보다는 낫군.'

사생아 걱정은 하지 않아도 될 것이다.

공작이 레사에게 관심을 보이자 프레이스는 불편해졌다. 그가 자리에서 일어나며 말했다.

"오늘 이야기는 즐거웠소."

"저 역시도 즐거웠습니다."

"그럼 이만 가 보도록 하지."

"죄송하지만, 노령이라 배웅은 힘들 것 같군요."

"됐소."

짧게 대답하고 프레이스는 몸을 휙 돌려 내실을 나섰다. 그가 나온 것을 본 시중이 허둥지둥 먼저 내려가 마차를 대기시켰다.

프레이스가 현관까지 나왔을 때, 아슬아슬하게 마차가 도착했다. 시종이 디딤대를 채 놓기도 전에 프레이스는 성큼 마차에 올라탔다. 레사가 눈으로 시종에게 인사하고 마차에 올라탄 뒤 시종을 기다리지 않고 딱 문을 닫았다.

마차가 출발했다.

프레이스는 말이 없었다. 그는 양손을 꽉 쥐어 무릎 위에 올리고 그것만을 뚫어져라 보고 있었다.

'그렇게 내가 원인을 알아내려고 노력하는 걸 보고서도!'

저절로 이가 득득 갈렸다. 분노와 짜증이 혈압이 높아지는 것 같았다. 게다가 그 원인이라는 게—

"하—!"

프레이스는 머리를 휙 쓸어 올리며 짧게 한숨인지 웃음인지 모를 것을 내뱉었다. 그가 뒤쪽의 작은 창을 열고 말했다.

"황궁으로 돌아가지 말고 산책이나 하지."

"알겠습니다."

마부가 정중히 답했다. 프레이스가 도로 탁 문을 닫았다. 프레이스는 심호흡을 하다가 레사를 보았다. 그는 언제나처럼 단정한 모습으로 앉아 있었다. 붉은 눈이 미동도 없이 자신을 바라보고 있다.

그 눈에는 내가 어떻게 비치는 걸까?

프레이스는 다시 시선을 내렸다. 반지에 박힌 루비가 반짝인다. 그것을 습관처럼 손가락으로 돌리면서 그는 생각에 잠겼다.

'마법사, 마법사라—'

고대 왕국은 하늘에 떠 있는 섬이었다는 이야기가 있다. 300년 전에 사라졌다라고 한다면, 짧으면 짧은 시간이다. 하지만 왜 그렇게 부르냐면, 기록이 전부 그렇게 부르고 있기 때문이었다. 그리고 그 왕국이 사라지면서 같이 사라진 마법사들.

프레이스가 가장 필사적으로 찾았던 것 역시 마법사였다. 하지만 찾을 수 없어서, 역시 존재하지 않나 보다 하고 포기하고 있었는데.

'직접 만난 적도 있었는데 말하지 않았다는 거지.'

그렇군.

프레이스는 납득했다. 공작의 눈에는 루아밖에 비치지 않는 것이다. 죽은 후에도 그녀가 최고이며 최선의 가치를 가지고 있는 것.

'그 외의 사람들은 알 바 아니라는 거지.'

그리고 루아에게 자신 역시 그런 거지. 아들이었던 자신 역시 도구이며, 알 바 아닌 존재였다. 오로지 황제를 제외하고는 말이다. 프레이스는 반지를 돌리던 손을 멈췄다.

'그러면 나에게 레사도?'

만약 레사가 자신을 거부한다면 어떻게 되는 걸까? 자신 역시 어머니처럼 그렇게 사랑을 갈구하며 온갖 짓을 하게 되는 걸까? 자신에게도 클리프랜드의 피가 흐르고 있으니까?

"레사."

"네."

"만약에."

"네."

"내가 널―"

프레이스는 말문이 막혔다. 입을 열었지만 말은 나오지 않았다. 자신은 무엇을 묻고 싶은 걸까? 무엇을 알고 싶은 걸까?

내가 널 좋아한다고 하면?

내가 널 감금하겠다고 하면?

내가 널 내 것으로 하겠다고 하면?

프레이스는 입을 다물었다. 어머니는 힘이 없었지만, 지금 자신에게는 충분한 힘이 있다. 레사 한 명 정도는 감금하고 마음대로 할 수 있는 힘이 있는 것이다.

"레사."

"네."

"네 작위를 높여 줄게."

"네?"

갑작스러운 말에 레사는 놀라 눈을 동그랗게 떴다.

'지금이 그런 이야기를 할 타이밍인가?'

"그러니까, 음— 테사도 한 번 불러. 영지가 있는 작위를 받으려면, 하여간 그녀도 있어야 하니까."

그 말에 레사는 등에 쭉 소름이 돋았다.

"작위…… 같은 건 필요 없습니다."

"필요해."

프레이스가 강하게 대답했다.

네가 내 손에서 벗어나려면 필요하다고, 레사 알반.

"그리고 테사에게 연락이 될지는…….."

"그래도 쌍둥이인데, 뭔가 있을 거 아냐."

딱 잘라 말하는 프레이스를 보고 레사는 고개를 저었다.

"작위는 괜찮습니다. 지금 전령이 된 것만으로도 충분합니다."

"안 충분해. 내 측근을 고작 준남작에서 끝나게 둘 것 같아?"

"작위 같은 건 상관없습니다."

"상관있어."

프레이스의 말에 레사는 입 안이 바싹바싹 마르는 것 같았다.

남자로 속이고 있는데, 귀족 작위를 또 높여서 받는다니. 게다가 영지를 준다니.

자신이 그걸 잘 다스릴 수 있을 리가 없었다.

"저에게는 과분합니다. 전 영지를 다스릴지도 모르고, 훌륭한 영주가 되지 못할 겁니다. 무리해서 작위를 주실 필요가 없습니다. 제가 공을 세운 것도 아니고요."

"다들 귀족 작위 하나 얻으려고 발버둥 치거든?"

"그렇다면, 작위를 남겨뒀다가 그런 사람에게 미끼로 쓰는 게 좋겠지요."

"그럼 레사는 뭔가 가지고 싶은 거 없어?"

갑자기 불쑥 든 생각에 프레이스는 물었다. 그럼 널 뭐로 잡아 둘 수 있을까?

"딱히 없습니다. 아, 미나가 무사히 아카데미를 졸업하는 것 정도일까요. 가능하면 그 뒤도 좀 봐주고 싶고…… 미나가 그걸 원할지는 모르겠지만."

고개를 기울이며 진지하게 말하는 레사를 보자 프레이스는 짜증이 났다.

"그놈의 미나, 미나, 미나. 미나 말고 다른 건 없는 거야?"

"프레이스의 곁에 있는 거요."

레사가 아무렇지도 않게 대답했다. '어?' 하고 프레이스는 허를 찔려 레사를 바라보았다.

"다시 한 번 말해 봐."

명령조의 말이었다.

"프레이스의 곁에 있는 거요."

"다시."

"프레이스의 곁에—"

말이 이어지지 않았다. 프레이스가 팔을 뻗어 자신을 으스러지게 끌어안아 레사는 숨이 막혀왔다. 프레이스는 그를 안고 키스하고 싶은 걸 간신히 눌러 참았다. 입술에, 목덜미에, 뺨에, 키스를 퍼붓고 싶었다.

"레사, 레사, 레사."

대신 프레이스는 그의 이름을 끊임없이 중얼거렸다. 레사는 얼떨떨했지만 싫지 않았다. 싫다기보다는 오히려⋯⋯.

레사는 조심스럽게 손을 뻗어 그를 마주 안았다. 프레이스가 흠칫하는 것이 느껴졌다.

'여전히 이렇게 닿는 건 싫은가?'

손을 떼려는데 프레이스가 레사의 어깨와 목 사이에 얼굴을 묻은 채로 웅얼거렸다.

"놓지 마."

레사는 그 말에 마음 놓고 프레이스를 안았다. 여름이라 체온이 높은 그에게 끌어안기는 게 덥기는 했지만, 싫지 않았다. 오히려 어딘지 안도감이라든가 동시에 두근거리는 기분마저 느껴졌다. 프레이스의 부드러운 금발에 살짝 뺨을 누르며 레사는 그를 안은 팔에 힘을 주었다.

"내 곁에 계속 있어."

한참 뒤 프레이스가 작게 말했다. 레사가 웃으며 말했다.

"허락하시는 만큼 길게 곁에 있겠습니다."

"그러면 죽을 때까지인데."

"그러면 그렇게 하죠."

레사의 말에 프레이스는 팔을 풀며 힐끗 레사를 올려다보았다.

"너무 쉽게 대답하는 거 아냐?"

"딱히 다른 할 일도 없습니다."

"잠깐, 난 다른 할 일이 없으니까 고르는 차선책인 거야?"

"그럴 리가요."

"그럼 미나랑 나랑 어느 쪽이 더 중요한데?"

"둘 다 중요합니다."

"그런 대답 말고."

프레이스는 자신이 어린애처럼 억지를 쓰고 있다는 걸 알고 있었다. 그럼에도 불구하고 그에게서 확언을 이끌어내고 싶었다.

난 널 가질 수 없겠지. 너에게 키스할 수도 없고, 널 안을 수도 없을 거야. 다른 여자가 그 자리를 차지할 거고.

그건 생각만 해도 분통이 터지는 일이었다. 여자라는 이유만으로 쉽게 그 자리를 차지한다고 생각되어 눈앞이 새까맣게 될 지경이었다. 그러니까 말만이라도, 당신이 더 소중하다는 말을

372 마성의 황자와 나

듣고 싶었다.

거짓말이라도 좋으니까.

'아냐.'

거짓말을 원한다는 건 거짓말이다.

프레이스는 한숨을 길게 내쉬며 레사를 안은 팔을 완전히 풀었다. 그가 곤란한 표정을 한 레사를 힐끗 보고 웃었다.

"농담이야."

"프레이스."

레사는 진지한 얼굴로 입을 열었다.

"어떻게든 저주를 푸는 방법을 찾아봐요. 마법사가 있다는 걸 알았으니, 어떻게든 마법사를 찾아봅시다. 그가 드래곤 슬레이어를 원했으니까, 다른 하나도 원할지도 모르지요."

드래곤 슬레이어는 검과 방패, 두 개가 한 세트이다. 검을 가져갔으니, 방패도 원할지도 모른다. 아니, 원할 가능성이 컸다.

'그리고 코코를 찾아가면 뭔가 더 알 수 있을지도 몰라.'

코코는 마법사니까, 무엇인가 단서를 알고 있을 가능성이 컸다. 게다가 마법사가 검을 가져갔다면, 거기에 대해서도 코코가 알 것이다.

"그렇게 쉽게 찾을 수 있다면 진즉 찾았겠지."

프레이스가 희망을 자르듯 말했다. 기대가 무너지는 건 상당히 아프다.

레사가 고개를 저었다.

"혹시 모르지 않습니까? 저 같은 체질인 사람도 만났으니까, 마법사도 분명 만날 수 있을 겁니다. 그렇게 해서 저주를 풀고 나면—"

레사는 가볍게 숨을 멈췄다가 말했다.

"다른 좋은 사람들을 많이 만날 수 있을 겁니다."

"……그게 무슨 말이야?"

프레이스의 목소리가 낮아졌다. 레사가 그를 똑바로 보며 말했다.

"말 그대로입니다."

지금이야 자신을 필요로 하지만, 저주가 사라지면 필요하지 않게 될 것이다. 황자인 그의 주변에는 별처럼 빛나는 사람들이 모여들겠지.

왜냐면 당신이 눈부신 사람이니까.

그에 비하면 레사 자신은 아무것도 아니다. 초라한 사람이다. 괴물이다.

'죽을 때까지 곁에 있어 달라고 하지만.'

그것도 지금뿐이겠지.

덥석, 프레이스가 레사의 손목을 붙잡았다. 그의 녹색 눈이 짙어졌다.

"약속해."

"네?"

"말없이 어디로 가지 않겠다고, 약속하라고."

"가지 않겠습니다."

"말없이 사라져 버리면—"

프레이스가 잡은 손에 힘을 주었다. 점점 손아귀의 힘이 강해져 레사는 살짝 눈을 찌푸렸다. 프레이스가 낮고 부드럽게 속삭였다.

"그때는 찾아내서, 영원히 가둬 버릴 거야."

"상냥하시군요."

레사의 엉뚱한 말에 프레이스는 맥이 탁 풀려 손에 힘을 풀며 말했다.

"뭐가?"

"찾아내서 부숴 버린다든가, 오체분시한다든가, 죽여 버리겠다든가가 아니라 가둬 버릴 거야, 니까요."

"죽고 싶어?"

뚱하니 프레이스가 레사의 손목을 만지작거리며 말했다. 레사는 '내일이면 손목에 멍이 들었겠구나.' 하며 고개를 저었다.

"그건 아닙니다."

"그리고 가둬서 굶겨 죽이려는 건지도 모르잖아? 널 계속 고문하려는 걸 수도 있고."

"그러실 겁니까?"

"네가 날 속이고 도망가면."

그럴 수도 있지.

프레이스는 뒷말을 내뱉지 않았다. '만약'이라는 가정이 나오면더 이상 협박이 아니지 않은가?

레사가 고개를 끄덕였다.

"도망가지 않을 겁니다. 월급도 잘 나오는 훌륭한 직장인걸요."

"그럼 월급을 안 주면?"

"그래도 곁에 있겠습니다."

솔직하게 레사는 대답했다. 프레이스의 손에 다시 힘이 들어가 레사가 눈을 찡그리며 말했다.

"프레이스, 잘못하면 송곳 튀어나옵니다."

"어? 아? 어어, 아, 그래, 미안."

프레이스가 화들짝 놀라 레사의 손목을 놓았다. 레사가 자신의 팔찌를 확인하고 손목을 어루만지는 걸 보고 그가 살짝 풀 죽어 물었다.

"많이 아파?"

"내일 되면 멍들겠지만, 뼈는 멀쩡합니다."

"미안."

프레이스는 바로 사과했다. 그를 상처 입힐 의도는 조금도 없었다.

"이 정도는 괜찮습니다."

"이걸 괜찮다고 하면 안 돼."

프레이스가 손을 뻗었다가 혀를 차며 손을 내렸다. 레사에게는 마법이 통하지 않는다.

'마법이 통하지 않아.'

갑자기 프레이스는 두려움이 밀려오는 걸 느꼈다. 레사에게
는 마법이 통하지 않는다. 눈앞에서 레사가 죽어 간다고 해도,
자신이 가지고 있는 마법으로는 레사를 살릴 수가 없다.

'맙소사.'

눈앞이 아찔해졌다. 그동안 자신의 무모한 행동들에 레사가
동참해 왔던 걸 떠올리자 토할 것 같았다. 몇 번이나 죽을 고비
를 넘기고, 심각한 부상을 당했지?

죽을 수도 있었다.

눈앞에서 그가 죽어 가는 걸 볼 수도 있었다. 마지막 보루인
만능의 마법은 레사에겐 무용지물이다. 잡혔던 손목은 가늘었
다. 레사는 남자치고는 몸집도 작다.

갑자기 호위 일을 하고 있는 레사가 지나치게 무모하게 느껴
졌다.

"레사."

"네."

"호위 그만둬."

"네?"

"월급은 계속 똑같이 줄 테니까, 호위는 하지 않아도 좋아. 그
냥 전령만 해."

"갑자기 무슨 말씀을."

레사는 놀라 물었다. 갑자기 호위를 그만두라니. 방금 그 상

황에서 왜 그런 말이 튀어나온단 말인가?

"너 마법도 안 통하잖아."

"그렇지요."

"힐도 안 통하지."

예전에 옆구리를 찔렸던 일이 떠올라 레사는 고개를 끄덕였다. 같은 일을 떠올린 프레이스는 속이 뒤집어질 것 같았다. 갑자기 그때 레사의 창백한 얼굴과 흘러내리던 붉은 피가 선명하게 떠올랐다.

"그러면 부상을 당해도 내가 못 고쳐 주잖아."

"그렇지요."

"죽을 수도 있고."

"네."

"그러니까, 호위는 그만둬."

레사가 두어 번 눈을 깜박이고 깔끔하게 대답했다.

"싫습니다."

"뭐?"

"싫습니다."

"죽을 수도 있어."

"알고 있습니다."

"그럼—"

"하지만 프레이스, 다들 그렇습니다."

"뭐가?"

"마법의 혜택을 받지 않고 살아갑니다. 치료사는 그럴 때에 쓰라고 있는 거지요. 그리고 그런 말도 안 되는 이유로 절 직위해지하실 수는 없습니다. 프레이스에게는 호위가 필요하고, 전 그만둘 생각이 없으니까요."

"난 이제—"

"사람이 무섭지 않으십니까?"

정면으로 찌르듯 물어 오는 레사를 프레이스는 무서운 눈으로 노려보며 말했다.

"지금 말한 게 네가 아니었으면 죽였을 거다."

그 말에 레사가 싱긋 웃으며 말했다.

"총애를 받는 것은 이럴 때에 좋군요."

"너, 진짜—"

프레이스는 손을 뻗어 레사의 귀걸이를 만지작거리다가 툭 가볍게 튕기고 놓으며 말했다.

"널 다치게 하고 싶지 않아."

"그 정도로 실력이 형편없다고는 생각하지 않습니다. 그리고 무엇보다—"

레사가 위를 보았다가 프레이스를 보며 말했다.

"적진에 잡혀간 고용주를 구하는 것만큼 위험한 일은 더 이상 생기지 않을 것 같군요."

레사의 말에 프레이스는 할 말이 없어졌다.

생각해 보니 그랬다. 앞으로는 그런 무모한 짓은 하지 않을 생각이니까, 레사가 그렇게 위험한 일도 없겠지. 암살자도 소강 상태이고……

갑자기 혼자 흥분한 것 같아서 프레이스는 멋쩍어졌다. 레사가 고개를 돌려 창문 쪽을 바라보며 물었다.

"물 냄새가 나는군요. 창을 열까요?"

"어? 아, 응."

주제를 바꿔주어 다행이라고 생각하며 프레이스는 고개를 끄덕였다. 레사가 마차 창을 밀어 열자 확 바람이 밀려들어 왔다.

아무래도 닫혀 있는 마차 내부는 더운 편이라, 시원한 바람은 기분 좋았다. 프레이스는 창밖을 보았다. 산책이라는 말에 어디까지 나온 건지, 수도를 벗어나 근처의 강가의 산책로를 마차는 경쾌하게 달리고 있었다.

오후 햇살에 강이 금색으로 반짝이고 있었다. 물 냄새와 섞인 신선한 나무 냄새가 흘러들어 왔다.

"이제 여름도 끝나가는군."

"금방 겨울이 오겠지요."

'그러고 보니 미나 겨울 무도회 드레스를 맞춰야 하는데.'

화려한 드레스를 입은 미나의 모습을 생각만 해도 흐뭇해져서, 레사는 미소 지었다.

"레사."

"네."

"역시 테사 양을 불러. 언제라도 좋으니까. 겨울까지는 연락이 닿겠지. 내년 봄이라도 좋고."

레사는 프레이스를 돌아보았다.

"한번 만나 보고 싶어서 그래."

그리고 그 김에 너에게 작위도 내리고.

레사는 프레이스의 표정을 보고, 더 이상의 반대는 먹히지 않는 걸 알았다. 갑자기 입술이 바싹바싹 마르기 시작했지만 다른 방법이 없어 레사를 대답했다.

"알겠습니다. 하지만 시간이 얼마나 걸릴지……."

"상관없어."

딱 잘라 대답하고 프레이스는 시선을 다시 창밖으로 돌렸다. 레사는 최대한, 미룰 만큼 미뤄야겠다고 생각했다. 하지만, 그러고 나서는 어떻게 하지?

신음을 삼키며 레사도 창밖을 내다보았다. 레사의 마음과는 상관없이 마차는 쭉 뻗은 산책로를 달렸다. 해가 기울기 시작할 때까지, 두 사람은 말없이 강을 바라보았다.

7장
마법무효자
(anti magic body)

"미나 리스키."

"네."

미나는 자리에서 일어나 사감 선생의 부름에 응했다. 자율학습 시간에 교실까지 찾아와서 말을 거는 일은 드물어서 그녀는 의아해졌다.

"친척 오라버니가 면회를 오셨습니다. 내려오세요."

"친척 오라버니요?"

미나는 눈을 둥글게 떴다.

친척이라니? 자신에게 무슨 친척이 있단 말인가?

사감이 얼굴을 살짝 붉히며 말했다.

"알반 준남작님이 오셨던데."

'알반 준남작……?'

갸웃했다가 미나는 저도 모르게 소리 질렀다.

"아앗?! 레사요?"

"네, 성함이 그렇더군요. 그리고 그렇게 소리 지르는 것은 예의에 어긋납니다."

사감이 헛기침을 가볍게 했다. 미나가 고개를 끄덕였다.

"아, 네. 실례했습니다."

"일 번 면회실로 내려가세요."

"네, 네."

"대답은 한 번만."

"네."

대답하고 미나는 후다닥 달려 나가고 싶은 것을 참고 조신하게 걸어서 1층의 면회실로 내려갔다. 면회실 창가에 옹기종기 모여 있던 여자들이 미나를 보자 얼른 다정하게 문을 열어 주었다.

의아해서 안으로 들어간 미나는, 왜 여자들이 그렇게 굴었는지, 사감이 왜 얼굴을 붉혔는지 알 수 있었다.

제복을 입고 있는 레사는 여자라는 걸 알고 있는 자신조차 가슴이 뛸 정도로 멋있었다. 뭐라고 해야 할까, 적당히 흘러내린 검은 머리카락마저 놀라울 정도로 요염하게 보였다. 거기에 목까지 올라와 라인을 그대로 드러내는 제복은 금욕적이면서도…….

미나는 얼른 뒷말을 지웠다. 앉아 있던 레사가 자리에서 일어났다.

"미나."

"레사, 어떻게 된 거야? 어쩐 일이야?"

"휴가를 받아서 만나러 왔지. 외출 허가도 받아놨어."

레사가 싱긋 웃으며 말했다.

"외출?"

미나의 얼굴이 팟 하고 밝아졌다. 기숙사 생활에서 외출이란 단꿀과도 같은 것이다.

"알았어, 얼른 옷 갈아입고 올게."

"응."

레사가 고개를 끄덕였다. 미나는 후다닥 면회실을 나갔다.

"미나 친척?"

"갑자기 오신 거야?"

"저거 황실 제복이잖아?"

면회실 밖에서 붙잡혀 미나는 질문 공세를 받았다. 미나가 뒤로 스르륵 빠지며 말했다.

"외출 다녀와서 말해 줄게."

미나는 가장 빠른 우아한 걸음걸이로 잽싸게 기숙사로 들어가 옷을 갈아입었다. 가장 예쁜 드레스를 꺼내서 입고, 친구의 양산까지 빌린 후에 현관으로 내려오자 레사가 팔을 내밀었다. 그 위에 새침하게 팔을 얹고 미나는 기숙사를 나섰다.

기숙사 문을 나서자마자 미나가 속사포처럼 질문을 던졌다.

"뭐야? 어떻게 된 거야? 웬 휴가야? 옷은 또 왜 이렇게 입고 왔어?"

"원래 월 사 회 휴가가 있거든, 이번에는 좀 더 붙여서 나온 김에 미나를 만나러 온 거야. 제복은 미나 기 죽이지 않으려고?"

"기가 죽기는커녕 돌아가면 질문 공격 잔뜩 받을 텐데 큰일이야. 레사를 소개해 달라고 그러면 어떻게 하지?"

그 말에 레사가 경쾌하게 웃었고 미나가 입을 내밀며 말했다.

"이건 엄청 심각한 문제라고. 어차피 오는 거면 예쁘게 하고 와도 좋았을 텐데……."

미나가 아쉬운 소리를 했다.

"아, 그거 말인데……."

레사는 가볍게 한숨을 내쉬었다.

"조금 골치 아픈 일이 생겨버려서."

미나의 얼굴이 굳었다.

"왜? 설마 들킨 거야?"

"아니, 그런 건 아냐. 걱정하지 않아도 괜찮아."

레사가 고개를 저었다. 미나가 "그럼 뭔데?" 하고 걱정스럽게 물었다. 레사는 미나를 걱정시키고 싶지는 않았지만 혹여 좋은 생각이 있을까 하고 말했다.

"테사를 보고 싶어해."

"뭐어―?!"

미나가 놀라 그 자리에서 멈췄다.

"그거 괜찮은 거야?"

"으음, 안 괜찮지. 그래서 지금 어떻게 해야 하나 고민 중이야."

"그냥 죽었다거나 하면 안 될까."

말이 안 되는 걸 알지만 미나로서는 딱히 다른 방법이 생각나지 않았다. 레사는 고개를 끄덕였다. 오히려 이런 극단적인 방법이 해결책일 수도 있다.

"아직 시간은 많이 남았으니까, 찬찬히 생각해 보려고."

레사의 말에 미나는 불안한 얼굴을 했고 레사가 웃으며 툭 하고 미나의 이마를 손끝으로 퉁겼다.

"괜찮아. 정 안 되면 진짜로 죽었다고 하지, 뭐."

"그건 쉬워?"

"어떻게든 방법은 있으니까."

레사는 뒷말을 흐렸다. 시체를 구하는 법 같은 걸 미나에게 말하고 싶지는 않았다. 미나는 느리게 고개를 끄덕였다. 그녀 역시 13구역 출신이니 레사의 '방법'에 대해서도 짐작이 가지 않는 건 아니었다.

"오늘은 겨울 무도회 때문에 온 거야."

"어?"

레사의 말에 미나는 화들짝 놀라 그녀를 바라보았다. 레사가 씩 웃으며 말했다.

"누구누구 씨가 겨울무도회에 대해서 말해 주지 않은 바람에 도프 백작 영애를 통해서 소식을 들었지."

"얘기할 것도 없어."

"할 것도 없기는? 소중한 첫 무도회잖아? 게다가 규모도 크다면서, 황실 인사가 초대될 정도라고 들었어. 당연히 우리 미나가 얼음 장미 아가씨가 되어야지."

"그런 거 바라지도 않아."

"아니, 하게 될 거야."

"레사."

미나는 울 듯한 얼굴을 했다. 그 얼굴에 레사는 난처해져서 멈춰 섰다. 레사는 일단 마차를 잡아 2구역으로 가게 한 다음 미나에게 말했다.

"미나, 부담 가지지 마."

"어떻게 부담 가지지 않아?"

"미나, 모르는 모양인데 내가 요즘 월급을 꼬박꼬박 받아서 돈이 남아돌거든. 게다가 준남작이라고 봉록이 나오는데 이것도 상당하단 말이야? 하지만 내가 이걸 어디다가 쓰겠어? 돈이 남아돈다고. 돈에 곰팡이가 피기 전에 미나에게 쓰려는 것뿐이야."

"금은에 무슨 곰팡이가 피어."

"피어."

단호하게 대답하고 레사가 손을 뻗어 미나의 양 뺨을 잡고 죽 잡아당겼다.

"그러니까 예쁘게 하고 날 자랑스럽게 해 줘."

미나는 고개를 끄덕였다. 울음이 나올 것 같은 걸 눌러 참았다. 다정한 사람에게 둘러싸여서 자신은 운이 좋다고 미나는 생각했다.

"그럼 가서 옷을 맞추고, 그다음 아이스크림 먹으러 가자."

레사의 말에 미나는 다시 고개를 끄덕였다.

2구역에 있는 드레스 숍들은 규모나 전시되어 있는 드레스의 기합마저 4구역과는 전혀 달랐다. 미나는 거기에 기가 죽었지만, 황궁에 익숙해진 레사는 태연했다. 적당한 크기의 드레스 숍으로 들어간 레사가 깊게 고개를 숙이는 점원을 향해 말했다.

"이 아가씨를 얼음 장미로 만들어 줄 드레스를 주문하고 싶은데요."

그 말에 곧 레사와 미나는 안쪽으로 안내되었고, 디자이너가 상냥한 얼굴로 들어왔다. 미나는 자신의 손이 떨리고 있다고 생각했다. 디자이너가 보여 주는 천의 샘플도, 디자인화도, 자신에게는 한없이 비싸 보이기만 했다.

"미나는 피부가 아름다운 밀 빛이니까요, 좀 더 짙은 색이 예쁠 것 같아요. 하지만 너무 짙은 색으로만 하면, 나이에 어울리지 않으니까요."

"그렇다면 전체적인 색은 밝게 하고, 목둘레나 포인트를 포도주색으로 주는 건 어떤가요? 질감이 다른 천을 사용하면 더 세련되지요."

"그거 괜찮군요. 치마 아래쪽에는 무늬를 넣어서……."

황궁에서 보았던 드레스를 떠올리며 레사는 열심히 의견을 말했다. 그리고 선금을 지불한 다음 숍을 나섰다. 미나가 후들후들 떨리는 목소리로 말했다.

"레사, 괜찮아? 지금이라도 취소해야 하지 않을까?"

가격이 너무 비싸서 실감도 나지 않았다.

"괜찮아."

레사는 미나의 어깨를 토닥이고 아이스크림 가게로 향했다. 이제 슬슬 겨울이 올 테니, 아이스크림을 즐기는 것도 마지막이 되겠지.

평일 오전이라 그런지 가게는 한가해서 레사는 좋은 자리를 잡을 수 있었다. 미나는 가게에서도 여자들이 레사를 힐끔거리는 걸 알 수 있었다. 레사가 주문을 하고 물었다.

"아카데미 생활은 어때?"

"재미있어."

"얘기 좀 해 봐."

레사가 웃으며 말했다. 그러자 시선이 단숨에 질투로 변해 미나에게 박혔다. 미나는 그 시선을 어느 정도 즐기며 레사를 보고 마주 미소를 지어 보였다.

뭐 어차피 이렇게 된 거, 즐기는 것도 나쁘지는 않겠지.

한참 아카데미 생활에 대해서 떠드는데, 레사도 이제 황궁 업무에 관여하는 만큼 조금씩 통하는 부분이 있었고, 미나는 더욱

신나서 이야기를 늘어놓았다.

아이스크림을 전부 먹어치우고 두 개째까지 수다를 떨고서 미나가 물었다.

"테레사는? 별일 없어?"

"응, 딱히—"

"그래? 근데 테레사."

"응?"

"조심하는 게 좋을 것 같아."

"조심?"

"그래!"

미나가 양손으로 턱을 괴며 말했다.

"너무 멋있는걸. 여자만 아니라 남자도 분명히 반하지 않을까?"

그 말에 레사는 웃고는 고개를 저었다.

"에이, 설마."

"에이, 설마가 아니라고. 진짜로. 그렇게 멋있다니까. 그⋯⋯ 황자님은 괜찮은 거야?"

미나가 목소리를 낮춰서 물었다.

"괜찮으냐는 건⋯⋯?"

"그게, 우리들에게도 소문이 나 있거든. 이 황자님이 여자를 좋아한다든가, 밝힌다든가, 밤마다 여자를 갈아치우거나 한다면서. 무도회마다 여자들을 줄줄 몰고 다닌다는 이야기도 있고."

"아— 그거 말이구나."

레사는 미나가 알 정도면 상당히 퍼진 소문이구나, 하면서도 사실이니 어쩌겠나, 하는 생각 역시 동시에 들었다.

"음…… 그렇기는 한데, 일부러 그러는 건 아니랄까."

"그게 뭐야. 하여간 그런 사람이면 레사가 남자라도 노릴지도 모르잖아."

"에이, 그래도 남자는…….."

이야기를 하려던 레사가 말끝을 흐렸다.

"아니, 남자를 좋아한다고 해도…….."

"역시! 뭔가 있는 거지!"

미나의 눈이 번득였다. 레사는 으음— 하고 말꼬리를 길게 끌었다가 천천히 이야기를 꺼냈다.

"그게 별거는 아니고…… 뭐 남자가 남자를 좋아하는 거에 대해서는 어떻게 생각하느냐고 물어본다든가…….."

"테레사에게?"

"응."

레사는 고개를 끄덕였다. 미나의 눈이 살풋 가늘어졌다.

"그러고 보니 테레사."

"응?"

"그 귀걸이도 산 거야?"

"아, 이거 받은 거야."

"이 황자님에게?"

"응."

레사가 귀걸이를 만지작거리며 고개를 끄덕였다. 빼고 휴가를 가려고 했더니, 너 준 건데 왜 빼느냐고 투덜거렸던 것이다.

"······테레사, 그거······."

이 황자님이 너 좋아하는 거 아냐?

그 말이 혀끝까지 올라왔다.

'게다가 귀걸이를 만지는 테레사의 표정도 의미심장하단 말이야····· 좋아하는 건가? 아니, 좋아하는데 자각이 없는 건가?'

"응?"

"아니, 아무것도 아냐."

미나는 고개를 절레절레 저었다. 여기서 레사가 깨달아 봐야, 상황만 더 복잡해질 것 같았다.

"싱겁긴."

'진짜로 이 황자가 테레사를 좋아한다면······.'

한창 연애에 설렐 만한 사춘기 나이건만, 미나는 냉정했다. 여자 홀몸으로 자신을 키운 것과 다름없는 어머니와 무능력한 아버지를 보고 자랐으니, 연애에 대한 환상은 일찌감치 내다 버렸다. 게다가 자기 또래의 여자애들이나 좀 더 나이 많은 아이들이 덜컥 임신을 해서 신세를 망치는 것도 지긋지긋하게 봤다. 그래서 미나는 연애에 있어서는 좀 냉소적이었다.

'만약 테레사랑 황자가 서로 좋아한다고 해도······.'

이루어질 가능성은 한없이 낮았다. 미나는 마음을 굳게 먹고 말했다.

"하긴 이 황자님이 테레사를 노리지는 않겠지. 하여간 난봉꾼 같은 황자님이니까, 분명히 착각할 만한 소리를 사방에 해 댈 거야."

그 말에 레사는 왜인지 가슴 한쪽이 뜨끔해졌다.

"난봉꾼은 아닌데."

저도 모르게 감싸는 말이 튀어나왔다. 미나가 콧방귀를 뀌며 말했다.

"하지만 주변에 여자가 많은 건 사실이잖아. 달콤한 말을 늘어놓는 것도 이골이 나 있겠지. 하긴 별 상관없나. 결국 괜찮은 귀족 영애를 잡아서 결혼할 테니까."

그 말에 레사는 희미하게 웃으며 귀걸이를 살짝 만졌다가 놓으며 말했다.

"글쎄, 그럴지도 모르겠다. 아니, 그렇겠지."

어딘지 마음 아파 보이는 미소라 미나는 쿡쿡 양심이 찔렸다. 미나가 휙휙 고개를 흔들며 말했다.

"아냐, 내가 괜히 이상한 소리를 했어. 테레사가 너무 멋있어서 그런 거니까. 다들 날 질투해서 노려보고 있다고."

한 손으로 입을 가리며 소곤소곤 하는 말에 레사는 다시 웃었다. 아이스크림 가게에서 서점으로, 서점에서 근사한 식당으로 가서 저녁까지 먹고 레사는 통금 시간에 맞춰 미나를 다시 아카데미로 바래다주었다.

"편지 또 해."

"알았어."

미나가 손을 흔들며 아카데미로 들어가는 것을 한참을 보고 서 있다가 레사는 발걸음을 돌렸다.

'당연한 말인데.'

미나의 그 말이 왜인지 머릿속에서 윙윙 맴돌았다. 프레이스 는 당연히 아름답고 영리하고 가문이 맞는 귀족 영애와 결혼 할 것이다.

'저주가 풀리면 나도 필요 없어질 테고.'

프레이스가 절대로 말없이 사라지지 말라고 말해 줘서 기뻤 다. 그가 저주가 풀린 후에도 자신을 계속 곁에다가 둘 가능성은 낮지만, 그래도 그렇게 말해 줘서 좋았다.

'은근히 상냥하다니까.'

에릭과 윈스턴이 들으면 기겁할 말을 속으로 중얼거린 레사 는 곧 다시 한숨을 내쉬었다.

'하지만 속인 걸 알면······.'

그런데도 상냥하게 대해 줄까?

'아니, 그건 아무래도 무리지.'

엄청나게 화낼 것이다. 정말로 지하 감옥에 가둬지거나, 기만 죄로 잡혀가거나 할지도 모른다.

'테사 일도 머리 아픈데.'

끙 하고 레사는 고개를 저었다.

'쓸데없는 생각하지 말자.'

레사는 성큼성큼 걸으며 오른쪽 어깨의 버클을 잡아 풀었다. 눈에 띄는 망토를 잡아 빼며 레사는 피식 웃었다. 얼마 전에 프레이스가 자신의 망토를 빼서 아래를 가린 게 생각났기 때문이었다.

'정말이지. 벗고서 달려들 때는 언제고 새삼. 아, 그런 일도 있었는데 여자라는 거 알려지면 진짜 더 큰일 나겠네.'

망토를 벗어도 고급스러운 옷은 눈에 띄었지만, 그래도 망토를 입고 있을 때보다는 덜했다. 그리고 준비해 온 허름한 로브를 위에 걸치고 레사는 익숙한 13구역으로 향했다.

딸랑딸랑―

경쾌한 종소리에 코코는 하품을 하며 손님을 바라보았다가 "어머?" 하고 웃었다.

"테레사 알반."

"코코, 오랜만이야."

"후후, 출장비 갚으러 왔어?"

"응."

레사는 고개를 끄덕이고 카운터 쪽으로 걸어 들어왔다. 그녀가 말했다.

"내가 올 때마다 손님이 없는데, 여기 장사는 잘되는 거야?"

"내가 받고 싶은 손님만 들어오게 되어 있거든."

코코가 집게손가락을 세워 입가로 가져가 보이며 웃었다. 새하얀 드레이퍼리 드레스 사이로 훌륭한 가슴골이 보였다. 긴 은

발은 묶지 않고 흐트러트린 채로 코코가 물었다.

"출장비는 금화 하나야."

기겁할 정도로 비싼 금액이었지만 레사는 말없이 돈을 지불했다. 코코는 금화를 손끝으로 가볍게 두들겨 퉁겨보고 쏙 가슴 사이로 금화를 집어넣었다.

"차갑지 않아?"

레사의 질문에 코코는 킬킬 웃고 말했다.

"그다지."

"그렇다면야."

레사는 고개를 기울이고는 말했다.

"저기 코코."

"음?"

"드래곤 슬레이어라고 알아?"

"……알지."

드물게 코코가 한 발 늦게 대답한 것을 레사는 놓치지 않았다. 코코가 바에 기대었던 몸을 떼어 내어 똑바로 섰다. 레사가 그녀를 직시하며 말했다.

"마법사가 그걸 가져갔대."

"그렇구나."

"도로 되찾을 방법은 없을까?"

"그 마법사를 찾아야겠지."

"찾을 수 있을까?"

"글쎄."

코코는 고개를 기울였다가 손을 뻗어 허리 뒤춤에서 긴 담뱃대를 꺼내어 입에 물었다. 전과 다른 디자인의, 역시 비싸 보이는 담뱃대였다.

"그리고 프레이스의— 이 황자의 체질이 이상한 것도 마법약 때문이라고 그러던데."

"그래?"

"응, 어떻게 체질을 돌릴 수 없을까?"

"마법적인 체질이라⋯⋯."

코코는 길게 연기를 뿜어냈다. 연기는 사라지지 않고 천천히 안개처럼 발치에 쌓이기 시작했다. 마치 연기 스스로 분열해서 늘어나는 것 같았다. 레사가 흐려지는 시야에 눈을 찡그릴 무렵 코코가 말했다.

"레사, 드래곤 슬레이어가 어째서 드래곤 슬레이어인지 알아?"

"드래곤을 그 검으로 죽였다고 들었어."

"그래, 죽였다면 좋았겠지."

"죽이지 않은 거야?"

"못했다, 라는 게 더 정확한 표현일 거야. 드래곤은 땅 밑에 아직 잠들어 있단다."

오싹—

등에 소름이 돋았다. 코코가 담뱃대를 툭 털었다. 타다만 담뱃잎이 불꽃처럼 연기 속으로 쏟아지다가 화염이 되었다. 불로 된 드래곤은 길게 꼬리를 끌며 솟아올랐다가 다시 연기 속으로 사라졌다.

레사는 숨을 깊게 들이마셨다. 담배 연기일 텐데, 이상하게 안개 속에서 숨을 쉬는 듯한 축축함이 있었다.

"그럼 어째서 그걸 드래곤 슬레이어라고 부르는 거야?"

"그 검이 용을 봉인한 검이 맞기는 하거든. 용의 피가 묻은 검이니까. 마법사는 다룰 수 없지만."

"어째서?"

"드래곤은 욕심쟁이거든."

코코가 휙 하고 손을 휘젓자 단숨에 연기가 사라졌다.

"마력을 전부 먹어 삼키니까. 이 세상에 존재하는 모든 마력을 삼켜 버렸지. 그러니까 이제 마법사도 없고, 마법도 없어."

코코의 입술이 아름다운 호선을 그렸다.

"용은 걱정하지 마. 드래곤 슬레이어는 마법사들이 어떻게 할 거야."

"가능하면 돌려주면 좋겠는데."

그 말에 코코가 소리 내어 웃었다.

"그래, 가능하다면. 그리고 마법적 체질 말인데."

"방법이 있는 거야?"

자신도 모르게 목소리가 휙 올라갔다.

코코가 "어머나." 하고 손을 뻗어 레사의 뺨을 어루만지며 속삭였다.

"테레사 알반, 언제부터 그렇게 그 남자에게 신경 쓰게 된 거야?"

"얼마 전부터?"

코코가 그 말에 바싹 레사의 눈을 들여다보았다.

"예쁜 눈."

"대가로 눈동자 같은 걸 원하는 거야?"

레사의 질문에는 악의도 호기심도 없었다. 단순히 거래를 위한 조건을 묻는 것 듯한 무감각함이 있었다.

"그럴 리가."

코코가 레사의 눈꺼풀 위에 쪽 키스를 하고 말했다.

"눈은 제자리에 있을 때에 예쁜 거야."

말을 멈췄다가 코코가 한숨 섞인 목소리로 말했다.

"그냥. 참으로 사람의 인생은 알 수가 없다고, 다시 한 번 생각한 것뿐이야. 사랑스러운 혈족이여."

그 말에 레사가 침묵하다가 물었다.

"혈족이라는 게 무슨 말이야?"

"네 혈통에 대해서 말하는 거야, 테레사 알반. 마법이 통하지 않는 마법사의 적이여, 친구여."

레사가 손을 뻗어 자신의 양 뺨을 잡은 코코의 손목을 꽉 쥐었다.

"내가 누군지 알아?"

코코가 은색 속눈썹을 깜박이고 말했다.

"어느 쪽을 고를래?"

"뭐?"

"저주를 푸는 법과 네 혈통. 둘 중 하나를 고르게 해 준다면 어느 쪽을 고르겠어?"

"저주를 푸는 법을 알려줘."

레사는 망설임 없이 대답했다. 코코는 놀랐다는 듯 보라색 눈을 크게 떴다가 미소 지었다. 코코가 레사의 뺨을 놓아 레사도 손을 놓았다.

"방법은 간단해."

"뭔데?"

조바심이 나서 레사가 코코를 재촉했다.

"후회하지 않겠어?"

"이제 와서 가족에 대해서 알아봐야 뭐, 딱히. 가족이라면 유지니아와 미나로 충분해. 아ㅡ 노알도 끼워 줄까."

덤처럼 눈을 찌푸리며 노알을 덧붙이는 레사를 보고 코코가 고개를 끄덕였다.

"알았어."

"그래서 어떻게 하면 되는 건데?"

"현혹이라는 마법이 걸려 있는 걸 거야. 마법적인 요소를 몸에서 제거하면 돼."

"어떻게?"

코코가 손가락을 들어 레사의 얼굴을 가리키며 말했다.

"너랑 자면 되지."

"……어?"

코코가 집게손가락으로 쿡 레사의 코를 찌르고 웃으며 빙그르르 한 바퀴 돌았다.

"안티매직. 모든 마법의 무효자. 너와 동침하면 된다는 거야. 손만 잡고 자라는 말 뜻이 아니라는 건 알겠지? 그러면 그에게 걸린 마법 체계는 무효화가 될 거고, 그러면 더 이상 사람을 현혹하지 않게 되겠지."

자? 잔다고? 프레이스랑?

레사는 어안이 벙벙해져서 코코를 보았다. 코코는 뭐가 즐거운지 생글생글 웃고 있었다.

"농담은……."

"당연히 아니지."

레사는 신음을 내뱉으며 마른세수를 했다.

"어떻게 하지?"

"뭐가?"

"그, 자는, 아니, 그 전에 날 남자로 알고 있는데."

"어머? 여자로 알고 있었다면 바로 동침을 하겠다는 말로 들리는구나."

"그야, 아니. 그게—"

동침. 프레이스와…….

갑자기 얼굴이 홧홧 달아올랐다. 이건 마법을 풀기 위한 방법일 뿐이다. 그렇게 생각해 봐도 왜인지 두근거리는 것이 멈추지 않았다.

"그게, 진짜야?"

"그래, 진짜야."

"자면 바로 풀리는 거야? 다른 부작용이나 그런 거는 없고?"

"으음, 어쩌면."

"어쩌면?"

레사가 날카롭게 되물었다. 코코가 흐응 하고 입술을 가볍게 손가락으로 누르며 말했다.

"네 체질이 사라질 수도 있어."

"체질? 마법이 안 통하는 거 말이야?"

"그래."

"그런 거라면, 괜찮아. 프레이스에게는 다른 부작용이 없는 거지?"

"그래."

"그렇구나."

레사는 안도해 어깨를 늘어트렸다. 코코가 놀리듯 말했다.

"그 정도로 그가 좋아?"

"어?"

레사가 화들짝 놀라 코코를 보았다. 레사의 반응에 오히려 코코 쪽이 더 놀랐다.

"어라? 그런 거 아니야?"

"그런, 그런 거― 그런……."

부정하려는 말이 끝까지 나오지 않았다. 레사가 "으." 하고 이마를 문지르고 말했다.

"잘 모르겠어."

레사가 어깨를 으쓱했다.

"하지만 내게 특별한 사람이야."

"그렇구나."

코코는 왜인지 흐뭇한 미소가 나오는 것 같았다.

'역시 젊은 것이 좋기는 좋구나.'

고민하는 청춘이라, 하는 늙은이 같은 생각을 하며 코코가 턱을 괴었다.

"그럼 이제 어떻게 할 거야?"

"어떻게…… 라고 해도."

여자라는 걸 밝혀야 하는데, 여자라는 게 밝혀지면…… 진퇴양난.

이러지도 못하고 저러지도 못하는 상황에 빠져서 레사는 머릿속이 지끈거리는 것 같았다.

"테사 문제라도 골치 아픈데……."

"테사 문제?"

코코가 의아한 얼굴을 했다. 레사는 한숨과 함께 테사에 얽힌 이야기를 털어 놓았고 코코가 "흐음―" 하고 잠시 생각하더니 말했다.

"내가 도와줄까?"

"코코가?"

"그래."

코코가 다시 한 바퀴 빙그르르 돌았다. 그러자 머리카락은 검은색으로 물들며 곧게 펴지고 키는 쑥 커졌다. 돌아선 얼굴은 거울을 보는 것과 같아 레사는 경악해 눈을 크게 떴다.

"이렇게 해 주면 되는 거 아닌가?"

"……코코……?"

"그래. 몸에 있는 점 위치 하나까지 똑같이 재현할 수 있어."

"정말로 부탁해도 괜찮아?"

"그럼~ 황궁이라니, 기꺼이 들어가고 싶은데."

그 말에 레사의 얼굴이 얼핏 굳었다.

"남은 드래곤 슬레이어 하나를 훔친다거나 그런 거면—"

"후후, 그런 거 아냐. 그냥 황궁 구경 재미있잖아?"

"정말로?"

"그래."

"그렇다면, 믿을게."

레사가 고개를 끄덕이고 물었다.

"그러면 언제쯤 괜찮아?"

"언제든지."

"고마워, 코코."

레사의 말에 그녀는 얼른 연고를 꺼내 놓았다.

"자, 그러면 타박상에 잘 듣는 연고가 단돈 은화 50개."

레사는 말없이 돈을 지불했다.

'사실 내가 그녀 가게의 유일한 손님인 거 아냐?'

레사는 금이 들어간 것처럼 반짝이는 연고를 바라보며 생각했다. 작은 유리병 안에 들어 있는 진한 크림 타입의 연고는 약이라기보다는 얼굴에 바르는 화장품 같았다.

'코코의 약은 다 효과가 좋기는 하지만.'

가격이 그만큼 비싼 게 흠이다. 하지만 자신에게는 마법도 듣지 않으니, 이런 약이 있으면 열심히 사 모아야 했다.

'아, 프레이스와 자면 이 체질도 사라질 수 있다고 했으니까.'

잔다고. 프레이스랑⋯⋯.

"읏—"

레사는 멈춰 서서 얼굴을 가렸다.

"곤란해."

어떻게 프레이스의 얼굴을 보지?

갑자기 그의 맨몸이 선명하게 떠올랐다. 웃음소리나, 레사—하고 부르는 목소리나, 그런 것들이 반짝반짝, 프리즘을 통과한 것처럼 떠올랐다. 심장이 쾅쾅쾅 높이뛰기 시작하고 손끝까지 저릿한 기분이었다.

'이게 뭐야?'

레사는 눈을 꽉 감았다. 욕탕 안에서 보았던 그의 젖은 몸이, 뜨거운 체온이 마치 지금 겪고 있는 것처럼—

'그렇구나…….'

테레사 알반은 깨달았다.

'나 프레이스를 좋아하는구나.'

그 자리에 우뚝 멈춰 서서 레사는 숨을 삼켰다.

'좋아하는 거였어.'

눈부신 것도 좋았고, 날 필요하다고 말해 주는 것도 좋았고, 약한 모습도 좋았고, 장난스러운 얼굴도 좋았다. 화를 내는 것도, 무모한 것도, 전부—

'좋아하는 거였어.'

레사는 양손으로 가슴께를 꽉 쥐었다. 프로텍터를 차고 있는데도, 심장이 큰 소리로 울리는 게 손을 통해서 느껴졌다. 아니, 손끝까지 심장의 울림을 따르고 있다고 해야 하나?

귓바퀴까지 뜨거웠다.

'프레이스는 좋아하는…….'

—결국 괜찮은 귀족 영애를 잡아서 결혼할 테니까.

갑자기 미나의 목소리가 선명하게 떠올랐다. 얼음물 속에 들어간 듯, 정신이 번쩍 들었다.

'무슨 생각을 하는 거야, 테레사 알반.'

레사는 짝짝 양 뺨을 두들겼다.

"정신 차리자."

헛된 생각하지 말자, 허황된 생각도 하지 말자. 프레이스가 나에게 잘해 주는 건 내가 안티매직 바디라서 그런 거니까.

마법무효자(anti magic body) 407

"괜찮아, 레사."

괜찮아.

레사는 위로가 아니라 결심하는 것처럼 '괜찮다'라는 말을 되뇌며 고개를 들었다.

'그보다 그 체질을 어떻게 하지 않으면 안 되잖아.'

레사는 걸음을 옮겼다. 한 걸음이 너무나도 무겁게 느껴졌다.

'나랑 자면 되는 거니까. 으, 내가 여자라는 걸 밝히는 게 최대 관문인데…….'

그때 번쩍 아이디어가 떠올랐다.

'내가 테사가 되면 되잖아?'

코코가 자신과 똑같은 모습으로 변한다면, 그녀에게 레사의 대역을 시키고, 자신이 테사의 역할을 하면 된다. 그리고 만나서 어떻게든 하룻밤을 보내면 되는 것이다.

'그러면 돼.'

레사는 자리에서 우뚝 멈춰 섰다.

그리고 나면, 프레이스를 떠나게 되겠지.

레사는 다시 걸음을 옮겼다. 집으로 돌아가 오랜만에 프로텍터를 벗고 쉬는데도 편하지도, 기쁘지도 않았다. 레사는 자신의 가슴을 만져보았다.

'으음, 좀 작은가.'

한 번도 남자의 시선에서 보는 자신의 몸 같은 건 생각해 본 적이 없어서 그런 생각조차도 생경했다. 코코의 글래머러스한 몸매를 떠올리고 레사는 자신의 허리를 붙잡아 보았다. 허리는 가늘고 날씬하다.

'좋아. 아니, 좋아가 아닌가.'

레사는 침대에 대자로 누웠다. 거친 침대 시트의 감촉을 느끼며 레사는 얼룩덜룩 무늬가 있는 낮은 천장을 바라보았다.

'바보 같아.'

레사는 푹푹 한숨을 내쉬고 침대에서 굴렀다. 좁아서 구르면 떨어질 만큼 작은 침대지만, 침대의 주인인 레사는 용케 그 면적만큼 굴러서 몸을 뒤집었다.

'프레이스와 떨어지면 그다음은 뭘 하지?'

갑자기 앞날이 막막해졌다. 미나를 졸업시키고, 그러고 나서 뭘 하지?

아무것도 없다.

계속 그와 함께 걷는 걸 생각하고 있었는데, 그러기 위해서 힘냈는데, 갑자기 탁 하고 눈앞에서 문이 닫힌 느낌이었다.

'그냥 어떻게든 비비고 붙어 있을까.'

프레이스는 상냥하니까, 억지로 튕겨 내지는 않겠지.

'아니지, 테사의 모습을 하고 프레이스랑 자서 그 저주가 풀리면, 나도 체질이 없어질지도 모르잖아. 그러면 괜히 골치 아파지는데.'

그냥 테사와 함께 떠나겠다고 말하고 떠나자. 그리고, 힘내서 어떻게든 살지 뭐.

'그의 옆에서 계속 봐 왔으니까. 나도 용기를 내서, 스스로 목표를 가지고 살자. 괴물이 아니라고 말해 줬으니까, 살아도 괜찮은 거겠지.'

결심하고 레사는 눈을 꾹 감았다.

하지만…….

'그래도 헤어지는 걸 좀 미뤄도 괜찮겠지? 겨울이 지날 때까지만…… 테사에게 연락이 오지 않는다고 하고 미루자.'

프레이스가 힘든 걸 알지만, 그래도.

아주 잠깐이면 되니까.

그녀는 그렇게 입속으로 중얼거렸다.

＊　　＊　　＊

프레이스는 한숨을 가늘게 내쉬었다.

'한심하군.'

레사가 없는 밤이다. 잠이 오지 않아 여자를 부른 것까지 좋은데, 안을 수가 없었다. 레사와는 키스만 생각해도 발정이 나면서 이제는 여자를 보고는 서지 않는다니.

아니, 원래 그랬었지만 그래도 자극을 주면 반응이 있었는데 이제는 그것도 없다. 방법이 없는 건 아니었다. 검은 머리의 여자를 골라서, 누군가와 겹쳐 보면 되니까.

하지만 그건 싫었다. 레사를 더럽히는 기분이었다. 레사를 향한 자신의 감정까지.

프레이스는 자면서도 빼지 않는 루비 반지를 만지작거렸다. 손을 이불 밖으로 빼내 희미한 달빛에 비추자 붉은빛이 반짝였다.

'레사의 눈 쪽이 더 예쁘지.'

멍하니 그런 생각을 하며 프레이스는 루비를 바라보았다. 레사 생각을 하니 저절로 웃음이 나왔다가 갑자기 발끈하는 생각이 들었다.

'내가 그 능력 때문에 자신을 붙잡고 있다고 생각하는 거야?'

레사가 마법무효능력이 없다면 자신을 떠날 거라는 식으로 말하는 게 짜증이 났다.

'물론 출발점은 그거였지.'

레사를 곁에 두기로 한 건 그 출발점 때문이었다. 하지만 처음 봤을 때부터 마음에 들었다. 죽이기에 아깝다고 생각했고, 그 능력을 알기 전에 이미 호위로 임명했다.

'아, 진짜 그러네.'

그의 능력을 알기 전부터, 그가 있으면 잠들 수 있었다. 그 동굴에서부터.

'그런데도 그런 식으로 말하다니 너무한 거 아닌가.'

하지만 말하지 않고는 떠나지 않겠다고 약속했으니까. 자신이 아는 레사는 약속을 어기는 사람이 아니다. 프레이스는 억지로 눈을 감았다.

'내일이면 레사가 오니까.'

내일부터는 다시 잘 수 있겠지.

'그리고 마법사라…….'

알게 된 사실을 윈스턴과 에릭에게도 이야기했다. 에릭은 욕을 마구 퍼부었고 윈스턴은 미동도 하지 않았지만, 그도 속으로 욕하고 있다는 건 알 수 있었다.

'사랑.'

프레이스는 그 단어를 곱씹었다.

사실 지금 약간 아쉬운 것도 있었다. 레사에게 자신의 체질이 통한다면 좋을 텐데, 하는 그런 말도 안 되는 생각.

모후에게는 이번 일을 알게 되어 완전히 정나미가 떨어졌지만, 이해가 가지 않는 건 아니었다. 그리고 이해가 간다는 것이 프레이스는 두려웠다.

'빨리, 빨리 레사에게 작위를 줘야지.'

귀족이 되면, 자신도 함부로 손을 댈 수가 없다.

'테사도 한번 만나 보고 싶고.'

여자인 레사라니.

프레이스는 정말로 테사가 궁금했다. 그리고 그녀가 마법무효자인지도 알고 싶었다. 레사는 아닐 거라고 하기는 했지만, 혹시 모르잖는가?

만약에 그녀도 마법무효자라면…… 레사와 얼굴이 같으니까, 첩으로라도 삼아서—

거기까지 생각한 프레이스는, 구역질이 치밀었다. 그건 레사에게도, 테사에게도 할 짓이 못 된다.

프레이스는 얼굴을 문지르고 다시 길게 한숨을 내쉬었다.

역시 오늘 밤은 잠들 수 있을 것 같지 않다.

어설프게 잠이 들 듯 말 듯 하는데, 창문이 열리며 빛이 확 쏟아져 들어왔다. 프레이스는 눈을 번쩍 떴다.

"레사?"

"안녕히 주무셨습니까?"

인사를 하는 레사의 얼굴에 역광이 비쳐 프레이스는 눈을 가늘게 떴다.

'아—'

다정하게 웃는 얼굴.

프레이스는 왜인지 어리광이 부리고 싶어서 손을 내밀며 말했다.

"일으켜 줘."

레사는 마저 창문을 다 열고 들어와 프레이스의 양손을 잡고 그의 상체를 일으켜 주었다.

"휴가는 좋았어?"

"네."

레사가 짤막하게 대답했다. 프레이스가 투덜거렸다.

"난 네가 없어서 불편했다고."

"제가 없어서 편하셨던 건 아닙니까?"

"왜 그렇게 생각해?"

"분 냄새가 납니다."

레사의 말에 프레이스는 쿡 하고 가슴이 찔리는 기분을 맛보며 허둥지둥 말했다.

"아냐!"

"네?"

"그, 아냐, 안지 않았어. 그러니까, 그냥 돌려보냈다고."

"어째서요?"

레사가 의아한 얼굴로 물어와 프레이스는 말문이 막혔다.

"그게…… 그냥 안 내켜서."

"그래서 못 주무신 거군요."

"티 나?"

프레이스가 자신의 얼굴을 만지며 묻자 레사가 고개를 끄덕이고 세면대에 물을 부어 주었다.

"너 없는 사이에 여자랑 자고 그런 거 아냐."

"알겠습니다."

레사는 고개를 끄덕였고 프레이스는 스스로가 한심해졌다.

아니, 이런 말을 해 봐야 레사는 자신을 뭐라고 생각하겠는가?

한숨을 내쉬며 프레이스는 세수를 했다. 그래서 레사가 입술을 깨물며 웃음을 눌러 참는 걸 보지 못했다.

'겨울까지만.'

레사는 표정을 되돌리며 프레이스에게 수건을 건넸다.

겨울까지만 곁에 있자.

* * *

정무관에서 일하는 관리들의 심술은 여전했지만, 레사의 능력에 대해서만은 트집을 잡지 못했다. 대놓고 "지금 내가 말한 거 다시 말해 봐."라고 했을 때, 레사가 토씨 하나 틀리지 않고 다시 읊어주는 걸 들으며 기가 질린 탓도 있었다.

딱 한 번, 일부러 틀린 정보를 준 적도 있었다.

그때 레사가 돌아와서 차갑게 말했다.

"저를 괴롭히시는 건 상관없지만, 업무에 있어서는 똑바로 처리해 주십시오. 정무관은 그러라고 있는 곳 아닙니까? 훌륭한 정책을 위해 모인 곳이라고 전 알고 있습니다."

비죽비죽 돋아나는 살기는 분명히 화를 내고 있는 것이었다. 그 일을 기점으로 심술도 조금씩 줄어들었다.

그래서 낙엽이 붉게 물들고 있는 지금은, 그럭저럭 안면을 익혀 어울리고 있는 상황이었다.

빠르게 계절이 지나가, 벌써 가을이었다.

〈다음 권에 계속〉